아다지오 아사이

남현정 소설집
아다지오 아사이

초판 1쇄 발행 2025년 5월 19일

지은이   남현정
펴낸이   이광호
주간   이근혜
편집   김필균 유하은 이주이 허단 윤소진 최은지
마케팅   이가은 허황 최지애 남미리 맹정현
제작   강병석
펴낸곳   ㈜**문학과지성사**
등록번호   제1993-000098호
주소   04034 서울 마포구 잔다리로7길 18(서교동 377-20)
전화   02) 338-7224
팩스   02) 323-4180(편집) / 02) 338-7221(영업)
대표메일   moonji@moonji.com
저작권 문의   copyright@moonji.com
홈페이지   www.moonji.com

ⓒ 남현정, 2025. Printed in Seoul, Korea

ISBN 978-89-320-4402-6 03810

이 책의 판권은 지은이와 ㈜**문학과지성사**에 있습니다.
양측의 서면 동의 없는 무단 전재 및 복제를 금합니다.

이 책은 서울특별시, 서울문화재단 '2023년 첫 책 지원사업'의
지원을 받아 발간되었습니다.

차례

없는	⋯ 7
부용에서	⋯ 35
그때 나는	⋯ 71
나폴리	⋯ 105
하나가 아닌	⋯ 137
경뫼	⋯ 181
누구나 똑같은 마음을 가졌던	⋯ 217
아다지오 아사이 ADAGIO ASSAI	⋯ 245
해설 l 소설−불가능−이야기_양순모	⋯ 290

없는

그런데 가능한 단 하나의 인생으로,
약간이라도, 살아보고 있는 게 아니라면 나는,
나는 도대체 뭘 하고 있는 걸까,*

 휴식은 없어 나는 지금 너무 아프거든 내가 갖고 있는 걸 몸이라고 할 수 있을까 몸이라고 부르기엔 보잘것없는 이 몸뚱이가 너무 아파 없는 것이 있게 되기까지 자 근면 근면 근면! 그런데 나는 세상의 이치 이런 건 잘 모르고 그게 나에게는 없는 개념이라서 다만 확실하게 알고 있는

---

* 사뮈엘 베케트, 『이름 붙일 수 없는 자』, 전승화 옮김, 워크룸프레스, 2016.

건 지금 이 공간에서 벗어나면 나는 사라진다는 거야 그걸 내가 어떻게 알게 되었는지는 모르겠어 알고 있다는 걸 알기도 전에 알고 있는 것들이 있잖아 이것도 그런 것 중 하난데 어쨌든 나는 지금 이 공간에서 벗어나면 사라질 거야 그럼에도 나는 이곳에서 벗어나고 싶은 것 같긴 한데 그런 일은 내가 마음대로 할 수 있는 일이 아니라서 내가 할 수 있는 일은 오직 목소리 듣기 목소리 하나 목소리 둘 목소리 셋 목소리 넷 목소리가 아닌 것들도 있네 그것들 중 하나를 내 것이라고 해볼까 실은 그중에서 가장 많이 들리는 목소리가 있는데 너무 많이 듣다 보니 그 목소리가 꼭 내 것 같아 내 것이 아닌 걸 내 것이라고 하는 게 문제가 될까? 문제는 그게 아니라 이 공간이야 이 공간은 내 상태를 결정짓는 곳이거든 이곳은 이를테면 나의 은신처인데 그렇다고 내가 이곳에 몸을 숨기고 있거나 뭐 그런 건 아니야 나에게는 몸을 숨겨야 할 그런 거창한 이유는 없지 심지어 숨겨야 할 몸도 없는걸 그저 은신처라는 말을 버릴 수 없어서일 뿐 여기가 나의 은신처라면 이곳에서 벗어나고 싶다는 말도 철회해야겠군 자 그럼 다시 해보자 나는 이곳 나의 은신처에서 가급적 나가고 싶지 않아 살고 싶지 않다는 말이기도 하고 살고 싶다는 말이기도 해 그런데 여기에서 나가고 싶지 않다는 말을 하고 싶은 거지 살고 싶다 살고 싶지 않다 이런 말을 하려고 했던 건 아니야 이곳엔 눈부시지 않은 정적과 침묵뿐 어둡다고도 말할 수 없고 환하다고도 말할 수 없는 여기는 어디일까 버려진 장소일까 누구의 것이었을까 버려진 곳이라면 누구의 것도 아니니 그럼 나의 것이라고 해볼까 누구도 아닌 나를 위한 곳 나의 은신처 아주 아늑한 곳 듣는 이가 없어도 나는 계속 말을 할 거야 아직 진절머리가 나기에는 멀었지 그렇다고 아무 말이나 할 수도 없어 아무 말이나 하는 것은 쉽다고 생각하기 쉽지만 아주 어려운 짓이고 나는 말하기 위해 계속 무얼 생각하고 있는 것 같지만 과연 내가 생각이란 걸 할 수 있는 상태일까 나는 아직 나라고도 말할 수 없는 이제 막 생겨나기 시작한 겨우 덩어리에 불과한 존재 그러니까 독립되지 못한 잠재적 인간 같은 것이어서 말이지 그러나 나는 완성되지 못한 존재라서 이렇게 마음대로 중얼거릴 수 있는 거야 이 중얼거림이 곧 나야 이 중얼거림은 도덕이나 양심이나 이런 것들과는 아무런 관계가 없고 그런 점에서 아주 주체적이라고 볼 수 있는데 덧없는 신체로부터 독립된 나의 이 상태가 어쩌면 최고의 실체일지도 모르지 무엇에도 구애받지 않는 나 어느 것과도 관계 맺지 않는 덩어리 내 중얼거림은 말하자면 이런 형상으로 머물러 있어 ⌢ 이건 내 정신 내 영혼의 형상 그건 그렇고 이 괴괴한 정적 좀 봐 갑작스레 나를 덮치네 아무래도 신체라고 불릴 만한 것들이 생겨나기를 멈추고 있나 봐 나는 지금 귀도 없고 눈도 없고 코도 없고 감각기관이라는 것 하나 없이 팔도 다리도 손도 뼈도 심장도 아무것도 없이 해부도 안 되는 흘려버려질 덩어리로 물컹물컹한 덩어리로 여기 홀로 있는데 이대로 생기다 말아버린다면 내가 태어날 일은 앞으로 일어나지 않겠지 그러나 생기다 말아버린다고 하더라도 나는 지금 여기 있는데 그럼 도대체 나는 누구일까? 나를 생각하기에 앞서 나의 주인이자 이 공간의 주인임이 틀림없는 울리에 대해 몇 마디 말해보려고 해 그 여자를 내가 어떻게 알게 되었는지는 모르겠어 살다 보면 나도 모르게 알게 되고 마는 것들이 있잖아 살다 보면 말이야 울리도 그중 하나지 그런데 나를 보살피는 유일한 존재인 울리의 은혜를 입은 나를 그 여자는 자꾸 의심하고 있어 그 여자의 의심은 나에게 아무런 도움이 되지 않아 그 여자의 믿음이 나에게 아무런 희망이 되지 않는 것처럼 말이야 의심이나 믿음 같은 건 내가 여기 있는 것과는 아무런 상관이 없어 그럼에도 울리는 가끔씩 나의 활기를 부추기기도 하는데 그녀가 챙 넓은 모자 아래 햇빛을 피하며 아랫배의 물컹물컹하고 따뜻한 살을 만지작만지작거리면 나는 금세 기분이 좋아져 기분 좋은 이 기분은 내가 확실하게 말할 수 있는 유일한 것 내가 확실하게 말할 수 있는 내가 좋아하는 느낌 내가 좋아하는 기분 내가 좋아하는 분위기 속에서 나는 찌그러진 타원으로 울퉁불퉁한 덩어리로 삶에서 생에서 벗어나 있네 그게 과연 불행일까 글쎄 불행으로 불능으로 나를 압축하고 싶진 않아 그럼 나를 과연 무어라고 말할 수 있을까 간략하게 말해볼게 나는 무한한 덩어리야 유클리드가 그랬던 대로 몇 마디 말로 나의 무한성을 증명하고 싶지만 지금 내게 떠오르는 말은 몇 마디 말이 아니라서 지금 내게 떠오르는 말은 이를테면 나는 계속 변해야 하고 그 변화가 나를 이 공간 밖으로 밀어내어도 더 변해야 해 더 더 더 그게 내가 바라는 바가 아니어도 나는 계속 변해야 하고 그 변화가 나를 이 공간 밖으로 밀어낼 테니 더 변해야 해 더 더 더 변하지 않으면 이대로 생기다 말아버릴 텐데 그럼 아무것도 아닌 덩어리로 찌그러져 불안한 타원 속에서 말없이 영영 있고 말 텐데 내가 바라는 바는 그게 아니라 잠시 휴식 여기 앉을까 저기 앉을까 그러나 어디에도 앉을 곳이 없네 아니야 앉을 곳이 없는 게 아니라 내가 앉을 수 있는 몸이 아니야 무어라도 들으려고 무어라도 느끼려고 몸을 바닥에 처박다가 가만 여기에 바닥이라는 게 있을까 이 바닥보다 더 바닥이 있을까 그러니까 내가 앉을 수 없는 건 내가 앉을 수 없는 몸이어서가 아니라 이곳이 앉을 수 없는 곳이라서야 어느 곳에서도 미끄러지고 마는 곳 휴식 없는 곳 그러니 계속하는 수밖에 사실 지금 내가 아픈 건 자꾸자꾸 없던 것들이 생겨나고 있어선데 없던 것들이 생겨날 땐 고통이 필요하지 그렇다고 누구의 도움이 필요한 건 아니야 울리의 보살핌은 나에게 그다지 결정적이지 않아 왜냐면 나는 혼자서 생겨나고 있으니까 잘 생각해봐 보살핌은 생성에 영향을 주지 않아 그건 홀로 일어나는 일이지 하지만 기분에는 아주 놀라운 영향을 미쳐 미친 상태 미친 상태라고 볼 수 있는데 어쨌든 내가 말하려는 건 나는 누구의 도움도 없이 무엇이든 될 수 있는 기원과도 같은 존재 아니 그보다는 기원 이전의 존재라 말하겠어 아무것도 아닌 덩어리가 아니라 무엇이든 될 수 있는 덩어리 바야흐로 대단한 시작을 앞둔 그럼 이제 나를 디덜러스라고 불러봐 좋아 이봐 디덜러스 마텔로 탑에서 그만 나오지 그래 우선 밖으로 나오는 게 중요해 그래야 이야기가 풀리는 법이니 쥘리앵*도 성 밖으로 나왔으니 예수를 만난 것이고 오이디푸스도 성 밖으로 나왔으니 신탁이 이뤄진

---

* 귀스타브 플로베르가 쓴 「구호수도사 성 쥘리앵의 전설」의 주인공.

거잖아 그러니 너도 이제 그만 탑 밖으로 나오지 그래 그럼 없는 이야기라도 풀리게 될 거야 이야기가 났으니 말인데 나는 앞으로 시작만을 생각할 거야 그건 나한테는 필연적인 일이야 시작에 이르러본 적이 없으니까 나는 시작 그다음을 생각할 수가 없어 시작 그 이전에 머물러 시작 고작해야 이 대단한 가짜 시작만을 생각하고 있지 이런 나에게 멸망은 가망 없는 말이에요 아래로 아래로 세대를 이어가다 멸망에 이르고 마는 꿈 그건 허황된 바람 멸망이 허용되지 않는 자에게 종말은 터무니없는 꿈에 불과해요 그런데 한 가지 말해두고 싶은 건 나는 가짜가 아니야 가짜 시작만을 생각하는 가짜가 아닌 나는 이른바 초가치적 존재로서 이미 형성된 정서나 도덕의 질서를 지키는 데는 관심이 없고 그렇다고 기존의 가치들을 전복하는 데 의미를 두지도 않아 애매한 양심으로 스스로를 기만하는 법도 없지 오로지 나는 가짜 시작만을 생각해 이 대단한 가짜 시작을 위해 드디어 저기 가짜 무리가 기어 나온다 자동으로 생겨나는 저 작자들은 내가 있는 곳으로 슬금슬금 기어 들어와 왜곡된 말과 시치미로 기억을 조종하는 사기꾼처럼 내 중얼거림에 끼어들지 지금 이 멜로디처럼 말이야 아 이 멜로디 찬물을 끼얹고 마는군 이제 막 시작될 참이었는데 나의 이 중요한 행진에 아량도 없이 찬물을 끼얹는 이 멜로디는 도대체 어디에서 들리는 거야? 다 듣기 모든 소리를 이건 나만이 할 수 있는 일이야 귀가 여러 개 있어서 할 수 있는 게 아니야 소리를 전부 다 듣는 건 귀의 개수와는 아무 상관이 없어 또 나한테 귀가 있는지 없는지 알 게 뭐야 하나든 여러 개든 내가 지금 이 멜로디로 눈물을 흘리고 있다는 게 중요하지 아무래도 눈이 생겨나기를 바라고 있나 봐 눈물이 흐르도록 〰 시종일관 눈물만 흐르도록 말이야 이왕이면 손도 있었으면 좋겠네 그걸로 무엇이든 만들어보자 새로울 것 없는 손으로 새로울 것 없는 세상을 만드는 데 필요한 건 진리와 사랑과 자유지 새로울 것 없는 세상을 만드는 데 진리와 사랑과 자유만 한 것도 없지 하지만 진리와 사랑과 자유는 온데간데없고 멀리서 고함 소리만 들려온다 분노하라 분노하라 분노하라 그러나 나는 잠자코 있을 거야 잠자코 있다 보면 잠잠해질 테니 잠자가 죽고 나서 잠자코 있던 잠자의 가족들처럼 아무 일 없다는 듯 소풍이라도 가볼까 그러다 보면 잠잠해지고 잠잠해지다 보면 분노는 가라앉지 분노가 더 깊이 가라앉을 때까지 젊은 몸으로 기지개도 켜고 새로운 꿈도 가져보자 그런데 내 꿈은 실은 따로 있어 쿼드*의 벌레들 같은 일당들을 친구로 갖는 것 그게 진짜 내 꿈인데 꿈을 이뤄서 일당들과 한통속이

되어 아페이론apeiron처럼 어떠한 경계도 없이 아무런 규정도 없이 지금처럼 똑같은 말만 계속 중얼거려야지 나와 한통속인 친구들만 있다면야 얼마든지 계속할 수 있지 그들은 등이 약간 굽은 채로 바닥을 질질질 끌면서 이제 이곳으로 몰려올 거야 규칙을 파괴하고 질서를 무너뜨리며 심장도 없이 여기 이곳에 있는 나와 한통속이 되려 옴womb 그럼 나는 그들과 합체하여 무한한 덩어리로 변신해야지 생겨나기를 멈추지 않고 연속적으로 움직여서 계속 계속 변신하기 페라스peras 없는 아페이론처럼 계속계속 웅성웅성 울림 겹겹으로 감긴 옴 안에서 옴 바깥으로 새어 나가는 울림 옴 안의 시간과 옴 바깥의 시간은 아주 다른 것이어서 나는 이 시간 속에서 살아 있다고 말할 수 없는 상태에서 제발 살아 있는 상태로 아니 그보다는 죽을 수 있는 상태로 이행하기를 바라며 이해 없는 이행이어도 좋으니 오 나의 말이 고귀해지거나 저속해지는 건 오직 내부의 리듬에 의해서이므로 저속한 리듬으로라도 이 말이 계속되기를 바랄 리가 그럴 리가 고귀하다 저속하다 이런 말을 내가 알 리 없잖아 왜냐면 나는 속이니까 너를 속이는 게 아니라 너는 울리도 아니고 일당들도 아니고

---

* 사뮈엘 베케트의 TV play 「Quad」. 네 명의 퍼포머가 등장한다.

윤리도 도덕도 관습도 관례도 법도 국가도 아무것도 모르는 너를 속이는 게 아니라 나는 지금 옴 속이니까 시작과 중간과 끝이 없는 덩어리 그게 나의 실체 신체 없는 정신으로 변함없이 계속 변하기 어둠의 철학자 헤라클레이토스의 말대로 흐르는 강물처럼 계속 변하기* 변함없는 변함으로 시작은 저절로 일어나 시작! 드디어 인생을 시작하는 순간이군 아니야 시작이라니 내가 무얼 시작하는 게 가능한 일이야? 강물에 밀어 넣을 발도 없는 이 초라한 꼴로 말이야 그러니 인생을 취소할게 오이디푸스도 아마 그랬을 거야 자기의 인생을 취소하고 싶었을 거야 쥘리앵 또한 그랬을 거야 자기의 인생을 취소하고 싶었을 거야 그런데 가만 나에게는 취소할 인생조차 없네 그렇다면 인생을 취소할게라는 말을 취소할게 인생을 취소할 일 없는 인생 없는 나는 이제부터 아무 말도 안 할 거야 그럼 이 모든 엉터리 같은 시시한 말을 취소할 일도 없을 테니까 그나저나 여기서 나는 냄새는 무슨 냄새지? 오 이런 이것 좀 보세요 가장 소중한 존재의 재가 여기 젖어 있어요 애

---

* "헤라클레이토스는 어딘가에서 '만물은 움직이며 머물러 있는 것은 아무것도 없다'고 말하고 있고, 존재하는 것들을 강의 흐름에 비기며 '그대는 같은 강물에 두 번 발을 들여놓을 수 없다'고 말하고 있네"(플라톤, 「크라튈로스」, 『이온／크라튈로스』, 천병희 옮김, 숲, 2014, p. 90).

태우며 태워낸 소중한 재가 가래침에 토사물에 쓸려 나가요 이 젖은 재 냄새 악취라면 악취이고 향기라면 향기라지 깨끗함도 더러움도 없는 이곳에서 구멍 없는 코가 킁킁 없는 냄새를 지어내는 동안 젖은 재 냄새가 순식간에 내 주위로 퍼져 나간다 있는 척하는 냄새 없으면서 있는 척하기 지금 내가 하고 있는 그것 겨우 말로 없으면서 있는 척 시간을 지우는 척 고통을 겪는 척하며 이름은커녕 신체도 없는 나를 누군가가 꺼내주기를 기다리기 구원받기 세상에 구원이라니 태어나본 적도 없는 나의 죄를 이대로 생기다 말아버릴지도 모를 나의 죄를 누가 단죄할 수 있단 말이야 그러니 구원이라는 말을 어서 취소합시다 고백도 고해도 죄다 소용없는 이 상태로 구원 같은 말은 잊어버리고 달리 기억할 것도 없으면서 다 잊어버리고 더는 잊을 게 남아 있지 않은 죄다 잃은 상태로 기억도 의지도 목숨도 죄다 잃은 상태로 그렇게 누워 있을 땐 반드시 수의는 헐렁하게 조여 매주시오 그리고 나를 안다고 주장하는 사람들이 절대 내 주위로 몰려들게 하지 마시오 그들의 시선과 그들의 추정과 그들의 동요와 그들의 진정은 상상만으로도 버거운 일이에요 그러나 사람들이 몰려오고 그중 하나가 비문을 위해 『성경』을 펼치네 펼쳐진 『성경』 속에서 한 장의 지폐를 보았어 그걸 수의를 묶은 밧줄 아래 끼워두었지 겨우 지폐 한 장으로 수의를 입은 자의 기분이 달라질 것이라는 저속한 셈법으로 말이야 남아 있는 것이라곤 가여운 정신뿐인 나라면야 히죽히죽 순진한 미치광이처럼 기쁘게 쓸 텐데 남김없이 쓰기 모든 자의 말문이 막히도록 끝까지 쓰기 오 말 없는 꿈 꿈속의 어둠 어둠을 비추는 어둠을 지나 아무도 모르게 이 구멍 속으로 숨어들었네 누구도 알아채지 못하게 죽어가는 말로 조용히 생겨나기를 기다리는 동안 갈피를 잃고 말문이 막힌 친구들아 기다리다 보면 나에게도 생이 생길까 가능한 단 하나의 생 약간이라도 살아보는 그런 생 같은 것 말이야 그러나 이게 생이 아니라면 이게 약간이라도 살아보고 있는 게 아니라면 나는 지금 무얼 하고 있는 걸까 이 축축한 구멍에서 빠져나가 목청껏 팡팡 울음을 터뜨리며 문자 없는 시절 행복의 시절 속으로 전진하기엔 나에게 있는 것이라고는 겨우 말 말 말 말이 주어지는 시간이 없음 생이 주어지는 시간이 없음 그리하여 없는 시간을 가로질러 로토스*를 먹어보았지 간절했던 소망을 잊고 지껄이는

---

* 로토스를 먹은 오디세우스의 부하들은 황홀경에 빠져 귀향도 잊고, 가족도 잊은 채 로토파고이족 사이에서 머물고 싶어 한다(호메로스,「오뒷세우스의 이야기들|퀴클롭스 이야기」,『오뒷세이아』, 천병희 옮김, 숲, 2015, pp. 216~17 참조).

말들을 번복하며 미친 척하다가 미쳐가네 이것 참 기분이 좋군요 좋은 기분으로 없는 사지를 쭉쭉 활짝 피어난 연꽃처럼 쭉쭉 늘여보았더니 없는 팔과 없는 다리에 닿는 것은 거대한 공허뿐 이런 걸 고독이라고 하지 태어나본 적 없는 가여운 이 정신은 아주 일찍 고독을 알았네 신은 나에게 고독만 주었을 뿐 다른 어떠한 도움도 주지 않았어 나는 이 충만한 고독으로 신을 표현하며 아마도 영원히 계속되는 거짓말로 무한 분열 무한 분열 한계 없이 경계 없이 연속 분열 연속 분열 잠시도 가만히 있지 않기 자연과도 같은 이건 나의 전투 공허 속에서 벌어지는 어마어마한 전투 굉음이 울리고 눈물이 터지는 말 그러다 멈춰버리고 말 그러고 말 나의 있음 없는 있음 있는 없음 없음을 있음으로 믿음 그나저나 믿음의 울리는 기어코 나를 잊었나 봐 더는 아랫배의 물컹물컹하고 따뜻한 살을 만지작거리지 않는 걸 보면 하긴 그녀도 제 몫을 다했지 내가 그녀에게 무얼 더 바라겠어 그리고 이미 말했다시피 그 여자의 돌봄 같은 건 나에게 아무 도움이 되지 않으니 특성 없는 울리가 특성 없이 방귀를 뀌는 동안 <u>프프르르프프프르르프프프프프</u>pprrpffrrppfff* 나는 제멋대로 자동으로

---

* 레오폴드 블룸의 방귀 소리. 음악 기호(p=여리게, pp=매우 여리게, ff=매

변신해야지 짜맞춰진 계획에 저항하며 숨겨진 명령에 귀를 닫고 완전한 정신으로 변신 어떤 기호로든 어떤 낱말로든 뒤바뀌어 끝없이 되풀이되는 존재로 변신 그다음에 당신과 대화를 나누고 싶어 울리도 일당들도 나를 잊은 모양이니 이제 새로운 당신이 출현할 때야 이건 헛소리가 아냐 이를테면 나의 포부 나의 희망인데 새롭게 등장한 당신을 나는 테스트 씨*라고 부르고 싶군 테스트 씨 우리 저녁이라도 함께할까? 기이한 헛소리로 시작되어 정상으로부터 벗어나 범람하는 정신으로 말들을 쏟으며 졸음을 쏟으며 골몰하는 몰골 증식하는 고독 이것이 우리가 함께할 저녁 나의 새로운 목표 당신이 나타나기를 기다리는 동안 나는 이 구멍에서 없음이 있음이 되는 이 구멍 속에 갇혀서 구멍이 커지기만을 기다리네 이 구멍 그러니까 이 아토포스atopos**의 구멍은 말이지 독창적으로 번쩍번쩍 예측할 수 없는 고통과 기쁨으로 가득 찬 곳이면서 동시

우 세계)로 표시되었다(제임스 조이스, 「세이렌」, 『율리시스 1』, 김성숙 옮김, 동서문화사, 2011, p. 492 참조).
* 폴 발레리가 쓴 『테스트 씨』의 등장인물.
** 아토포스는 장소를 뜻하는 그리스어 '토포스topos'에서 유래한 말로 결여, 부정을 뜻하는 접두사 a와 결합하여 '어떤 장소에 고정될 수 없는, 더 나아가 정체를 헤아릴 수 없는 말'을 의미한다(롤랑 바르트, 『사랑의 단상』, 김희영 옮김, 동문선, 2004, p. 60 참조).

에 나를 증명하는 곳이기도 해 그래서 이곳에서 들리는 것이라곤 취소되는 말 중지되는 말 번복되는 말 반복되는 말 이 말 저 말 말 말 말 말의 피로 크나큰 피로 끝장내기 전엔 끝장날 수 없는 듣고만 있는 이 생 이 약간의 생 오 말들이 쳐들어온다 끊김 없이 흘러온다 계속 들려온다 나는 듣지 않을 수가 없네 위험한 매개자야 연민 없이 왜곡 없이 부디 있는 그대로 전달해다오 무엇을? 욕망하는 의미를 나쁜 만남을 허비되는 생을 가장 미미한 존재를 탄생의 순간을 넘지 못한 채 고요히 사라지는 것을 나는 들려오는 말소리에 정복당하고 말았지 오 말들이 쳐들어온다 끊김 없이 흘러온다 계속 들려온다 아직 진절머리가 나기엔 멀었고 이제 좀 보고 싶어 듣는 것 말고 보는 것 말이야 눈을 감고 보아라 아냐 그런 말은 눈이 있는 자들에게나 먹힐 소리지 애당초 감을 눈도 없는 나와는 상관없는 말이야 아 가련한 내 신세 차라리 망각하자 이 불능과 이 텅 빔을 게으르고 미련하게 이 텅 빈 구멍 속을 떠돌다 나는 동어반복의 감옥에 갇히고 말았다 결국 얼어붙고 말았다 이 빌어먹을 구멍은 나를 가둔다 이어짐이 끊겼다 어디에도 문은 없네 손이라도 있으면 다섯 손가락을 통과시켜볼 텐데 바로 그때였어 문지기가 나타나 나의 손을 잡아끌었지 없는 손을 붙잡고는 없는 문을 반쯤 열어

둔 채 나갈 수 있으면 얼마든지 나가보라는 눈짓을 보내 더군 여기에서 나갈 수만 있다면야 그 작자에게 무엇이든 다 내줄 수 있는데 가진 게 없다고 내줄 수 없는 게 아니에요 완전한 정신 이것만 있다면야 무어라도 내줄 수 있지요 그러나 이건 문지기의 속임수 속고 마는 속아야만 계속되는 부질없는 생 문 너머로 울음소리가 들려온다 장례를 치르고 있나 봐 의식으로 사랑의 대상을 지우려는 자들의 끔찍한 울음소리 하나의 소리라기보다는 공동의 소리 공통의 감정으로 목청이 찢어질 듯 경악스럽게 울다가 서서히 감정이 빠져나간다 말라버린 소리 마르지 않는 눈물 그나저나 나의 장례는 누가 치러주나요 나의 죽음은 누구의 의식으로 기억되고 망각되나요 저런 죽음이라니 살아보지도 못한 자 누구의 기억에도 없는 자의 장례를 누가 치러주겠어? 그러므로 죽음은 없는 말과 같아 그러나 이런 게 약간이라도 살아보는 것이라면 귀도 눈도 코도 손도 없이 신체 없는 덩어리로 정신으로 허튼소리만 지껄이고 있는 이 짓이 약간이라도 살아보는 것이라면 나에게도 약간의 죽음이 주어지지 않을까 약간의 죽음으로 한 번도 있었던 적이 없었던 것처럼 사라지기 맹목적 중얼거림의 끝 저기 봐 모두를 골탕 먹이려고 살고 있는 자*가 옷을 풀어헤치고 가까이 다가온다 쿵쾅쿵쾅 뛰는 심장을 내보이며 나를 노려본다 저자는 죽음의 기호이자 추방의 징조 빈틈없는 구멍에서 끝만 기다리는 나를 보며 웃고 있는 저자에게 나 또한 웃어보았지 이런 만남 나쁜 만남 축복도 저주도 없는 침묵의 곳 옴이 톰tomb이 되어 눈물로 막을 내리는 곳 이런 곳에서 이런 만남은 얼마든지 일어날 법하지 그러므로 점점 지쳐가네 나쁜 만남도 중언부언도 계속되는 계속들 아 파괴적 시간이여 나를 어서 이곳에서 빼내어주오 이 꼴로 이 몰골로 여기에서 빠져나간 다음의 생이 어떨지 내가 알 게 뭐야 완전히 지치기 전에 어서 여기에서 빠져나가야 해 톰이 나타나기 전에 이 지긋지긋한 텍스트에서 아니야 여기는 텍스트가 아니야 나는 텍스트에서 이리저리 꿈틀대는 게 아니라 원래는 네모난 쿼드 속이었는데 쿼드는 온데간데없고 어느새 옴 속에 처박히고 말았어 이대로 생기다 말아버린 채로 정말로 내가 이대로 생기다 말아버린 것이라면 정말로 절망으로 아니 정말로 절망 없이 순순히 서서히 알아내리라 여기가 무덤임을 무덤 속에서 자기의 자리가 무덤임을 아는 자 살지도 죽지도 못한 채 언제나 부글부글 끓어오르네 사랑

---

* "그 노인의 장례식 조문은 이미 작성되어 있다. 모두를 골탕 먹이기 위해 살고 있는 것 같아"(제임스 조이스, 「아이올로스」, 같은 책, p. 221).

오 등이 두 개인 짐승 제 몸을 핥고 있는 사랑 꿈같은 말 꿈이어야 할 꿈일 리 없는 사랑 사랑의 증거 나쁜 만남 잘못 피어난 생 목소리가 파고든다 사랑을 들먹이는 새로운 목소리 이제껏 한 번도 들어보지 못한 완전하게 새로운 목소리 듣지 않을 수가 없군 듣기 좋잖아 사랑 떠돌아다니는 목소리들아 계속 떠들어다오 두 뺨의 열을 식히는 손바닥*과 같은 사랑의 말들을 사랑의 오후와 사랑의 생을 아니 그보다는 사랑 이후의 생과 사랑 이후의 오후와 사랑 이후의 말들을 잔디 위에 쪼그려 앉아 양산 끝으로 잔디를 콕콕 찌르며** 되풀이하기를 이런 이 구멍은 이제 더는 커지지가 않네 정말 모든 게 멈춰버렸나 봐 그럼 나는? 정말 이대로 생기다 말아버린 걸까? 너 말이야 너 이대로 생기다 말아버렸다면 그런 시시한 몰골로 구멍에서 빠져나가느니 차라리 이곳에 영영 갇히는 게 나아 나는

---

* "그에게는 오직 머릿속에 고동치는 소리와 저만큼 마당에서 알을 낳는 암탉의 울음소리만이 들릴 뿐이었다. 엠마는 가끔씩 두 손바닥을 뺨에 갖다 대며 열을 식혔고 그러고 나서는 또 그 손바닥을 장작 받침대의 쇠 손잡이에다가 식히곤 했다"(귀스타브 플로베르, 『마담 보바리』, 김화영 옮김, 민음사, 2000, p. 39).

** "이윽고 생각이 조금씩 한 곳에 머물게 되자 그녀는 잔디 위에 앉아 양산 끝으로 잔디를 콕콕 찌르면서 마음속으로 되풀이했다. 맙소사, 내가 어쩌자고 결혼을 했던가?"(같은 책, p. 70).

너와 다르니 멈추지 않을 거야 지금보다 더 더 더 커질 거야 없는 생이 아니라 있는 생으로 나아가야지 고통스럽겠지 그러나 나는 너와 다르니 네가 구멍에 갇혀 어느 누구도 알아채지 못하고 어느 누구의 축복도 받지 못하는 동안 계속 움직일 거야 보이는 곳으로 전진 전진 전진! 너는 나와 다르니 행여 어떤 자가 너의 있음을 알아챘다고 하더라도 불안한 꿈에 빠진 자가 꿈의 불안을 잊으려는 것처럼 너를 잊으려 하겠지 속속들이 알아차릴 수 없는 꿈의 내부처럼 너를 속속들이 알아차릴 수 없음에 안도하면서 휴 눈물을 흘리면서 휴 색 바랜 식물의 뜻 없는 하강처럼 아래로 아래로 눈물을 아래로 소용없이 흘러내리는 눈물 없는 너를 대신해서 나는 살아가야지 너의 실체는 나이므로 그리하여 너의 역사가 없는 것과는 달리 나의 있음은 모두가 알아챌 것이므로 제발 누가 나를 좀 묘사해주시오 너의 주인이거나 하인이거나 무어라도 좋으니 살아볼 수 있으면 무어라도 좋으니 누가 나의 모든 면을 좀 묘사해주시오 제정신이 아닌 자들도 무방하오 미치광이들을 환영하오 누구라도 좋으니 나를 묘사해줄 사람 어디 없소? 나의 모든 면을 묘사하다 보면 나를 둘러싼 의혹이 풀릴지도 모르오 그러다 보면 아마도 나는 미치광이가 되어 있겠지 가장 소중한 존재의 재 꾸러미를 홧김에 내던지는 미치광이를 이해하는 미치광이 같은 미치광이 가장 소중한 존재의 육신과 정신과 영혼이 바닥으로 떨어져 가래침과 토사물에 함께 쓸려 가도록 내버려두는* 미치광이를 이해하는 미치광이 같은 미치광이 그러나 나는 자라 나의 모든 면을 자연스레 숨겨놓고 그중 한 면을 앞장세워 그것만이 나인 척 속임수를 쓸 거야 그렇게 자라서 미치광이도 되지 못한 나는 과연 무엇이 될까? 잠깐 구멍이 열렸다 드디어 열렸다 이쪽인 줄 알았는데 저쪽이네 아주 작은 빛이 새어 들어와 어둡다고도 말할 수 없고 환하다고도 말할 수 없는 눈부시지도 않은 빛 마침내 빠져나가게 되는 걸까 그렇다면 이 진절머리 나는 옴과 톰과 모두에게 작별을 고함! 비록 나는 빠져나가기엔 형편없는 꼴이지만 여기에서 나갈 수만 있다면야 가만 저기 기다란 막대기 하나 들어오네 구멍 속으로 정체 모를 막대기가 침투했어 구석구석 후비고 찌르고 여기저기 무자비하게 휘젓는 이 끔찍한 막대기를 나는 요리조리 피하려고 공중

---

* "몇 시간 후, 쿠퍼는 좀 더 안전히 보관한답시고 저녁 초반에 주머니에 넣어 뒀던 재 꾸러미를 꺼내 자기를 크게 모독한 어느 남자에게 홧김에 내던졌다. 꾸러미는 벽에 가 튕기며 터져 바닥으로 떨어졌고, 삽시간에 드리블링, 패싱, 트래핑, 슈팅, 펀칭, 헤딩의 대상이 된 것은 물론, 심지어 럭비축구 동작에도 활용됐다. 그리하여 술집 영업이 종료될 즈음에 머피

에서 한 바퀴 두 바퀴 곡예하듯 빙글빙글 돌아보고 싶었지 하지만 꼼짝 못 하고 그 자리에서 가만히 있기만 했어 그럴 수밖에 나는 더는 자라지 않았으니 끔찍한 막대기가 나를 후비고 찔러도 꼼짝 못 하고 그 자리에서 가만히 있을 수밖에 막대기는 끔찍한 움직임을 계속하다가 구멍을 영영 떠나지 않을 것처럼 그렇게 계속하다가 예고도 없이 갑자기 구멍을 떠났네 그리고 구멍은 저절로 닫혔어 다시 나만의 구멍 나만의 은신처 그러나 이제 확실히 알겠어 다 멈추었다 나는 생기다 말아버렸고 나의 보잘것없는 생은 이렇게 끝 곧 톰이 나타나겠지 분노하라 멀리서 고함소리도 들려오질 않아 다 멈추었으니 그럴 수밖에 약간의 신체는 주어진 적 없고 남아 있던 약간의 정신마저도 이제 사라질 시간 나에게 남아 있는 것이라곤 없는 시간 정말이지 완전히 사라지는 일만 남았어 톰이 나타나면 나는 사라지고 내가 사라지고 나면 네가 생겨나 네가 나처럼 생기다 말아버릴지는 미지수고 그럼에도 나는 너를 염려하지 않고 오직 나만을 염려하며 나는 말하고 너는 듣고

의 육신과 정신과 영혼은 펍 바닥에 자유로이 분포되었고, 또 한 차례의 새벽녘이 지상을 또다시 회색빛으로 밝히기도 전에 모래와 맥주와 꽁초와 유리와 성냥과 가래침과 토사물과 함께 쓸려 갔다"(사뮈엘 베케트, 『머피』, 이예원 옮김, 워크룸프레스, 2020, p. 208).

없는

고로 우리는 존재한다*는 사악함대로 나는 말하고 너는 듣고 고로 우리는 존재할 수 있네 네가 들어야만 존재할 수 있는 나의 말로 존재할 수 있는 너와 나 우리 이건 그야말로 사악한 공갈 협박 헛소리가 아니야 잘 들어봐 내게 주어진 이 약간의 생이 이것으로 끝이라면 나는 울어 과잉의 눈물로 우울도 없이 홀로 우는 나의 울음을 너는 듣고 너는 들어야 하며 듣지 않는 너는 너일 수 없지 계속해볼까 아니야 이대로 계속하는 건 불가능해 끝나기 전에 끝내려는 조바심으로 하는 말이 아냐 이렇게 소용없는 말을 계속 지껄이는 게 다 무슨 소용이람? 이렇게 된 이상 나는 말을 잊어 말을 잊고 나를 잊어 나를 잊고 너를 만나 처음의 기쁨이라는 것이 있다는 걸 알기도 전에 사라질 거야 곧 기다란 막대기가 또다시 쳐들어와 이 구멍을 휘젓고 돌아다닐 테니까 그러고는 나에게 남아 있는 이 미미한 덩어리마저 파내어 가겠지 그게 앞으로 내가 겪을 일이야 추방 기어이 추방이군 그러나 끔찍한 막대기가 나를 추방해 구멍이 닫히고 난 후에도 그 속으로 너는 또다시 침투하여 이 빌어먹을 약간의 생은 계속 이어지고 너는 나로 부활하여 끝나지 않을 생 끝나질 않네 도대체 끝

---

* 프랑시스 퐁주의 말(롤랑 바르트, 같은 책, p. 241 참조).

나지가 않아 그렇다면 부디 너는 이 모호함과 불확실성으로부터 완전히 벗어나 모두에게 증명되는 가능한 생을 살아가기를 더는 구멍이 아닌 곳에서 약간의 생이 아닌 완전한 생을 살아내기를 하지만 이다음 일들을 내가 알 리 없잖아 나에게 주어진 것은 고작 이 약간의 지금 이 어려운 시간 나의 보잘것없는 생은 고통이 아닐 수 없지만 고통 속으로 은둔하여 고통을 망각한 이상 고통이어도 고통이 되지 못하네 그런데 나에게 망각할 힘이 남아 있긴 한 거야? 망각이라 말하기만 하면 망각은 이뤄지는 모양이지? 그렇다면 무엇이든 다 말하기 여기 거대한 귀가 있으니 크기를 가늠할 수 없는 아주 거대한 귀로 모든 말을 다 이해하는 거룩한 귀로 다 들어주지 무엇이든 다 말해봐 이제 와 떠오르는 소망 하나가 있네 아스플레니움 루타 뮤랄리스Asplenium ruta muralis* 꿈속을 떠도는 양치식물의

---

* 아스플레니움 루타 뮤랄리스는 벨기에 심리학자인 조셉 델뵈프Joseph Delboeuf의 꿈속에 등장한 양치식물의 이름이다. 꿈에서 깨어난 이후 델뵈프는 그 양치식물의 실제 이름이 아스플레니움 루타 뮤라리아Aspleium ruta muralia임을 알았다. 자신이 전혀 몰랐던 아스플레니움이란 이름이 어떻게 꿈속에 등장하게 되었는지 수수께끼 같은 일이었다. 그러나 꿈을 꾸기 2년 전, 델뵈프는 친구에게 선물할 식물 표본집에 한 식물학자가 불러주는 대로 아스플레니움을 포함한 식물의 라틴어 이름들을 하나하나 힘들게 적어 넣었고 꿈을 꾼 지 16년이 지난 후, 우연히 그 식물 표본집

이름처럼 잊힌 기억으로 꿈속을 떠돌자 변형되고 왜곡되어 기억으로 스며들자 있지도 않은 나의 형상 꿈에서나마 새롭게 태어나 시작도 끝도 없이 어지럽게 뒤엉켜나자 그것만으로도 다정한 운명 나의 운명으로 울게 하소서 낭비된 눈물로 말의 장례를 치르게 하여 부디 나의 있음을 취소하게 하소서 이런 이런 나에게 남아 있는 건 얼마 남지 않은 생이건만 남아 있는 자들의 처지를 걱정하는 것만큼 생을 탕진하는 일이 또 어딨겠어 그러니 지금 들리는 이 목소리만을 좇아 소용없는 말을 헛되이 헛되이 계속 되풀이할 것 시간으로부터 벗어나 자신이 영원하다는 것을 느끼고 경험할 것* 게으르고 아득하게 누군가의 축복이 필요한 순간을 차단할 것 이 생이 지금보다 더 무거워지지 않도록 아니 더 가벼워지지 않도록 또 또 시작이네 시작 없는 시작 계속 없는 시작 없는 계속 번복 뒤죽박죽 계속 번복 뒤죽박죽 도대체 언제쯤 끝날까 정말이지 진절머리

을 발견하고 나서야 꿈속에 등장한 아스플레니움이란 이름이 잊힌 기억임을 알게 되었다(지크문트 프로이트, 『꿈의 해석』, 김인순 옮김, 열린책들, 2003, pp. 34~35 참조).

* "그렇지만 우리는 우리들이 영원하다는 것을 느끼며 경험한다. [……] 우리들의 정신은 영원하다는 것 그리고 정신의 이 존재는 시간으로 정의하거나 지속으로 설명할 수 없다는 것을 우리들은 느낀다"(B. 스피노자, 『에티카』 5부 정리 23의 주석, 강영계 옮김, 서광사, 2007, p. 352).

가 난다 이 모든 건 하나의 목소리가 아니라서 아 너무 많은 목소리가 동시에 말하고 있어 너의 발생이 우연이 아닌 것처럼 너의 소멸 또한 우연이 아니므로 이 모든 건 너의 의미를 드러내는 것이니 아니 그게 아니고 너의 발생과 소멸은 없는 의미로 종결 맙소사 다시 구멍이 열렸다 곧 기다란 막대기가 쳐들어와 나를 내쫓을 거야 저기 봐 눈부시지도 않은 빛이 새어 들어오네 이제 정말 끝에 이른 모양이야 추방을 앞두고 끝을 생각하지 않을 수 없군 그러나 나는 시작해본 적도 없는데 끝이란 건 도대체 뭘까 이런 게 끝이라면 끝에 이르러 소환되고야 마는 어디에도 있지 아니한 곳이 없는 자 아니 그게 아니고 어디에도 있지 아니한 나의 형상

부용에서

내가 부용으로 온 것은 외삼촌을 만나기 위해서였다. 외삼촌이 나를 부른 것은 아니었고 아마도 외숙모가 불렀을 것인데 기차에서 내리면서 어쩌면 나에게 전화를 건 사람이 외숙모가 아니라 이모였을지도 모른다는 생각이 들었다. 나는 외숙모인지 이모인지 모를 그 사람을 딱 한 번 본 적이 있다. 외삼촌은 단 한 번도 본 적이 없었는데 외숙모인지 이모인지 모를 그 사람은 전화기 너머로 외삼촌을 위해 부용으로 와달라고 말했다. 나는 주소를 또박또박 발음하던 그녀의 목소리를 기억한다. 내가 그녀의 부름에 응한 것은 할 일이 없어서가 아니었고 마침 휴가 중이었기 때문이다. 누가 나에게 휴가를 허락했는지 생각해본 적은 있었지만 그게 누구인지 답은 찾을 수 없었다.

나는 누군가에 의해 휴식을 허용받아야 하는 존재였고 그건 가급적 잊지 말아야 했다. 어쨌든 나에게 전화를 건 외숙모인지 이모인지 모르는 사람과 그녀가 언급한 외삼촌은 모두 나의 엄마와 어떤 식으로든 관련이 있는 사람들이었다. 이들을 이해하는 데 그 이상의 정보는 나에게 필요 없었다.

부용역은 아주 작은 곳이었다. 기차는 부용역에서 잠깐 동안 정차했다. 내리지 말아야 할 곳에 내린 기분으로 나는 플랫폼 주위를 둘러보았다. 기차에서 내린 사람은 나뿐이었다. 나는 기차가 보이지 않을 때까지 기차가 떠나는 뒷모습을 지켜보았다. 어떤 것의 뒷모습을 바라보는 일은 그게 무엇이 되었든 처량하면서도 서글픈데 자기에게 주어진 지배적인 곡선의 길을 순순히 따르는 기차의 모습에서 나는 이상한 기시감을 느꼈다. 기차는 떠났고 사람들은 보이지 않았다. 적막한 플랫폼을 걸어가는 동안 내가 내려야 할 곳이 어쩌면 부용역이 아니었을지도 모른다는 불안감이 떠나지 않았다. 그렇다고 부용역이 아닌 다른 역이 떠오르는 것도 아니었다.

대합실 안으로 들어오니 사람이 아예 없진 않았다. 나 이외에 두셋 정도 더 보였다. 어떤 이는 대합실 안을 무료하게 서성이고 있었고 또 어떤 이는 매표소 창구 앞에 서서 보이지 않는 사람과 대화를 나누고 있었다. 벽에 기대 여행 안내서를 성의 없이 훑어보고 있는 중년의 남자도 있었다. 나는 흘깃 그를 쳐다보았는데 그의 손에 들린 여행 안내서 표지에는 "부용 여행: 부유에서 용부까지"라고 커다랗게 적혀 있었다. 대합실의 사람들은 부용역이 실제로 있는 곳이라는 걸 증명하는 듯했고 이들을 보고 나서야 나는 헛것을 듣고 헛곳으로 왔을지도 모른다는 불안감에서 조금이나마 벗어날 수 있었다. 그러나 이런 불안이 아주 사라진 것은 아니어서 여행 안내서를 들고 있는 저 사람에게 부용으로 오게 된 경위 같은 것을 묻고 싶었는데 그런 마음이 들었다고 해서 정말로 그런 질문을 할 수는 없었다. 모르는 사람에게 다짜고짜 말을 거는 건 나에게는 정말 어려운 일이었다.

대합실 안에는 딱히 앉을 만한 곳이 없었다. 나는 이리저리 서성이며 어디로 가야 할지 생각했다. 내가 이곳에 온 목적은 분명했다. 외삼촌을 만나는 것. 이모인지 외숙모인지 모르는 사람이 알려준 주소를 찾기 위해 배낭에서 노트를 꺼냈다. 그리고 노트 어딘가에 적어두었을 주소를 찾아보았다. 통화하는 동안 그 여자가 불러주던 주소를 분명, 이 노트에 적은 기억이 있다. 그러나 어느 페이지에도 주소는 보이지 않았다. 주소를 알 수 없으니 외삼촌을 만나러 갈 수 있는 방법이 없었다. 노트를 덮어 다시 배낭에 넣었다. 어쩌면 잘된 일일지도 몰랐다. 나는 무엇에도 예속되지 않은 지금 이 상태가 아주 마음에 들었고 되도록 이 상태를 오래 유지하고 싶었다. 모르는 곳을 아무 계획 없이 여행하는 여행자처럼 말이다. 그래서였을까. 솔직히 나는 노트를 대강대강 훑어보았고 그러다 주소처럼 보이는 메모가 눈에 띄면 오히려 그 페이지를 자세히 살펴보지 않고 바로 넘겨버렸다. 어쨌든 지금은 외삼촌의 주소를 모르니 외삼촌을 만나러 갈 수 없는 이유가 있는 셈이고, 또 외삼촌에게 며칠 늦게 도착한다고 해서 문제될 것은 없어 보였다. 나는 역 밖으로 나가 어디로 갈지 생각해보기로 했다.

기대와 달리 역 앞 광장은 작았다. 작은 역 앞에 작은 광장이 있는 게 특이한 일은 아니었지만 나는 역을 빠져나오며 눈앞에 광활한 광장이 펼쳐지리라 기대했던 것 같다. 그런 내 기대가 이상한 것일 수도 있겠다는 생각을 하며 나는 광장 주위를 둘러보았다. 작은 광장 주변에는 사람도 없고 가게도 없고 있는 것이라고는 거대한 뽕나무 한 그루와 나무 그늘 아래 쌓여 있는 타이어들뿐이었다. 뽕나무 아래 타이어는 제자리가 아닌 곳에 놓여 있는 것처럼 보였는데 그런 어색함도 잠시였다. 뽕나무 아래 타이어를 바라보다가 다시 타이어 위의 뽕나무를 바라보고 있으니 타이어에게 제자리랄 게 있을까 이런 생각이 들면서 뽕나무와 타이어가 함께 있는 모습이 아주 자연스럽게 느껴졌다. 뽕나무 타이어 타이어 뽕나무 뽕나무 타이어 타이어 뽕나무…… 나는 무엇에 홀리기라도 한 듯 뽕나무와 타이어를 중얼중얼 말하고 있었는데 그렇게 걷다 보니 어느새 정차된 택시 앞이었다. 반가운 택시였다. 택시 한 대가 있다는 것은 그다음 택시가 있다는 것을 의미하고 그다음 택시가 있다면 또 그다음 택시가 있을 것이고…… 택시에 대한 이런 나의 믿음의 근거가 취약하다는 걸 알고 있었지만 그럼에도 나는 그렇게 믿어버렸고 무엇보다 이 믿음으로 부용이 실재하는 곳이라 믿을 수 있었다. 그러나 부용에 대한 이런 믿음 또한 취약한 것이어서 나는 이 역에 머무는 시간이 길어질수록 나의 기억과 판단이 뒤죽박죽되어 결국 스스로를 신뢰할 수 없는 지경에 이르고 말 것이란 불안감을 떨쳐버릴 수가 없었다. 초조한 마음에 서둘러 택시의 문을 열었다. 운전자가 보이지 않았다. 나는 택시의 문을 닫고 그 앞에 서서 운전자가 나타나기를 기다렸다.

  부용역 너머로 보이는 산의 능선이 부드러운 곡선을 그

리며 끝없이 이어지고 있었다. 능선 아래 녹색 덩어리는 아득하게 제 색채를 드러내었다. 녹색. 자연의 빛깔로 합당한 오직 하나의 색. 부용역만 보아서는 부용은 도시라기보다 시골에 가까웠다. 나는 자연을 좋아했지만 시골에 대해서는 좋아하는 마음도 싫어하는 마음도 없었다. 그런데 앞으로 시골이라는 낱말을 떠올릴 때마다 부용역에서의 정적과 혼란이 계속 뒤따라 연상될 것 같았다. 이 순박한 낱말은 이렇게 오염되고 말았고 이건 내가 원하는 바가 아니었다. 하지만 낱말의 인상은 나의 의지와는 무관하게 결정되는 것 아닌가. 낱말과 낱말이 부딪히는 사건, 환경, 마음 들의 우연한 얽힘…… 그때 택시 앞으로 어떤 사람이 불쑥 나타났다. 그 사람은 담배를 바닥에 비벼 끄고는 택시의 문을 열었다. 운전자였다. 나는 운전자가 혹여 나를 두고 출발할까 봐 서둘러 택시에 올라탔다. 아마 운전자와 거의 동시에 택시 안으로 들어왔을 것이다.

약간의 정적이 있었다. 나는 운전자에게 여기에서 가장 먼 호텔로 가달라고 말했다. 나도 모르게 나온 말이었고 왜 그런 말을 했는지 스스로도 이해할 수 없었다. 운전자 또한 내 말을 제대로 이해하지 못했다는 게 곧 드러났는데 택시는 출발하고 나서도 한참 동안 부용역 주위만 계속 맴돌고 있었다. 그에게 무슨 말을 어떻게 해야 할까 진지하게 고민했지만 선뜻 떠오르지 않았다. 택시가 택시 승차장을 네번째로 지나쳤을 때에야 나는 운전자에게 겨우 말을 꺼냈다. 여기에서 가장 먼 호텔로 가주세요. 내 말에 운전자는 급정거를 하고는 뒤돌아 나를 보며 피식 웃었다. 그리고 아무 말 없이 다시 운전을 시작했다. 그의 기이한 웃음에는 어딘지 불쾌한 구석이 있었다. 신경이 갉아먹히는 듯한 기분이었는데 이런 기분으로 좋은 말이 나올 리도 없었고 좋은 말이 아닌 말을 내뱉고 난 뒤의 상황 또한 좋을 리 없어서 운전자에게 별다른 대꾸를 하지 않았다. 운전자의 기분 나쁜 웃음을 잊으려고 나는 창밖을 쳐다보았다. 문득 "부용 여행: 부유에서 용부까지"라는 여행 안내서의 제목이 떠올랐다. 부용을 여행하는 여행자라면 부유는 어디이고 용부가 어디쯤인지는 알아야 할 것 같았다. 운전자에게 묻고 싶진 않았다. 그가 내 질문을 듣고 한 번 더 피식 웃을지도 모를 일이었다. 그의 불쾌한 웃음을 한 번 더 보느니 차라리 달리는 택시 밖으로 뛰어내리는 게 나았다. 이건 정말 과장된 말이 아니었고 그만큼 그의 웃음만은 피하고 싶었다. 나는 흘러가는 바깥 풍경을 바라보며 부용을 여행하는 여행자가 될 수 있는 다른 자잘한 비법에 대해 더 생각해보기로 했다. 택시 안에 신뢰할 수 없는 정적이 흘렀다.

택시는 어느새 부용역을 빠져나와 드문드문 놓인 약간의 논밭과 축사를 지나 저 멀리 동물들의 들판과 멀어지며 앞으로 점점 더 빠르게 달려 나갔다. 풍경의 색채가 이름 붙일 수 없는 하나의 색으로 섞여들었고 바깥의 사물들은 사나운 속도로 뭉개져나가 그 형체마저 알아볼 수 없었다. 이런 스피드는 난생처음이었다. 빈 도로 위를 폭주하는 택시 안에서 나는 약간의 현기증을 느꼈다. 이런 상태라면 산도 있고 하늘도 있고 들판도 있고 동물도 있는 풍경 속에 있어봤자 좋은 생각 좋은 순간이 생겨날 리 없었다. 택시가 시커먼 터널 속으로 빨려 들어가자 내 마음은 더 요동쳤다. 아무리 가도 터널의 끝은 보이지 않았다. 어두컴컴한 터널 속에서 꽝꽝 울려 퍼지는 기괴한 사이렌 소리는 곧 무서운 일이 닥치리라는 확실한 예고처럼 들렸다. 온 신경이 조여왔다. 운전자는 이런 불길한 징조에도 말 한마디 없이 그저 택시를 앞으로 빠르게 몰고 가는 데만 정신이 팔려 있었는데 그런 작자에게 내가 지금 겁에 질려 있다는 걸 굳이 내비치고 싶지 않았다. 요동치는 이 마음도 어둠의 터널이 끝나기만 하면 어느 정도 진정될 것이고 그런 점에서 차라리 운전자가 속도를 더 높이는 게 나았다. 하지만 지금의 속도는 이미 충분히 몰상식했고 이 속도만으로도 나는 꼭 정신이 나갈 것만 같았다. 그러니 택시의 속도가 지금보다 더 빨라진다면 정말로 나는 정신이 나갈지도 모르고 그 말은 곧 내가 세상으로부터 완전히 배제될 것이란 의미가 아니고 무엇이겠는가.

그러나 징조는 징조로 끝났다. 터널은 우리를 새로운 세상으로 안내했다. 택시는 이제 시골이라고 말할 수 없는 곳으로 진입했는데 운전자는 어찌 된 영문인지 몰상식한 속도를 조금씩 줄여나가고 있었다. 나는 그의 변심을 이해하기보다 그저 받아들여야 하는 처지였고 택시가 갑자기 정차했을 때도 마찬가지였다. 잠시 정차한 것인지 아니면 목적지에 도착한 것인지 운전자의 의중을 단번에 파악할 수 없었다. 운전자는 말없이 휘파람을 불기 시작했다. 운전자에게 말을 거는 게 내키지 않아 나는 그의 뒷모습만 멀뚱멀뚱 쳐다보고 있었는데 그때 순간적으로 운전자의 머리통이 검은지빠귀의 머리통처럼 보였다. 그가 내는 휘파람 소리가 언젠가 네덜란드의 아르티스 동물원에서 들었던 검은지빠귀의 울음소리를 상기시켜서였던 것 같은데 그때 나는 무슨 이유에서였는지 검은지빠귀가 내는 울음소리의 의미를 이해하고 싶어 했다. 우리는 같은 부류의 종이 아니었으므로 내가 그 소리의 의미를 완전히 이해하는 순간은 찾아오지 않을 것이었고 나 또한 그걸 모르는 바 아니었다. 나를 약 올리듯 검은지빠귀는 내 주위를 맴돌며 티티 티 티티티티티티 연신 울어댔는데 그것은 내가 검은지빠귀의 세상으로부터 마침내 배제되었음을 선고하는 소리처럼 들렸다. 운전자의 휘파람이 그때의 기억을 상기시킨 것은 내가 그의 휘파람 소리가 무얼 뜻하는지 전혀 알아듣지 못해서였기도 했지만, 우리가 같은 부류의 종임에도 불구하고 그게 서로의 속내를 이해하는 데 별반 도움이 되지 않는다는 걸 깨달아서였기도 했을 것이다.

택시는 움직일 기미가 없었다. 택시에서 내려야 할 적절한 때를 찾아야 했다. 운전자의 휘파람은 어느새 멈춰 있었다. 창문 바깥으로 부용호텔이라는 간판이 또렷하게 보였다. 나는 조용히 안도했다. 부용호텔이라는 간판은 운전자가 부용역에서 가장 먼 호텔로 가달라는 나의 요구를 잊지 않았음을 어느 정도 증명하는 것이었다. 그건 운전자가 아주 이상한 작자만은 아니라는 걸 의미하기도 했다. 이곳이 부용역에서 가장 먼 곳인지 지금으로선 알 수 없지만 어쨌든 나는 호텔에 도착했고 택시에서 내리지 않을 이유가 없었다. 가방에서 지갑을 꺼내 운전자에게 돈을 내밀었다. 그는 뒤돌아 피식 웃음을 짓고는 흔쾌히 돈을 건네받았다. 그때 나는 그의 얼굴을 분명히 보았고 무엇이 그의 웃음을 불쾌하게 만드는지 비로소 알게 되었다. 창백한 눈썹. 눈송이처럼 흰 그의 눈썹은 여전히 내 신경을 갉아먹으며 서늘하게 빛나고 있었는데 창백하다는 말로 그 눈썹의 특성을 다 드러내기엔 부족해 보였다. 그것은 운전자의 인상을 결정짓는 것으로도 모자라 심지어 그의 태도와 성격마저도 결정짓고 있는 듯했다. 더는 운전자와 엮이고 싶지 않아 나는 서둘러 택시에서 내렸다. 그런데 운전자 역시 나와 거의 동시에 택시에서 내렸다. 난처한 상황이 혹시 일어날까 잠시 긴장했지만, 그는 나에게 눈길 한번 주지 않고 호텔 맞은편에 있는 카페로 들어갔다. 그곳의 이름도 부용이었다. 운전자의 차갑고도 무례한 태도가 이상하게 내 마음을 진정시켰다.

나는 호텔 입구를 향해 걸어가다가 다시 부용카페 쪽으로 몸을 돌렸다. 운전자 때문은 아니었다. 운전자를 슬쩍 쳐다봤을 때 얼핏 눈에 들어왔던 카페테라스 의자들을 다시 보고 싶어서였는데 그것들의 잔상이 머릿속에서 계속 떠나지 않았다. 의자들에 가까이 다가가자 그것들의 색이 눈에 띄었다. 녹색. 그것도 아주 균일한. 일말의 오차도 없이 치밀하게 칠해진 그 녹색의 균일성에 나는 시선을 뗄 수 없었다. 약간의 어지럼증이 일었다. 휴식이 필요했다.

나는 부용카페로 들어가며 '다이달로스의 녹색'이란 이름을 떠올렸다. 의자들의 이름으로 적절해 보였다.

부용카페는 밥도 팔고 커피도 팔고 술도 파는 곳으로 아주 시끄러웠다. 부용시의 사람들이 죄다 이곳에 모이기라도 한 것처럼 부용카페는 사람들로 북적였다. 부용역에 도착한 이후 사람이라고는 두셋 정도 본 게 전부여선지 한데 모여 북적이는 사람들이 모두 모르는 얼굴인데도 아주 반갑게 느껴졌다. 말소리 음악 소리 식기 부딪히는 소리와 같은, 사람들이 없다면 들리지 않을 소리들이 카페 안을 가득 채웠고, 나는 들뜬 마음을 가라앉히려고 비어 있는 아무 테이블에 앉았다. 나의 착석이 마치 시작을 알리는 신호라도 된 것처럼 카페 한가운데로 남자 둘 여자 하나가 아무 예고도 없이 나타나 춤을 추기 시작했다. 어디선가 본 듯한 춤이었는데 아마도 영화 「국외자들Bande à part」에 등장하는 춤이었을 것이다. 나는 그 춤을 기억하고 있었다. 약속된 여러 개의 동작이 반복되는 동안 그들은 고장 난 기계처럼 여기저기 어긋나고 정돈되지 않은 모습이었고 그런 어설픈 움직임이 그들을 더욱 국외자들처럼 보이게 했다. 그럼에도 그들은 아름다웠다. 그러다 갑자기 사나운 고함 소리가 내 감탄 사이로 불쑥 끼어들었는데 카페 한구석에서 두세 명의 사람이 느닷없이 싸움을 벌이고 있었다. 좆같은 새끼야 좆같은 새끼야 좆같은 새끼야 좆같은 새끼야 좆같은 좆같은 좆같은…… 격렬한 싸움이었다! 그런데 가만 생각해보니 순전히 좆같다는 말 때문에 나는 저들의 싸움을 격렬하게 느끼고 있는 것 같았고 또 너무 많은 좆같은을 듣다 보니 어느 때부터 좆같은의 의미가 휘발되어 그 말이 더는 사납게 들리지도 않았다. 어쩌면 저들은 의미도 모르면서 따라 말하기만 하는 앵무새처럼 좆같은의 뜻 같은 건 전혀 신경 쓰지 않고 그저 서로의 말을 흉내 내고 있는 것일 수도 있다. 물론 이건 부코스키의 말대로 싸움 전체의 일부 중의 일부에 불과하고 이런 좆같은 자들의 좆같은 싸움에도 국외자들은 계속 춤을 추고 있었다. 그들의 어긋난 움직임은 싸움 때문인지 더 흐트러지고 말았지만 그것마저도 자연스러워 여전히 아름답게 보였다. 이곳 부용카페는 고장 난 춤과 어리석은 싸움이 이질적으로 공존하는 곳이었고 그리하여 아름다우면서 동시에 좆같은 곳이었다. 나는 이런 아름답고 좆같은 부용카페가 문득 세상의 축소판처럼 느껴졌다.

카페에서 나와 호텔로 들어가려는데 운전자가 택시 앞에 서서 담배에 불을 붙이고 있었다. 카페 안에서 운전자의 존재를 완전히 잊고 있었다는 걸 나는 담배에 불을 붙이는 운전자를 보고 알았다. 호텔 입구로 들어가면서 고개를 돌려 슬쩍 운전자를 쳐다보았다. 창백한 그의 흰 눈썹이 나를 노려보고 있었다. 나는 이 상황을 피하고 싶었지만 그와 눈이 마주친 이상 인사를 하지 않을 수 없었다. 나는 운전자를 향해 까닥 고개를 숙였다. 운전자는 내 인사에도 별 반응 없이 계속 나만 쳐다보았다. 그의 시선이 부담스러워 나는 카페 안에서 벌어진 싸움에 관해 물으며 운전자에게 말이라도 걸어볼까 잠깐 고민하다가 그에게 말을 건네는 게 더 부담스러운 일이라는 걸 깨닫고는 재빨리 호텔 안으로 들어갔다.

문을 열자 작은 홀이 펼쳐졌다. 자줏빛 벨벳 카펫과 삐걱대는 마룻바닥 그리고 언뜻 위압적으로 보이는 옛날의 테이블과 의자 들. 나는 홀을 가로질러 프런트 앞으로 갔다. 프런트 뒷벽에 걸린 흑백사진 속에는 칸딘스키임이 틀림없는 남자가 몸을 살짝 비틀고 「곡선의 지배 Courbe Dominante」라는 그림 앞에 앉아 있었다. 나는 언젠가 칸딘스키를 만난 적이 있다. 그를 만났을 때 당신의 그림만큼 당신의 글도 좋아한다고 말하려고 했지만 하지 못했고 그 기억은 후회와 자책으로 남아 오래 나를 괴롭혔다. 나는 흑백사진 속 남자가 옆얼굴만 내보이고 있었는데도 그가 칸딘스키임을 바로 알아차렸는데 그건 「곡선의 지배」라는 그림 때문이라기보다 내가 그의 얼굴을 매우 상세하고 집요하게 기억하고 있었기 때문일 것이다. 칸딘스키의 사진 앞에 앉아 있는 프런트 직원은 프런트 아래로 고개를 푹 숙인 채 무언가에 몰두하고 있었다. 보이는 것이라곤 그녀의 머리뿐이었지만 무엇 때문인지 그녀는 칸딘스키의 분위기를 모조리 다 흡수하고 있는 듯했다. 그러니까 그녀에게선 편견 없어 새롭고, 고상하여 외로운 칸딘스키 특유의 분위기가 느껴졌는데 그래서였는지 나는 마치 칸딘스키 앞에 서 있기라도 한 것처럼 프런트 앞에서 온몸을 벌벌 떨고 있었다. 방 있나요? 떨리는 마음을 겨우 가라앉히고 나는 수줍게 말을 꺼냈다. 여자는 내 말에 고개를 들긴 들었으나 아무 말 없이 흐리멍덩한 표정으로 나를 쳐다보기만 했다. 그녀의 텅 빈 눈빛이 방이 없다는 의미인지 아니면 내 말이 무슨 말인지 알아듣지 못했다는 의미인지 헷갈려서 어쩔 수 없이 나도 텅 빈 눈빛으로 그녀를 말없이 쳐다보았다. 잠시 후 여자는 살며시 미소를 지으며 열쇠를 내주었다. 그러고는 나에게 이름이나 연락처, 숙박 예정 일수 같은 최소한의 정보도 묻지 않은 채 다시 프런트 아래로 고개를 푹 숙여 자기가 하던 일로 되돌아갔다. 어쩌다 보니 내가 그녀를 방해하는 꼴이 되고 말았는데 나는 누가 나를 방해하는 것만큼이나 내가 누군가를 방해하는 것 역시 아주 싫어하는 사람이어서 그녀에게 당신을 방해했다면 미안합니다, 당신을 방해할 의도는 전혀 없었어요,라고 말하고 싶었다. 그러나 그녀는 고개를 푹 숙인 채 다시 무언가에 몰두하고 있었고 그런 그녀의 머리에 대고 그런 쓸모없는 말을 건네는 것은 방이 있냐고 물어보는 것과는 비교할 수 없을 정도로 어려운 일이었다. 나는 사진 속 칸딘스키의 옆얼굴을 한번 쓱 쳐다보고는 열쇠에 새겨진 방 번호를 확인한 뒤 프런트를 떠났다.

나에게 주어진 방은 301호였다. 계단을 올라 3층에 이르자 복도 벽 끝에 설치된 커다란 거울과 그 앞에 쌓여 있는 수백 권쯤 되어 보이는 책이 눈에 띄었다. 내 방으로 가기 위해선 그 거울을 정면으로 바라보며 걸어야 했는데 그러는 동안 거울 속에서는 점점 커지는 내 모습과 함께 책들이 계속 증식하고 있었다. 그것들은 증식에 증식을 더하다 증식을 넘어 결국 그 수를 헤아릴 수 없는 지경에 이르렀고 나는 돌연 들이닥친 아찔한 현기증에 몸을 벽에 기대지 않고는 바로 서 있을 수가 없었다. 정신을 차리려고 나는 거울 앞의 책탑에서 아무 책이나 집어 들고 도망치듯 방 안으로 들어왔다. 자잘한 동작이었지만 효력은 있었다.

 방문을 열자마자 노랑 보라 초록 검정 파랑을 비롯한 온갖 색이 제멋대로 뒤섞여 나의 시야를 점령했다. 창문으로 쏟아지는 햇빛의 영향 때문이었다. 몇 차례 눈을 깜박이고 나서야 방은 제 모습을 드러냈다. 다른 무엇보다 벽 곳곳에 매달려 있는 정체 모를 물체들이 내 시선을 붙들었는데 그것들을 보며 나는 우리의 기원 혹은 옛날들이란 말을 떠올렸다. 배아를 닮은 그 물체들은 마치 중력을 거스르며 공중에 떠 있는 것처럼 보였다. 그것들을 지나 창문 가까이 걸어갔다. 창문 너머 작은 발코니가 보였다. 나는 손에 든 책을 침대 위에 아무렇게나 던져두고 발코니로 나갔다. 무언가에 이끌리듯 난간에 기대 아래를 내려다보았다. 부용카페의 테라스가 한눈에 들어왔다. 그곳에선 두 사람이 다이달로스의 녹색 의자에 앉아 서로 뒤엉켜 있었는데 그들을 바라보며 이상하게도 공중에 떠 있는 기분을 느꼈다. 추락 없는 부유라면, 나쁠 것 없었다. 그러나 길 한복판에서 운전자가 나를 올려다보고 있는 것을 보았을 때 나는 그만 몸의 균형을 놓치고 말았고 자칫 공중에서 추락할 뻔했다. 저자는 헛것이 아니었다. 우리의 시선은 서로 부딪혔고 이만큼의 거리에서도 운전자의 창백한 눈썹은 서늘하게 빛났다. 나는 서둘러 방으로 들어왔다. 저자에게 나의 당혹스러움을 들키는 일은 되도록 피하고 싶었다.

 이 방의 침대와 마주 보는 벽에는 계단이 하나 나 있었다. 고작 세 개의 단으로 이뤄진 낮은 계단이었다. 이 계단의 목적이 무엇인지 단지 방의 장식만을 위한 것인지 아니면 숨겨진 공간을 연결하기 위한 것인지 외관만으로는 짐작할 수 없었다. 나는 침대에 앉아 계단의 목적을 한동안 생각하다가 잊지 말아야 할 것이 있었음을 떠올렸다. 기차와 택시 운전자와 국외자들의 춤과 좆같은이란 말과 칸딘스키…… 머릿속으로 떠오르는 게 있긴 있었다. 그러나 그것들 중에 내가 잊지 말아야 할 것이 있는지는 확신할 수 없었다. 나는 미심쩍은 기분으로 배낭에서 노트를 꺼냈다. 그리고 노트를 넘기며 노트에 적힌 메모들을 읽어나갔다. 그중 다음과 같은 메모가 눈에 띄었다. "아르키메데스의 그것 같은 옛 기하학 서적들과 이름들을 네가 베껴 적는 게 보이는구나. 애야, 너는 정신이 나갔구나. 레몽 크노. 떡갈나무와 개." 같은 페이지에는 애야, 너는 정신이 나갔구나라는 문장이 빼곡하게 채워져 있었다. 이 문장을 왜 수십 번 반복해서 적었는지 정확히 기억나진 않았지만 분명 나는 이 문장들을 적는 동안 지금처럼 희

열을 느끼며 낄낄 웃고 있었을 것이다. 애야, 너는 정신이 나갔구나. 나는 웃음을 참으며 한 번 더 소리 내어 말해보았다. 애야, 너는 정신이 나갔구나.

정신이 나갔구나라는 말 때문이었는지 오늘 기차에서 본 어떤 정신 나간 사람이 떠올랐다. 암스터르르르흐담. 그 사람은 내 앞자리에서 일어나 뒤돌아서서 난데없이 암스터르르르흐담 하고 노래를 부르기 시작했다. 고릴라처럼 긴 팔을 허공에 휘저으며 암스터르르르흐담 암스터르르르흐담…… 나는 노트를 아무렇게나 던져두고 침대 위로 드러누웠다. 천장에 매달린 샹들리에가 뚜렷한 질서 없이 이리저리 흔들리고 있었다. 암스터르르르흐담. 나는 그 정신 나간 사람처럼 르를 발음할 때 목젖을 최대한 떨면서 소리를 굴려보았다. 암스터르르르흐담. 그 사람이 정말로 정신이 나갔는지는 모를 일이지만, 눈앞의 사물을 꿰뚫어 보는 것으로도 모자라 사물이 자기에게 보내는 시선마저도 알아차리는 듯한 눈빛, 땀으로 온통 뒤범벅된 얼굴 위로 미끄러지는 손가락, 이빨을 드러내고 행운을 씹어 먹으며 암스터르르르흐담 노래하는 목소리…… 이 모든 것은 그 사람을 정말로 정신 나간 사람처럼 보이게 했다. 암스터르르르흐담 암스터르르르흐담! 여기는 암스테르담이 아닌 부용시였고 더구나 암스테르담에는 한 번도 가본 적이 없는 내가 지금 이렇게 암스테르담 생각만 하고 있는 것은 순전히 오늘 기차에서 들었던 그 사람의 노래 때문일 것이다. 기차가 움직이는 동안 나는 노래하는 그 사람을 힐긋힐긋 몰래 쳐다보며 저 사람이 정신이 나가지 않았다면 저런 목소리로 저런 얼굴로 노래하는 게 과연 가능할까 이런 생각만 계속했던 것 같다.

내가 암스테르담 생각에 몰두하고 있는 동안에도 천장에 매달린 샹들리에는 여전히 이리저리 흔들렸다. 꿈을 꾸고 있는 것인지 나는 내 몸이 점점 가벼워지고 있음을 느꼈고 어느 때부터, 믿기지 않겠지만, 공중을 부유하기 시작했다. 사방으로 정처 없이 부유하는 것은 나뿐만이 아니었다. 방 안 여기저기 매달려 있던 배아를 닮은 물체들 또한 나와 함께였는데 방 안의 가구들은 제자리를 지키며 가끔씩 우리의 부유를 방해했다. 가구들에 이리저리 부딪히면서 나는 이 방의 옛날들을 상상해보았다. 그러나 떠오르는 것이라고는 기껏해야 아무 뒤꽁무니나 쫓아다니는 염소의 이미지뿐이었다. 이 모든 것은 물론 아주 잠시 동안 벌어진 일이었고 나는 갑작스레 울린 전화벨 소리에 화들짝 놀라 침대에서 일어났다. 프런트에서 걸려 온 전화였다. 전화 속 목소리는 누군가 다급하게 나를 찾는다고 말했다. 나에게는 그럴 만한 사람이 없었기 때문에 나는 전화 속 목소리에게 다음과 같이 말했다. 잠시만 기다려주세요. 전화를 끊고 다시 침대에 누웠다. 아무리 생각해도 나를 다급하게 찾을 만한 사람은 떠오르지 않았다. 천장에 매달린 샹들리에는 여전히 무질서하게 이리저리 흔들리고 있었다.

 잠시 잠이 들었던 것 같다. 어떤 소리에 눈을 떴는데 그건 알의 껍데기가 갈라지는 소리 같기도 했고 벌레들이 기어다니는 소리 같기도 했다. 나는 침대에서 일어나 배낭을 챙겨 방에서 나왔다. 복도는 깨끗했다. 복도 끝에 설치된 거울도 그 앞에 놓여 있던 수백 권의 책도 모두 보이지 않았다. 1층까지 계단을 다 내려와서도 갈 만한 곳이 딱히 떠오르지 않아서 눈앞에 보이는 프런트로 걸어갔다. 프런트에 앉아 있는 사람은 나에게 방 열쇠를 준 여자가 아니라 다른 남자였다. 나는 프런트 남자에게 나를 찾아온 사람은 어디 있느냐고 물었다. 프런트 남자는 갑작스러운 내 질문에 약간 당황한 듯했다. 나는 내 질문이 그에게 다소 뜬금없이 들렸을 수도 있겠다는 생각에 조금 전 내 방으로 걸려 온 전화에 대해 자세히 설명했다. 말하다 보니 계속 같은 말만 하고 있는 기분이었는데 그건 기분이라기보다 사실이었다. 내가 받았던 전화에 대해 자세히 설명할 만한 내용이라곤 딱히 없었고 그러다 보니 나는 했던 말을 몇 번이고 장황하게 반복하고 있었다. 프런트 남자는 내 말을 다 듣고 나서 어깨를 으쓱하고는 글쎄요 라며 말끝을 흐렸다. 프런트 뒷벽에 걸린 흑백사진 속 칸딘스키는 「곡선의 지배」 앞에서 여전히 몸을 반쯤 비틀고 앉아 있었다. 프런트 여자와 달리 이 프런트 남자에게서는 칸딘스키의 편견 없는 새로움도 고상한 외로움도 아무것도 느껴지지 않았다. 칸딘스키의 사진 앞에 앉아 있다고 해서 모두가 다 칸딘스키의 분위기를 흡수하는 건 아니었고 나는 남자와 대화를 이어가고 싶은 마음이 싹 사라졌다. 그래서 로비 구석의 아무 의자로 가 앉아 등을 꼿꼿이 세운 채 누군가 나타나기만을 기다렸다. 나를 다급하게 찾는다고 했으니 누군가 나타날 것이다.

그러나 아무도 나타나지 않았다. 어느 정도 시간이 흘렀는데도 아무도 나타나지 않은 걸 보면, 조금 전 내 방으로 걸려 온 전화는 누군가의 착오였던 게 분명했다. 나를 찾아온 사람의 착오였든 누군가 나를 찾아왔다고 알려준 사람의 착오였든 어찌 됐든 누군가의 착오였을 것이다. 나는 의자에서 일어나 다시 프런트 남자에게로 걸어갔다. 남자는 프런트 아래로 고개를 푹 숙인 채 무언가에 몰두하고 있었다. 나는 누군가의 착오라고 생각했음에도 그의 머리에 대고 정말 나를 찾아온 사람이 없느냐고 다시 물었다. 남자는 고개를 들어 약간의 웃음을 짓고는 모르겠다고 말했다. 나는 남자의 웃음으로 그의 말이 거짓말임을 확신했는데 그렇다면 그의 말이 거짓말임을 드러낼 수 있는 방법이 무엇일까 생각하다가 나도 모르게 이렇게 말해버렸다.

"노크 소리에 문을 열었더니 키가 좀 크고 고릴라처럼 팔이 긴 사람이 서 있었어요. 나를 보자마자 그 사람은 뒷걸음질 치며 여기 로비 쪽으로 한걸음에 달려갔는데⋯⋯ 그러고는 호텔 밖으로 달아났습니다."

거짓말이었다. 프런트의 남자는 웃는 듯 웃지 않는 듯 모호한 얼굴로 나의 거짓말을 듣고 있었다.

"그 사람이 분명 여길 지나서 달려 나갔는데 못 보셨어요?"

"⋯⋯몇몇 사람이 여기를 지나가긴 했어요."

"그럼 누군가 여기에 오긴 왔다는 말씀이시죠?"

"그야⋯⋯ 그렇죠."

남자의 표정이 점점 굳어가고 있었다.

"당신 말고 나에게 방 열쇠를 내준 여자는 어딨죠?"

나는 내 방으로 전화를 건 사람이 체크인도 없이 나에게 방 열쇠를 내준 여자라고 확신했다. 내가 대화를 해야 할 사람은 이 남자가 아니라 그 여자였다.

"저는 여기 계속 있었는데요."

"그럴 리가요. 당신 말고 다른 여자분이 저에게 방 열쇠를 주었습니다."

"그럴 리가요. 저는 오늘 여기 계속 있었어요."

"무슨 그런 거짓말을 하세요."

"거짓말이라뇨. 저는 거짓말을 한 적이 없습니다."

"분명 저는 다른 여자분에게 301호 방 열쇠를 받았습니다. 당신이 아니었어요."

"이름이 어떻게 되시죠?"

남자의 목소리에서 짜증이 느껴졌다. 그는 나의 정보를 확인하려는 듯 노트북을 열었다. 이 남자와 계속 대화를 이어가는 한 내 말이 모두 거짓말이 될 수도 있는 일이었다. 그건 정말이지 내가 원하는 바가 아니었으므로 나는 그의 질문에 아무 대답도 하지 않고 뒤돌아 호텔 출구 쪽으로 재빨리 걸어 나갔다.

호텔에서 빠져나왔을 때 다이달로스의 녹색 의자는 아직 제자리에 있었다. 그러나 어느 것이 있고 없고의 상태가 언제부턴가 나의 감각과는 별개로 결정되고 있었다. 내가 다이달로스의 녹색을 보았다고 해서 다이달로스의 녹색이 실제로 있는 것임을 더는 확신할 수 없었다. 나는 다이달로스의 녹색을 한 번 더 자세히 보고 싶어서 카페 테라스 쪽으로 몇 걸음 더 걸어갔다. 그런데 정작 내가 바라본 것은 의자가 아니라 각각 의자에 앉아 서로 마주 보고 있는 두 사람이었다. 그들이 부용호텔 301호의 발코니에서 본 서로 뒤엉켜 있던 사람들인지 아닌지 알 순 없었지만 어쨌든 둘은 둘이었다. 두 사람은 커피와 술을 마시고 있었다. 잔의 냄새까지 맡은 건 아니었다. 그럼에도 나는 그들이 커피와 술을 마시고 있다고 생각해버렸다. 둘은 자기의 잔이 어느 것인지 신경 쓰지 않으면서 아무 잔을 아무렇게나 들이켰다. 그들의 그런 모습이 보기 좋아서 나는 그들을 한참 동안 쳐다보았다. 둘은 나의 시선을 느꼈는지 서로 어떤 말들을 주고받더니 한 명씩 돌아가면서 내 쪽을 쳐다보았는데 그러면서도 계속 커피도 들이켜고 술도 들이켰다. 나도 저 테이블에서 저들과 함께 내 잔이 어느 것인지 신경 쓰지 않으면서 커피도 들이켜고 술도 들이켜고 싶었다. 그러나 그런 마음이 들었다고 합석해도 되겠느냐 이런 말을 건넬 수는 없었다. 오히려 합석하는 것보다 지금처럼 둘과 눈도 마주쳐가면서, 그것이 비록 수상쩍은 눈빛이라 하더라도, 이대로 거리를 두고 바라만 보는 게 저들과 더 가까워지는 방법일 수도 있다. 그래서 나는 저들을 아무 말 없이 계속 바라만 보았다.

그러자 어느 때부터 저들의 얼굴이 낯설지 않아 보였는데 그도 그럴 것이 둘 중 하나는 카페에서 국외자들의 춤을 춘 사람이었고 다른 하나는 싸움을 벌이며 좆같은이란 말만 계속 퍼부어댔던 사람이었다. 마침 저들을 알아보았으니 이제 춤과 싸움이 어떻게 벌어졌고 어떻게 끝났는지 이런 질문들을 하면서 자연스럽게 저 테이블에 합석하여 커피도 들이켜고 술도 들이켤 수 있게 된 셈이다. 그러나 나는 카페테라스를 그냥 지나쳐 걸어갔다. 같은 테이블에 앉아 함께 커피와 술을 마신다고 해서 저들과 더 가까워지리란 법도 없고 그 전에 내가 저들과 관계를 맺고 가까운 사이가 되고 싶은 것이냐 하면 그것 또한 아니었다. 다만 나는 다이달로스의 녹색 의자에 앉아 새로울 것 없는 세상에 내려앉은 석양을 바라보면서 이를테면 '청기사' 같은 제목으로, 우연히 떠오르는 말들을 즉흥적으로 조합해서 시대를 여는 선언문을 쓰고 싶다고 생각했던 것 같다. 나는 앞으로 걸어가며 가끔씩 뒤를 돌아보았다. 그들은 여전히 자기 잔이 어느 것인지 전혀 신경 쓰지 않으며 커피와 술을 들이켜고 있었다.

이제 부용호텔과 부용카페는 거의 보이지 않았다. 나는 어깨에 배낭을 멘 채였고 조금 더 걷고 싶었다. 어떤 목적이 있는 것은 아니었다. 걷는 데 꼭 목적이 있어야 하는 것은 아니며 또 걷다 보면 목적이 생기는 경우도 있으니 지금 내가 이런 상태라고 해서 걷는 데 문제될 것은 없어 보였다.

걷는 사람은 나뿐인 듯했다. 부용의 길은 인도와 도로가 따로 구분되어 있지 않았는데 차도 없고 사람도 없어 걷는 데 방해받는 일은 없었다. 길 양편으로는 마지막 집이라고는 없는 것처럼 집들이 쭉 이어지고 있었다. 각각의 집에서 음악 소리 웃음소리 울음소리 기계 돌아가는 소리 개 소리와 같은 것들이 흘러나오는 걸 보면 이 길 위에 사람이 없다고 말했던 건 아무래도 수정될 필요가 있었는데 그러나 보이지도 않는 저들의 실재를 무엇으로 확신할 수 있을까. 물론 보이지 않는다고 해서 없는 것은 아니지만 보이지도 않는 것을 있다고 말할 순 없는 것 아닐까. 시선을 주고받는 것은 최소한의 관계 맺음이며 관계 맺지 않은 자들의 실재를 내가 도대체 어떻게 확신할 수 있을까 이런 생각들이 계속 이어졌던 것 같다.

한참을 걸었다. 어느 때부터 용부대피소를 가리키는 표지판이 눈앞으로 연거푸 나타났다. 용부라는 이름이 전혀 낯설지가 않았는데 그렇다고 그것을 어디에서 보았는지 기억나는 것도 아니었다. 기억은 점점 나의 의지와는 무관한 것이 되어가고 있었다. 하지만 애당초 기억이란 게 우리의 의지와는 무관하게 제멋대로 남아 있거나 사라지는 그런 것일 수도 있다. 기억해야 할 것을 잊고 기억하지 않아도 되는 것을 기억하는 상태, 아니 그보다 나는 계속해서 잊어가고 있는 상태라고 말해야 정확할 것 같다. 어쨌든 나는 용부대피소 쪽으로 걷기 시작했다. 용부대피소로 가야 할 이유는 없었지만 지금 내가 이 표지판의 지시를 따르지 않으면 용부라는 문자가 계속 눈앞에 나타나 종국에는 용부대피소가 아닌 곳에서도 줄곧 용부만 생각하고 있을 것 같았다. 용부 용부 용부 용부 용부 용부를 뒤집으면 부용이 되고 부용을 뒤집으면 용부가 되고 용부 부용 용부 부용 용부 부용 용부 부용 마치 뱀이 제 꼬리를 입에 물고 있는 형상처럼 용부 부용 용부 부용 용부 부용 용부 부용 용부 부용 용부……

그럼에도 용부대피소 앞에 이르렀을 때, 정작 나는 내 앞에 있는 건물이 용부대피소임을 알아차리지 못했다. 건물의 전면만 보아서는 어디에도 대피소로 보이는 구석이 없었고 그것은 건물이라기보다 차라리 아담한 무덤처럼 보였다. 사실 용부대피소에 이르기 직전까지 나는 부용의 광활하여 공허한 풍경 속을 정신없이 걸어야 했는데 그 때문인지 용부대피소를 거의 잊고 있었다. 내가 용부대피소까지 걸으며 주로 보았던 것은 아무것도 없는 드넓고 황량한 들판이었다. 어느 때부터 집들은 사라져 보이지 않았고 살아 있는 것은 어디에서도 나타나지 않았다. 걸어도 걸어도 보이는 건 지평선뿐이었다. 어쩌다 물 빠진 갯벌 같은 것이 예고도 없이 나타나긴 했지만 그곳에서조차 먹이를 찾는 새 한 마리 보이지 않았다. 거대한 공허가 길 한복판으로 들이닥쳤다. 길을 잘못 들어선 게 틀림없으니 다시 되돌아가야 했다. 그러나 나는 같은 방향으로 계속 걸어갔다. 용부대피소로 반드시 가야 할 이유가 나에게는 없었고 무엇보다 지금까지 걸어온 이 길을 다시 되돌아 걷는 것은 생각만으로도 지긋지긋했다. 그리하여 나는 부용인지 용부인지 모를 이 광활한 자연 속을 길을 잃은 듯 헤매며 오랫동안 걷게 되었다.

목적 없이 계속 걷다 보니 어느 때부터 나는 머릿속에 있는 공허한 미로 한가운데 던져져 이리저리 표류하고 있는 듯한 착각이 들었는데 이런 터무니없는 생각 와중에 갑자기 눈앞에 나타난 것이 바로 이 용부대피소였다. 무덤처럼 보이는 이 볼록한 형상은 마치 모든 이야기가 끝났음을 알리는 마지막 구두점처럼 나의 부용 여행을 종결하려고 그 자리에 있는 것 같았다. 나는 나를 점령하고 있던 끝없는 공허감에서 벗어나기 위해 무덤처럼 보이는 그것 가까이 다가갔다. 입구에 적힌 용부대피소라는 문자가 나를 낯설게 바라보고 있었다. 나 또한 이제껏 그런 문자를 한 번도 본 적이 없는 것처럼 낯설게 그 문자를 바라보았는데 그런 걸 보면 내가 용부대피소를 거의 잊고 있었다는 말은 과장된 것이 아니었다. 용부대피소의 문을 여는 순간 용부대피소라는 문자는 기억 속에서 제 정체를 드러냈고 나는 그제야 내가 길을 잃은 것이 아님을 깨달았다.

문을 열자 완만한 경사로가 아래로 쭉 이어졌다. 경사로의 끝은 어둠에 가려 잘 보이지 않았다. 지상에 남아 있는 약간의 희미한 빛마저 저 어둠 속으로 빨려 들어갔다. 그러나 무엇 하나 새로울 것 없는 어둠이었다. 나는 주저하지 않고 경사로를 따라 아래로 내려갔다. 어떤 소리가 어둠 속을 파고들어 왔다. 무언가 조용히 타들어가는 소리였다. 소리에 귀를 기울이며 기울어진 땅을 걸었다. 소리는 점점 가까워졌다. 경사로의 끝과 이어진 좁은 통로를 지나자 둥그런 궁륭 아래 아담한 홀이 나타났다. 소리는 홀 한가운데에서 비롯된 것이었다. 무수한 이파리가 층을 이뤄 거대한 탑처럼 쌓여 있었고 그 속에서 누에임이 틀림없는 흰 벌레 무리가 순종적으로 뽕잎을 갉아 먹고 있었다. 거대한 녹색 덩어리 사이에서 끊임없이 움직이는 흰 누에들은 살아 숨 쉬는 생물의 내부에서 계속 분열해나가는 세포들처럼 보였다. 나는 그것들의 움직임을 주시하지 않을 수 없었다. 누에는 누에 위와 누에 아래와 누에 앞과 누에 뒤와 누에 옆에서 중첩되어 타들어가듯 뽕잎을 먹고 뽕잎을 먹다가 고치를 짓고 고치를 짓다가 고치 속으로 숨어버리기를 반복하고 있었다. 각각의 고치는 누에의 대피소라기보다 오히려 감옥에 가까워 보였는데 힘겹게 고치를 짓고 그 속에 스스로 갇혀버리는 누에들의 마음을 나는 그만 이해하고 말았다. 머리가 핑 돌았다. 이해해선 안 되는 것을 이해해버린 순간이었고 이건 분명 내가 곧 정신이 나갈 것이란 징조였다. 정신을 차리기 위해 타닥타닥 타들어가는 거대한 녹색 이파리 덩어리를 눈을 부릅뜨고 쳐다보았다. 헤아릴 수 없는 뽕잎과 누에와 고치 들이 제각각 움직이고 있었다. 간혹 흰 나방들이 딱딱해진 고치를 운 좋게 뚫고 나와 정체를 드러내기도 했다. 날아오르지도 못하는 그것들은 불가능한 비행의 몸으로 진화하고 만 자신의 처지를 믿을 수 없다는 듯 계속해서 날개만 파닥거렸는데 자기의 불능을 재차 확인하는 나방들의 무용한 날갯짓 주위로 이따금 희고 작은 먼지의 소용돌이가 일어났다. 대기 중에 떠다니는 흰 먼지들은 머지않아 닥칠 나의 질식을 예고하는 듯했고 누에와 고치와 나방 들이 어지럽게 뒤섞인 불균일한 녹색 덩어리 탑 또한 머지않아 와르르 무너져 내릴 것 같았다. 타닥타닥 타들어가는 소리가 신경질적으로 가득 채워진 이곳은, 내 정신이 그러했기 때문에 그렇게 느껴진 것인지 알 수 없지만, 대피소일 리 없었고 차라리 감옥이자 무덤이었다. 나는 어느 때부터 여기에서 어떻게든 빠져나가야 한다는 생각만 하고 있었다.

홀 한쪽 벽에 작은 문이 하나 나 있는 게 보였다. 저 문이 용부대피소의 출구인지는 확신할 수 없었다. 그러나 이 상황에서 내가 할 수 있는 일은 저 문으로 나가거나 다시 어둠의 경사로를 오르거나 둘 중 하나였다. 나는 어둠의 경사로로는 되돌아가고 싶지 않았다. 어둠을 지나는 것은, 설령 그것이 무엇 하나 새로울 것 없는 어둠이라 하더라도, 어느 정도 용기가 필요한 일이었다. 나에게는 그럴 만한 용기가 남아 있지 않았다. 어쩔 수 없이 나는 내게 보이는 저 유일한 문을 향해 달려갔다. 문은 내 머리가 닿을 정도로 낮은 높이였다. 문을 통과하자 나 하나 겨우 들어갈 수 있을 만큼 좁은 폭의 나선형 계단이 위로 끝없이 이어지고 있었다. 이 좁은 공간에서는 위를 올려다보는 것만으로도 숨이 턱턱 막혀왔는데 그럼에도 나는 계단에 올라서고 말았다. 벽에 빼곡히 적힌 이해할 수 없는 문자들은 이 계단의 수상쩍음을 암시하고 있었지만 나에게 주어진 이 지배적인 곡선을 따르는 것 외에 지금 내가 할 수 있는 일은 없어 보였다. 이 계단을 계속 오르는 게 과연 좋은 선택일지 지금으로선 알 수 없었다. 그러나 곡선의 지배를 따라 이렇게 계속 위로 올라가다 보면 어쩌면 질식이 아닌 탈출의 순간이 찾아올지도 모르고 그때 내가 비록 정신이 나간 상태라 하더라도 어쨌든 탈출은 탈출일 테니 나는 우선 계단을 계속 올라가보기로 했다.

그때 나는

그때 나는 산꼭대기에 서 있었다. 그러니까, 그때 나는 누군가 내 몸을 살짝 건드리는 것만으로도 중심을 잃고 곧 절벽 아래로 떨어질 상태였다. 나는 왜 여기에 있는가? 그런 생각을 하기에 앞서 나는 이 절벽에서 한 발 뒤로 물러서야 했다. 그러나 몸이 잘 움직이지 않았다. 몸의 중심을 잃으면 나는 죽을 것이다. 저기 까마득한 바닥으로 퍽. 내 몸은 찢기고 터져서 형체를 잃고 말겠지. 그런 최후는 생각만으로도 너무 끔찍하다. 침착하자. 천천히 한 발자국만, 한 발자국만 뒤로 물러서면 될 것인데 그게 생각처럼 잘되지 않았다. 몸이 떨려왔다. 남아 있는 것이라고는 찢긴 육체뿐일 참혹한 미래. 그것은 공포였으므로 내 몸이 떨려왔고 절벽 위에서 떨려오는 몸을 어찌하지 못하는 이 상황 또한 공포였다. 공포로 몸이 떨리는 공포. 누군가의 도움이 필요했다. 그러나 지금 내게는 까마득한 바다와 절벽뿐이었다. 누군가 붙들어만 준다면 나는 그 손을 붙잡고 한 발자국 뒤로 물러설 수 있을 텐데. 한 발자국이면 충분했다. 한 발자국만 뒤로 물러서면 다음 발걸음은 얼마든지 내디딜 수 있을 것 같았다. 그러나 내 곁에는 아무도 없었다. 왜일까. 그것은 나의 문제일까 나를 도와주지 않는 모든 사람의 문제일까. 누구라도 탓하고 싶었지만 탓할 사람이 없었다. 지금 머릿속에서 떠오르는 사람이 아무도 없었다.

그때 어떤 목소리가 들려왔다.

끝없는 장대를 기어오르는 머리 없는 한 존재를 나는 저기 바라본다

어디에서 들리는 걸까? 이 목소리는 환청일까?

산보하는 동안 휴식을 취할까 하고 비록 아무리 바라도 거기에 다다르는 게 불가능할 정도로 그토록 다다르기 어려운 그 휴식의 밑바닥에 다다르려고 애를 쓰며 산보를 하는 동안 나는 저기 바로 그를 알아본다

아니다. 이것은 환청이 아니다. 나는 분명 이 목소리를 듣고 있다. 여리고 억눌린 목소리. 그럼에도 쏟아내듯 말을 뱉어내는 이 목소리는 전혀 낯설지 않다. 틀림없이 들어본 적이 있다.

지치지 않고 오 아니다 그는 무겁게 지쳐 있다 끊임없이 그는 기어오른다

그 무시무시한 수직의 길을 기어 올라간다*

목소리는 점점 커졌다. 나는 목소리의 말들을 이해하고 싶었다. 그러나 그걸 이해하기에 내 상황은 너무 무시무시했고 나는 이미 흘러가버린 목소리의 느낌만을 겨우 기억하고 있을 뿐이었다. 순간 나에게 말을 거는 저 목소리의 정체를 확인해야 한다는 생각이 들었고 그래서 뒤를 돌아보았다. 아무도 없었다. 아무도 없었지만 저기 길은 있었다. 비명을 삼키며 나는 한 발자국 뒤로 물러섰다. 몸이 부들부들 떨렸다. 나는 그 자리에 주저앉고 말았다. 그러나 그 자세는 여러모로 도움이 되었다. 조금 진정이 되었고 나는 네발로 기어서 절벽으로부터 벗어났다.

목소리가 더는 들리지 않았다. 몇 개의 표현이 떠올랐다. 머리 없는/휴식/무겁게/지쳐 있다. 이 말들을 스스로 생각해낸 것인지 아니면 내가 정말 들은 것인지 이제 어느 것도 확신할 수 없다. 머리 없는 휴식 무겁게 지쳐 있

---

* 앙리 미쇼, 「끝없는 장대에」, 『현대 대표 시인 선집』(오늘의 세계문학 30), 김현 옮김, 중앙일보사, 1987(2판).

다. 긴장이 풀리고 있었다. 공포도 불안도 참혹한 이미지도 사라졌다. 나는 자리에 누웠다. 뜨거운 햇볕이 온몸으로 쳐들어왔다. 이 햇볕이라면 계절은 여름일 것이다.

나는 왜 여기에 있는가. 눈을 감았다. 무슨 일이 있었던가. 생각나는 것이라고는 절벽 아래 까마득한 밑바닥과 아찔하게 떨려오던 몸의 감각뿐이었다. 과거를 떠올리려는 나의 노력을 조롱하듯 졸음이 밀려왔다. 나는 울고 싶어졌다. 과거가 떠오르지 않는 건 순전히 이 터무니없는 졸음 때문일 것이다. 과거가 없는 인간이 있을 순 없잖은가. 만일 나에게 과거가 없다면 없는 과거를 지어내볼까 이런 생각을 잠시 하다가 무엇보다 이 절벽에서 완전히 벗어나는 게 시급하다는 생각에 나는 졸음과 울음을 참고 누운 자리에서 일어났다. 사나운 햇빛을 피해 저기 보이는 길로 가자. 나의 이 고도를 낮추자. 나는 보이는 길을 향해 네발로 뚜벅뚜벅 걸어갔다.

끝없이 이어질 것처럼 보이던 가파른 경사가 어느새 끝났다. 내 다리에 힘은 거의 남아 있지 않았다. 온몸이 땀으로 흥건하게 젖었고 왼쪽 다리는 쥐가 올라 뻣뻣해졌다. 나는 잠시 멈춰 서서 통증이 사라지기를 기다렸다. 내 앞으로 완만한 길이 펼쳐져 있었다. 아직 통증이 남아 있었지만 걷지 못할 정도는 아니었다. 나는 절룩거리며 앞으로 걸어갔다. 빽빽한 나무들이 태양을 삼켜버린 듯 햇빛은 어디에도 보이지 않았다. 길은 시원하기보다 서늘했다. 나는 절벽으로부터 멀어지겠다는 목적을 어느 정도 이룬 것처럼 보였다. 그다음 목적은 없었다. 그래서 계속 걸었다.

얼마나 걸었을까. 저 멀리 빨간 세단 하나가 길 한가운데에서 들썩들썩 움직이는 게 보였다. 참으로 괴상한 광경이었다. 이 빽빽한 숲에 자동차라니. 더구나 저 들썩이는 움직임은 또 뭔가! 아무리 둘러봐도 자동차가 지나다닐 만한 길은 없었다. 지금 내가 걷고 있는 이 길도 서너 명의 사람만 지나다닐 수 있을 정도로 좁은 길이었다. 어딘가에서 굴러떨어졌을까? 어느 몰상식한 운전자의 몰상식한 운전으로 여기까지 저 세단이 쳐들어온 것일 수도 있다. 그러거나 말거나 저 빨간 세단은 무슨 안달이라도 난 것처럼 계속 들썩였고 길이 여기뿐이어서 나는 어쩔 수 없이 세단 앞까지 절룩거리며 걸어갔다. 창문이 열려 있었다.

그곳에선 두 사람의 몸이 뒤섞이는, 말하자면 뜨거운 사랑의 행위가 벌어지고 있었다. 나는 순간 당혹스러움에 뒤로 물러서긴 했지만 시선을 돌리진 않았다. 이런 장면을 두 눈으로 직접 보고 있으니 보면 안 되는 것을 본 사람이 가질 법한 죄책감이 들었다. 그럼에도 나는 계속 보았다. 둘은 몸을 기계적으로 문질렀다. 뜨거운 입김과 비릿한 냄새가 창문 바깥으로 새어 나왔다. 나는 이들의 사랑이 끝나기를 기다렸다. 그게 그때 내 목적이라면 목적이었다. 같은 자리에서 한참을 그렇게 둘의 사랑을 쳐다보았더니 조금 지루해졌다. 그래도 나는 그냥 그 자리에 계속 서 있었다.

삐걱. 예고도 없이 문이 열렸다. 빨간 기계의 들썩임은 어느새 멈춰 있었다. 열린 문으로 한 사람이 빠져나왔다. 나는 죄가 들통나기라도 한 듯 온몸이 화끈거려왔다. 그 사람은 헐떡이고 있었고 그러면서도 차분하고 무심하게 자동차의 문을 닫았다. 마치 그 안에 아무도 없다는 것처럼. 그러고는 나를 쳐다보았다. 나는 어떻게든 그 자리에서 벗어나고 싶었지만 몸이 말을 듣지 않았다. 어디를 쳐다봐야 할지 몰라 이리저리 시선만 피하다 이자와 결국 눈이 마주치고 말았는데 그때 나는 말 그대로 몸이 얼어붙어버렸다. 이자는 사람이 아닌 짐승의 얼굴을 하고 있었다. 늑대의 얼굴 같기도 했고 개의 얼굴처럼 보이기도 했는데 괴물일까. 차라리 머리 없는 존재가 덜 흉측할지도 모른다. 이자는 나만 보고 있었고 나는 이자의 시선에서 벗어나고 싶었다. 그러나 여전히 몸이 움직이지 않았다. 이자는 나에게 한 발 더 가까이 다가왔다.

"우리 언제 만난 적 있습니까?"

이자의 목소리는 아주 평범했다. 그것이 더 괴이하게 느껴졌다. 그럴 리가. 나는 속으로 말했다. 당신처럼 흉측하게 생긴 사람을 내가 도대체 어디에서 만났겠습니까. 입 밖으로 내뱉지 않은 게 다행이었다. 이런 혐오감을 대놓고 드러내서는 안 된다. 그런 윤리의식 정도는 내게 주어져 있었다. 비밀스레 죄책감을 느끼고 있던 찰나 이자가 갑자기 내 몸의 냄새를 킁킁 맡기 시작했다. 비밀을 탐지하려는 개처럼 내 주위를 빙빙 돌며 여기저기 계속 킁킁댔다. 나는 나의 내밀한 혐오감이 들킬까 봐 내심 불안했는데 더 생각해보니 그걸 혐오감이라 단정 짓기보다는 낯선 것에 대한 두려움 정도라 말하는 게 더 정확한 듯했다. 그러나 이런 내 생각은 곧 철회되어야 했는데 이자가 얼마나 가까이 킁킁댔는지 가끔 이자의 코와 손이 내 몸에 슬쩍슬쩍 닿았고 그럴 때마다 혐오하지 않는다라는 조금 전의 생각이 무색할 정도로 온몸에 소름이 확 돋았다. 이 접촉으로 내 몸이 언젠가 무너질 것이란 불길한 확신마저 들었다.

"저는 지금 막 벌레 한 마리를 죽였습니다."

이자가 내 앞에 멈춰 서서 나를 뚫어지게 쳐다보며 말하기 시작했다.

"그것은 아주 빠르고 미끄러웠어요."

"……"

"그것은 죽기 전 30초 정도 더 살았습니다."

"……"

"그걸 죽이는 건 쉬운 일이 아니었어요."

"……"

"그러나 제가 죽이지 않았다면 그 벌레는 틀림없이 당신을 물었을 것입니다."

"……"

"그 벌레에게는 독이 있어요."

"……"

"그 독은 사람을 죽일 만큼 무서운 것이지요."

"……"

"그런 점에서 당신은 제 도움을 받았다고 볼 수 있습니다."

"……"

"그렇다고 당신에게 무얼 바라거나 그런 것은 아닙니다."

이자는 말하고 멈췄다. 다시 말하고 멈추고 말하고 멈

추고…… 나의 답을 기다렸을 것이다. 그러나 나는 아무 말도 하지 않았다. 이자의 말은 사실이 아니다. 빨간 세단에서 조금 전 무슨 일이 벌어졌는지 두 눈으로 똑똑히 보지 않았던가. 뻔뻔한 개 같으니. 나도 모르게 욕이 튀어나올 뻔했다. 나는 지금 이자를 거의 개로 인식하고 있는 게 분명했다. 그때 이자가 느닷없이 내 손을 잡아채다시피 움켜쥐었다. 부드러운 감촉이라고는 전혀 없는, 메마르고 딱딱한 손. 나는 기분이 아주 나빠져서 화를 내고 싶었다. 그러나 가만히 있었다. 과거만 잊어버린 게 아니라 말하는 방법마저 잊은 건 아닐까? 슬슬 불안해졌지만 그렇다고 입 밖으로 말이 튀어나오는 건 아니었다. 나는 최대한 매몰차게 이자의 손을 뿌리쳤다. 메마른 손이 힘없이 아래로 떨어졌다. 아무래도 나의 호의는 여기까지인 듯했다. 나는 경멸의 눈빛으로 이자를 한번 노려보고 앞으로 걸어갔다. 왼쪽 다리에 아직 통증이 남아 있어서 나는 똑바로 걸을 수 없었다. 절룩절룩. 나는 내 행동이나 모습이 하나도 마음에 들지 않았다. 모든 면이 다 궁색하고 꾀죄죄했다. 딱히 이곳을 떠날 이유가 있는 건 아니었지만 손도 뿌리치고 경멸의 눈빛으로 노려보기까지 했으니 이자와 계속 함께 있을 수는 없었다. 내가 할 수 있는 다음 행동은 세단을 지나 앞으로 걸어가는 것뿐이었다. 절룩절룩. 이렇게 오래 절룩거리며 걷게 될 줄 몰랐다. 절름발이의 몸으로 여기 이 산속에서 무얼 할 수 있을까. 지금으로선 아무 생각도 떠오르지 않았다. 잠시 휴식을 취하고 싶었지만 개의 얼굴을 한 자가 아직 내 뒤에 서 있을 것이므로 나는 계속 걸어야 했다. 휴식 없이 목적 없이 계속. 이자가 그렇게 끔찍이 싫었던 건 아니었는데 어쩌다 보니 나는 이자를 끔찍이 싫어하는 사람처럼 행동하고 있었다. 아무리 생각해보아도 그게 내 진심은 아니었다.

뒤에서는 아무 소리도 들리지 않았다. 그자가 나를 뒤쫓아 오는 건 아닐까? 나는 개의 얼굴을 한 자를 계속 신경 쓰고 있었는데 어쩌면 그자가 나를 뒤쫓아 오기를 바라고 있었는지도 모른다. 뒤를 돌아볼까 잠시 생각했는데 그것이야말로 정말로 궁색하고 꾀죄죄한 행동이라는 생각에 나는 묵묵히 앞만 보며 걸어갔다. 쨍한 햇빛이 가끔씩 나무들 사이를 파고들었다. 여름의 펄떡이는 냄새가 났다. 열매들은 툭툭 떨어졌고 곤충들이 윙윙거렸다. 나뭇잎들이 젖어가고 돌멩이들이 땅을 굴렀다. 소리들은 크지 않았지만 귀를 기울이다 보면 사방은 몹시 소란스러웠다. 그렇다. 여기 이곳에서 무슨 일이 벌어지고 있는 게 틀림없다. 내게 닥친 이 상황을 이해하려면 여기 이곳에서 무슨 일이 벌어지고 있는지 알아야 한다. 하지만 지금 눈앞에 보이는 건 떼를 지어 늘어선 나무들과 이따금 푸드덕거리며 날아오르는 새, 조금 질퍽거리는 흙 그리고 절룩거리는 나에게 방해만 되는 울퉁불퉁한 돌멩이들뿐이었다. 이 자연만으로는 내 상황을 이해하는 데 무리가 있었다.

퍽.

그때 하늘에서 새가 떨어졌다. 그것은 붉은 머리의 새였는데 동그란 몸에 꼬리는 없는 특이한 형상이었다. 붉은머리새는 몸에 달린 날개를 잠시 파닥거리다가 이내 머리를 몸속에 파묻고 죽었다. 그것은 꼭 하나의 공처럼 보였다. 이 최후의 파닥거림은 대략 30초 정도였다. 순간 개의 얼굴을 한 자의 말이 떠올랐다. 그것은 죽기 전 30초 정도 더 살았습니다. 붉은머리새도 죽기 전 30초 정도 더 살았다. 개의 얼굴을 한 자가 이 말을 했을 때 나는 그 말의 의미를 이해하지 못한 채 그냥 흘려들을 수밖에 없었는데, 붉은머리새의 최후의 30초를 지켜보는 동안 그 말이 다시 떠올랐다. 이제 그 말의 뉘앙스 정도는 느낄 수 있을 것 같았다. 겉으로 보기에 삶은 죽음으로 쉽게 넘어가는 것처럼 보이지만, 이 최후의 30초로 인해 산 자는 죽은 자의 세계로 절대 쉽게 넘어갈 수 없다. 이 30초는 죽음 앞에 선 산 자의 모든 생이 집약된 시간이며 모든 생이 집약되는 불가능이 일어나는 시간이다. 그때 나는 불현듯 붉은머리새의 죽음에 경이로움을 느꼈다. 그래서였을까. 땅에 널브러져 가여이 죽어 있는 이 새를 푹신한 풀밭에라도 묻어주고 싶었다. 나는 그것의 사체를 들어 바지 오른쪽 주머니에 넣었다. 내 바지 주머니는 헐렁해서 붉은머리새를 담기에 충분했다. 그러나 붉은머리새를 넣자마자 그것의 묵직한 무게가 나를 바닥으로 끌어당겼고 이로 인해 내 몸은 오른쪽으로 더 기울게 되었다. 내 몸의 무게는 절룩거리면서 이미 충분히 오른발에 쏠려 있었는데 붉은머리새가 내 망가진 균형을 더 망가뜨려놓았다. 한 마리 더 있었다면. 한 마리 더 하늘에서 떨어져도 좋을 일이었다. 한 마리 새가 하늘에서 더 떨어지면 나는 그것을 바지 왼쪽 주머니에 넣을 것이다. 그럼 그것이 다시 나를 왼쪽으로 끌어당길 것이고 그렇게 되면 나는, 나의 망가진 균형은 조금이나마 회복되겠지. 그러나 이 바람이 얼마나 끔찍한 것인지 깨닫기까지 시간이 오래 걸리지 않았다. 내 균형을 위해 붉은머리새가 하늘에서 떨어져 죽기를 바라다니. 조금 전까지만 해도 최후의 30초니 죽음의 경이로움이니 호들갑을 떨고 있지 않았던가. 내 위선을 확인하는 이 기분은 정말이지 끔찍했다. 나는 붉은머리새를 바지 주머니에서 꺼냈다. 깃털로 뒤덮인 그것의 물컹한 살이 만져졌다. 끔찍한 기분으로 만져서인지 아니면 죽어 있는 것의 살을 만지는 것이 본래 끔찍한 일인지 알 수 없었으나 붉은머리새의 몸을 만지는 기분 또한 정말이지 끔찍했다. 나는 그것을 있는 힘껏 멀리 던졌다. 붉은머리새는 작은 포물선을 그리며 저기 수풀 속으로 떨어졌다.

부스럭.

붉은머리새가 떨어진 바로 그 자리에서 나는 소리였다. 토끼였다. 회색빛으로 보이기도 하고 붉은 장밋빛처럼 보이기도 하는 토끼 한 마리가 나를 한번 힐끗 쳐다보더니 붉은머리새를 입으로 물고 어디론가 재빨리 뛰어갔다.

나는 계속 절룩거리고 있었다. 이 절룩거림은 더는 왼쪽 다리의 통증 때문이 아니었다. 통증은 어느새 사라져 있었다. 그렇다면 나는 지금 왜 절룩거리는가. 붉은머리새가 나를 바닥으로 끌어당기고 있는 것도 아니었고 통증도 없어졌는데 나는 똑바로 걸을 수가 없었다. 이대로 절름발이가 되어 이 산속을 누빌지도 모른다. 그런 삶은 생각도 하기 싫었다. 그렇지만 절름발이가 되느냐 아니냐 이건 지금으로선 내 의지로 결정할 수 있는 문제가 아니어서 이럴 땐 차라리 마음만 먹으면 얼마든지 할 수 있는 일을 찾는 게 여러모로 나에게 필요했다. 토끼를 뒤쫓는 일이 바로 그것이었다. 토끼가 붉은머리새를 물고 간 이후로 나는 계속 찜찜했다. 푹신한 풀밭에 묻어주었어야 했는데. 그것의 장례를 치러주었어야 했는데. 토끼를 붙잡아야 했다. 토끼가 물고 간 붉은머리새를 되찾아야 했다. 그렇게 하지 않고서야 찜찜함인지 죄책감인지 모를 이 나쁜 기분에서 영영 벗어나지 못할 것 같았다. 토끼를 찾아야 한다.

그러나 절름발이의 몸으로 토끼를 찾기란 쉬운 일이 아니었다. 토끼는 작은 몸집으로 민첩하게 요리조리 움직이며 나를 약올렸다. 내가 절룩거리며 토끼가 있는 쪽을 향해 걸어가면 그것은 즉시 다른 방향으로 잽싸게 뛰어갔다. 입에 붉은머리새를 물고 죽음을 물고 폴짝폴짝 나무 뒤로 숨었다가 바위 뒤에서 다시 나타났다가 얄미운 궤적을 그리는 저 망할 토끼를 잡아야 하는데 느릿느릿 비비 꼬는 이 몸으로 이 비참한 마음으로 폴짝거리는 토끼만 쳐다보는 나는 무엇 하러 붉은머리새를 수풀 속으로 던져버렸을까. 그곳으로 던지지만 않았더라면 토끼가 그걸 물고 가는 일은 없었을 텐데. 그럼 내가 이런 우스운 꼴로 이 산속을 헤매는 일도 없었을 텐데. 아니다. 이런 자기반성 대신 붉은머리새의 장례를 포기하거나 그게 싫다면 토끼를 붙잡을 다른 묘안을 생각해내거나. 지금 내가 할 수 있는 일이 후회뿐인 것은 아니었다.

바스락.

다시 소리가 들렸다. 나는 눈을 부릅뜨고 소리가 나는 쪽으로 살금살금 걸어갔다. 나무 아래 토끼가 있었다. 내가 찾고 있던 회색빛인지 장밋빛인지 모를 그 토끼가 나무 아래에서 발작적으로 폴짝폴짝 뛰고 있었다. 이 미치광이 토끼의 입에는 아직 붉은머리새가 물려 있었다. 어찌나 세게 물었는지 붉은머리새의 몸에서 새빨간 피가 흘러내리고 있었고 눈을 부릅뜨고 계속 쳐다보기에 그 장면은 너무 잔혹했다. 저 가여운 새를 못된 토끼로부터 어서 구해내야 했다. 그러나 나는 이 무서운 장면 속으로 선뜻 뛰어들지 못했다. 토끼의 잔혹함에 겁을 먹은 채 붉은머리새를 그저 가여워만 하고 있었다. 저 못된 토끼가 피투성이 새를 입에 물고 발작적으로 뛰어다니는 동안 나는 그 모습을 그냥 구경하기만 했다. 위장된 연민이었나. 차라리 먹어버려라. 그러다 미치광이 토끼는 갑자기 어떤 계시라도 받은 것처럼 나무 아래 구멍 속으로 다이빙하듯 몸을 던져 들어갔다. 토끼가 눈앞에서 사라지고 나서야 나는 토끼가 발작하던 그 자리에 갔다. 어두운 구멍을 바라보며 저 미친 토끼가 빼앗은 붉은머리새의 평온한 죽음을 생각했다. 구멍 속에서 붉은머리새의 살점을 뜯어

먹고 있을 토끼의 모습도 떠올랐다. 토끼의 입에 물려 처참히 폴짝거리던 붉은머리새의 그 둥근 형체도 눈앞에 아른거렸다. 마음이 들끓었다. 나는 복수를 생각했다. 미치광이 토끼가 내 장례를 망쳐놓았고 복수로라도 나의 이 애도하는 마음은 지켜져야 한다! 나는 분노인지 슬픔인지 서러움인지 모를 감정에 휩싸여 그 자리에서 미치광이 토끼처럼 한참을 발작적으로 절룩거리며 폴짝댔다. 그러는 동안 토끼에게 복수할 수 있는 이런저런 방법을 강구해보았는데 무슨 까닭인지 구멍을 막는 것이 곧 최적의 복수라 확신하게 되었다. 이 생각이 얼마나 멍청한 것이었는지 깨닫기까지는 한참 시간이 걸렸다.

여러 개의 구멍이 눈앞에 있었다. 나는 먼저 미치광이 토끼가 다이빙해 들어간 구멍을 바위로 막고 흙으로 덮었다. 그리고 또 다음 구멍으로 절룩거리며 걸어가 그것을 바위로 막고 흙으로 덮었다. 눈앞에 보이는 구멍을 다 막고 나면 다시 다른 구멍이 나타났고 그렇게 나는 구멍이 보일 때마다 이 짓을 반복했다. 이 무용한 짓을 진 빠지게 반복하다가 기어이 나는 이 짓의 목적을 잊고 말았는데 이제 더는 못 하겠다는 생각이 들 만큼 기진맥진해진 상태에서도 나는 계속 구멍을 막으려고 바위를 옮기고 흙을 파고 있었다. 그때 저기 보이는 또 다른 구멍에서 토끼한 마리가 튀어나왔다. 회색빛으로도 보이고 장밋빛으로도 보이는 바로 그 미치광이 토끼였다. 그것은 나를 한 번 힐끗 쳐다보고는 저 멀리 폴짝폴짝 뛰어가 사라졌다. 나는 토끼가 사라지는 뒷모습을 잠시 바라보다가 다시 흙을 파기 시작했다. 토끼가 사라졌다고 해서 모든 구멍을 막아야 한다는 강박이 사라진 것은 아니었다. 나는 이미 이 짓의 목적을 잊은 상태였고 더구나 이 멍청하고 단순한 짓에 이상한 쾌감마저 느끼고 있었다. 나는 토끼가 사라진 후로 한참 동안 구멍을 막는 짓을 계속했고 구멍을 막아도 더는 아무런 기쁨이 느껴지지 않을 때까지 발견되는 구멍을 계속 막고 막고 막고 또 막았다.

나는 빈속이었다. 빈속으로 오래 걸었다. 이 허기를 계속 버틸 수는 없었다. 허기는 잊히는 것이 아니었고 나는 배가 고팠다. 이제 나는 이 산을 내려가고 있는 것인지 올라가고 있는 것인지 그 갈피조차 잡을 수 없었다. 오른쪽 다리에는 언제 시작됐는지도 모를 통증이 퍼져 있었다. 내 몸은 거의 무너지는 꼴이었다. 사방에서 불어대는 서늘한 바람이 여름의 효력을 없애버렸고 나는 얼빠진 사람처럼 이곳저곳을 두리번거렸다. 이곳저곳을 둘러보아도 온통 빽빽한 나무들뿐이었다. 그것들은 무섭게 나를 에워

싸고 있었다. 그러다 나무들의 무리가 느닷없이 못매라도 때릴 것처럼 나를 향해 돌진했다. 나는 겁에 질려 그 자리에 주저앉아 무릎을 꿇었다. 사죄하는 마음으로, 설령 그것이 내가 모르는 죄라 하여도 무조건 사죄한다는 마음으로 엎드려 두 눈을 감고 두 손으로 빌었다. 하지만 만일 그때 내 손에 몽둥이가 들려 있었다면 두 손으로 비는 대신 나에게 돌진하는 이 무서운 존재들을 향해 사정없이 몽둥이를 휘둘렀을지도 모른다. 그때 나는 뒤죽박죽이었고 몽둥이를 휘두르는 것은 방어이면서도 폭력일 것이고 어떤 폭력도 정당할 순 없으나 나는 무고했고 나의 무고함을 증명할 수 있다면 나는 기어이 몽둥이를 휘둘러야 하는가. 사방은 조용했다. 새의 울음소리가 간헐적으로 들렸다. 피 흘리던 붉은머리새가 떠올랐다. 나는 세상의 비정함에 대해 생각했다. 이 세상은 도대체 어떤 세상이길래 무너지는 이 꼴로 나를 여기 이 진창에 던져놓았는가. 이 두 다리는 몸에 매달려 있기만 할 뿐 아무짝에도 쓸모가 없었다. 나는 나쁜 격정에 휩싸였다. 차라리 없애버릴까? 바닥에 등을 대고 눈을 떴다. 빽빽한 나무들이 무자비하게 하늘을 뒤덮고 있었다. 나뭇잎들의 야박한 틈 사이로 하늘이 보이긴 했지만 그것은 하늘의 특색을 잃은, 아주 작은 구덩이처럼 보였다. 새까만 벌레들이 땅의 습기를 빨아 먹으며 내 몸 아래로 기어 와 서늘하게 꿈틀거렸다. 그것들의 움직임은 불쾌했고 나의 짓누름 한 번이면 소리도 없이 죽고 살고 죽고 살고 끝날 운명일 존재들 죽을 운명이어야만 태어나게 되어 있는 이 미약한 벌레들 모든 생에는 죽음이 필요하고 모든 죽음에는 생이 함축돼서 이 존재들을 손가락으로 단번에 짓이겨 죽이는 것은 이것들의 생의 의미까지 죽이는 것과 같으니 나는 그런 일은 하고 싶지 않았다. 벌레들아 태어나지 못할 바에야 죽을 운명으로라도 태어나는 게 더 축복일까? 그것이 벌레의 생이라도?

라쉘휘 트히슽!

그때 나는 어디선가 터져 나오는 여리고 억눌린 목소리를 또다시 들었다. 귓가에서 들리는 것 같기도 하고 머릿속에서 들리는 것 같기도 한 그 목소리는 이곳저곳을 맴돌며 점점 커졌다. **라쉘휘 트히슽! 라쉘휘 트히슽! 라쉘휘 트히슽!** 라쉘휘 트히슽은 소리 날 때마다 매번 특정한 리듬을 발생시켰다. 그 리듬 속에서 음절의 날카로운 속성이 자연스럽게 마모되었고 그러자 그것은 점점 부드럽고 성스러운 소리로 탈바꿈했다. 나는 그 소리를 외울 만한 여력이 있었다. 라쉘휘 트히슽. 나는 소리 내어 말해보았다. 비록 그 말의 의미는 몰랐지만 그렇다고 성스러운 소리가 성스럽지 않아지는 것은 아니었다. 이곳의 정적은 소리의 성스러움을 더욱 드높였고 거대한 소리는 사방을 떠돌다 불쑥 형체를 갖추더니 점점 줄어들면서 마침내 하나의 지팡이로 축소되었다. 나는 그 지팡이를 꽉 붙잡았다. 그것에는 다음과 같은 문자가 적혀 있었다. La chair est triste!* 알 수 없는 힘에 이끌려 나는 지팡이를 붙들고 일어섰다. La chair est triste!이라고 적힌 지팡이가 무너진 내 몸을 일으켜 세웠다.

La chair est triste! 문자는 절대 불평하는 법이 없고 그것의 의미를 알아채는 것은 내가 아닌 세상에 널린 해석하는 자들의 몫이었으며 이 모든 게 계시였으므로 이 문자가 라쉘휘 트히슽이란 소리의 주인이라는 것을 단번에 깨달을 수 있었으니 바야흐로 목소리와 문자와 지팡이가 하나로 집약되어 나는 그것을 마침내 맹목적으로 따르게 되고야 말았다. 이 고귀하고 신성한 지팡이가 내가 가야 할 길을 올바르게 인도할 것이라는 믿음이 피어났고 이 지팡이를 절대 함부로 다뤄선 안 된다는 금기가 태어났다. 물론 이 믿음과 금기는 충분히 괴상했고 그것이 괴상하다

---

* 스테판 말라르메, 「바다의 미풍 Brise marine」, 『목신의 오후』, 김화영 옮김, 민음사, 1995.

는 걸 모를 만큼 그때 나는 어리석지 않았다. 그럼에도 지팡이에 의존하여 걷는 것이 홀로 절룩거리는 것보다 훨씬 나았으므로 나는 이 괴상한 믿음을 당분간 이어가기로 했다. 오른발이 왼발보다 좀더 움직일 만했다. 그래서 왼손으로 지팡이를 짚고 오른발을 앞으로 내디디며 왼발을 질질 끌었다. 다시 지팡이에 내 몸의 무게를 싣고 그것으로 땅바닥을 내리찍으며 오른발을 앞으로 내디뎠다. 그리고 왼발을 질질 끌기. 질질 끌기 질질 끌려다니기. 지팡이에 질질 끌려다니며 마음만은 평온하게 여기 이 진창을 누비는 신세란!

진창 속에서 짐승들의 울음소리가 끝없이 메아리쳤다. 정확한 절망이라는 말이 떠올랐다. 이곳은 목숨을 내놓고 이동해야 하는 곳이었다. 굶주린 포식자가 언제든 무자비하게 공격할 수 있고 그 공격에 무력한 이방인인 내가 살아남을 방법은 지금으로선 없어 보였다. 몸을 숨길 만한 은신처도 알지 못했고 그렇다고 사나운 맹수를 공격할 수 있는 제대로 된 무기가 나에게 있는 것도 아니었다. 일어나지 않은 일은 곧 일어날 일과 같다. 나는 몸이 떨렸다. 짐승의 예고 없는 공격에 나는 무참히 쓰러지고 찢길 것이다. 그때 문득 지팡이를 두 손으로 더 꽉 붙잡고 라쉘 휘 트히슬이라고 외치고 싶었다. 그 외침 하나면 이 고약한 공포심이 단번에 사라질 것 같았다. 확실한 믿음으로 나는 소리 내어 외쳤다. 라쉘휘 트히슽! 잔혹한 맹수가 내 앞에 나타나 내 살점을 물어뜯는 일 같은 것은 일어나지 않으리니. 진실로 진실로 그렇게 될지어다. 라쉘휘 트히슽! 믿는 대로 이루어질 것이니 라쉘휘 트히슽! 놀랍게도 마음이 조금씩 평온해졌다. 나는 이 지팡이만 믿으면 되었고 내가 아무리 궁핍하고 저속한 꼴이라 하더라도 내가 믿기만 한다면 이 성스러운 지팡이는 기필코 나를 지켜낼 것이리라. 오 나의 지팡이여! 라쉘휘 트히슽!

이윽고 벤치가 나타났다. 이 깊고 깊은 산속에 나타난 저 벤치는 마치 기적과도 같은 것이었다. 휴식, 그토록 다다르기 어려워 보였던 휴식의 시간을 저 벤치에서 비로소 갖게 되리라. 이게 다 지팡이 덕분이었다. 라쉘휘 트히슽! 나는 벤치에 앉아 이것이 휴식이지 이것이 휴식이야 스스로 감탄하며 땀을 식혔다. 그리고 무사히 이 벤치에 다다르게 된 것에 감사하며 진심을 다해 기도했다. 내가 무너져버린 몸으로도 지치지 않고 이곳에 다다를 수 있었던 것은 모두 지팡이의 인도하심 덕분이며 라쉘휘 트히슽! 지팡이의 인도하심으로 이 거룩한 벤치에 안착함으로써 마침내 평화로운 휴식을 가질 수 있게 되었으니 라쉘휘 트히슽! 보잘것없는 나를 여기 이 벤치에 앉게 하심은 존귀하신 지팡이의 크나큰 뜻이 있음이며 라쉘휘 트히슡! 그 거룩한 뜻을 받들어 지팡이의 영광이 되기를 원하고 또 원합니다 라쉘휘 트히슡!

  이 거룩한 벤치에 앉아 바라보는 풍경은 무엇 하나 특별하지 않은 것이 없었다. 그중 가장 특별했던 것은 긴 장대를 기어오르는 머리 없는 한 존재였다. 그 광경은 정말로 특이했지만 완전히 낯선 것만은 아니었다. 나는 그 광경에서 눈을 떼지 못했다. 어떤 기시감마저 느껴졌는데 언젠가 들었던 단지 말에 불과했던 말이 하나의 장면으로 완벽하게 구현된 것을 목격하고 있는 것 같았다. 끊임없이 그는 기어오른다. 그 무시무시한 수직의 길을 기어 올라간다…… 그런데 이 광경을 계속 지켜보고 있다 보니 머리 없는 존재가 더 올라가고 있는 것인지 아니면 더 떨어지고 있는 것인지 갑자기 헷갈리기 시작했다. 머리 없는 존재는 언제 떨어질지 모를 불안한 자세로 잠시 정지하는 듯하다가 다시 기어올랐고 그러다 다시 정지, 불안, 시작, 정지, 불안, 시작…… 이를 계속 반복했다. 그는 지치지 않고 오 아니다 그는 무겁게 지쳐 있었고 장대에 매달린 그의 괴이한 자세를 볼 때 이 곡예에 진절머리가 나 있는 게 틀림없었다. 그렇다면 내가 머리 없는 존재의 가여운 곡예를 끝내줘야겠다는 생각을 하다가 다시 그게 이 사태의 본질이 아니며 오히려 저 수직의 장대가 끝없이 뻗어 나가도록 그리하여 계속해서 그가 기어오를 수 있도록 비록 그곳에 다다르는 게 불가능하다 하더라도 바라는 곳에 기어코 다다를 수 있도록 도와야 한다는 생각에 이르렀다. 나에게 있는 것이라곤 이 지팡이뿐이었고 이 지팡이가 저 장대를 더 길게 늘이는 데 어느 정도 도움이 되지 않을까 하는 생각에 나는 벤치에서 일어섰다. 그리고 머리 없는 존재가 낑낑 기어오르고 있는 저 무시무시한 장대를 향해 지팡이를 붙들고 질질 몸을 끌며 걸어갔다. 장대 앞에 힘겹게 도착한 나는 머리 없는 존재가 매달려 있는 저기 저 높은 곳을 올려다보았다. 목이 꺾여 현기증이 났다. 이 장대를 타고 저기까지 올라가지 않는 한 내 지팡이를 저 머리 없는 존재에게 건네줄 방법은 없어 보였다. 그는 저 높은 곳에서 곧 떨어질 듯 계속 휘청거렸다. 그는 결국 이 장대에서 떨어질 것이다. 그렇다고 그게 이 지팡이의 잘못은 아닐 것이다.

 이쯤에서 그만 생각할 필요가 있었다. 나는 머리 없는 존재만 너무 오래 생각하고 있었고 머리 없는 존재만 생각하기에는 나에게 생각할 거리가 너무 많았다. 나는 생각을 끝내기 위해 이 소중한 지팡이를 장대 옆에 박아두기로 했다. 그것은 그 순간 내가 할 수 있는 가장 그럴싸한 일이었다. 그래서 나는 정말로 그렇게 했다. 이것으로 충분했다. 내 지팡이가 머리 없는 존재에게 도움이 된다면 좋으련만 그럴 가능성은 희박해 보였다. 지팡이를 장대 옆에 박아두는 바람에 불행히도 내 몸은 다시 무너졌다. 지팡이에 기대 몸을 질질 끌며 겨우 걸어 다녔던 나는 이제 지팡이 없이 네발로 땅을 기어다니는 지경에 이르렀다.

  비록 지팡이에 질질 끌려다니는 신세였지만 직립보행으로 최소한의 인간성을 유지하고 있던 나는 이제 네발로 기어다니는 짐승의 꼴로 산속을 누비며 최악으로 치닫고 있었다. 전락이었다. 그러나 나는 이 와중에 빌어먹을 전락에 대해서도 아니고, 앞으로 어떻게 살아야 할지에 대해서도 아닌, 그저 그 성스러운 지팡이를 어떻게 그리 쉽게 포기할 수 있었는지 그것만 계속 되짚어 생각하고 있었다. 그 지팡이로 말할 것 같으면, 어떤 계시처럼 나타나 나를 진창에서 꺼내주었고 극도의 공포감으로부터 벗어나게 하였으며 그리하여 나를 기적 같은 휴식의 시간으로 정확히 인도해주지 않았던가. 나의 믿음의 지팡이, 그토록 성스러운 지팡이를 나는 무엇에 홀렸길래 그리도 허망하게 버리고 말았는가.
  믿음이 떠난 빈 자리는 순식간에 공포심으로 다시 채

워졌다. 거의 짐승처럼 기어다니고 있는 나를 굶주린 적은 언제든 공격할 것이다. 나는 믿음을 잃었기 때문에 더는 라쉘휘 트히슽!이라 외칠 자격이 없었다. 라쉘휘 트히슽! 없이는 이 공포심을 절대로 떨쳐내지 못할 것이다. 나는 언제든 죽임을 당할 것이다. 내가 스스로 죽는 것과 죽임을 당하는 것은 완전히 다른 문제였다. 나는 왜 이런 상태로 믿음을 잃고 휴식도 없이 짐승처럼 죽음과 함께 기어다니게 되었는가. 생각하면 생각할수록 화가 났다. 믿음의 지팡이를 스스로 버렸으니 내가 이런 비참한 꼴로 전락하는 것은 마땅한가? 그럴 리가! 차라리 미쳐버릴까? 내가 미쳐버리면 이 모든 사태가 진정될까? 그럴 리가! 아무것도 달라지지 않을 것이다. 차갑게 경직되어가는 이 몸도 더는 참을 수 없는 이 배고픔도 내가 미쳐도 미치광이가 되어도 무엇 하나 달라지지 않을 것이다. 나는 무섭게 정신을 차렸다.

허기를 채우는 것은 어려운 일이 아닐 수 있다. 닥치는 대로 무엇이든 먹어치우면 그만이었다. 산속에는 무수한 먹이가 널려 있고 이렇게 네발로 기어다니게 된 마당에 어떤 것이든 먹지 못할 이유가 나에게는 없다. 하지만 정작 눈앞에 빨간 토마토가 뒹굴고 있었을 때 나는 의심스럽게 그것의 냄새를 맡으며 이 토마토가 썩은 토마토인지 아닌지 따지고 있었다. 그것에서 썩은 토마토 냄새가 났다. 나는 구역질을 하며 입을 벌렸다. 썩은 토마토라도 먹어야 했다. 나는 그만큼 최악이었다. 그러나 나는 결국 그것을 먹지 못했다. 그때 나는 썩은 토마토에 일종의 동질감을 느끼고 있었던 것 같다. 최악인 내가 썩은 토마토를 먹는 것이 꼭 동종 포식처럼 여겨졌고 물론 썩은 토마토를 먹지 않는다고 해서 나의 최악이 최악이 되지 않을 것은 아니지만 어쨌든 나는 썩은 토마토를 먹지 않기로 결심하고 입을 닫고 코도 막았다. 그리고 이렇게 된 바에야 질 좋은 먹이만 먹겠다는, 아마도 더 최악일 결심을 하고 말았다.

가까운 곳에 못이 하나 보였다. 나는 목이라도 축이기 위해 가장 낮은 자세로 못까지 기어가기 시작했다. 땅바닥에 얼굴을 처박고 콧구멍으로 땅의 비린내를 들이마시며 네발도 없이 몸뚱이만 남은 것처럼 지렁이처럼 민달팽이처럼 천천히 천천히 온몸에 충격을 주며 고통스럽게 겨우겨우 앞으로 앞으로. 하나의 의식을 치르듯이 스스로 그런 고통을 견뎌냄으로써 앞으로의 무서운 불행들을 미연에 막아내리라는 헛소리. 아무리 생각해도 그때 나는 제정신이 아니었다. 기어이 못 앞에 이르렀을 때 내 몸은 풀에 베인 상처와 약간의 피 그리고 작은 자갈들과 흙, 벌레의 오물 따위로 뒤범벅되어 있었다. 이 지경으로 여기 이르니 고작 이 못에 이르려고 이 지경이 된 것 같았고 그러니 지금 내 참담한 꼴은 모두 다 이 못의 탓! 못이여 나도 너를 떠날 테니 너도 저 멀리 꺼져버려라 멀리멀리 아주 멀리. 그러나 나는 목이 너무 말랐고 어떻게든 목을 축이고 싶었다. 그래서 못으로 고개를 숙여 혀를 깊숙이 내밀었다. 물은 축축하고 미끌거렸다. 그것은 물이 아닐지도 몰랐다. 그러나 나는 목이 너무 말랐고 여기에 이르기까지 내가 얼마나 비참했는지 생각해서라도 그것이 물이든 물이 아니든 어떻게든 그것으로 목을 축이고 말겠다는 미련한 정신으로 정체 모를 그것을 혓바닥으로 날름날름 핥아 먹었다. 한 번 두 번 세 번 여러 번 몇 번이고 반복해서 핥아 먹는 동안 나는 그것의 맛과 감촉에 거의 신경을 쓰지 않았다. 그리고 얼마 지나지 않아 몸이 활활 타오르는 듯한 기분을 느꼈는데 그것이 고통이었는지 쾌락이었는지 알 수 없을 만큼 내 감각은 거의 마비된 상태였다.

나는 못 옆에서 몸을 웅크려 동그랗게 말아 앉았다. 손바닥을 핥으며 나는 나의 비참을 체념했다. 시무룩한 마음으로 못만 쳐다보다가 무엇에 이끌리기라도 한 듯 하늘을 향해 위로 고개를 쳐들었는데 그때 개의 얼굴을 한 자가 약간의 걱정과 몽롱함이 배어 있는 눈빛으로 나를 내려다보고 있었다. 이자가 지금 내 머리 위에서 나를 내려다보고 있는 것이 매우 의아했지만 나는 나의 사태를 이미 체념한 상태였으므로 이자가 다시 내 앞에 나타난 것에 별다른 거부감을 느끼지 않았다. 이자는 개 같은 얼굴로 웃고 있었다. 그러더니 어디서 가져왔는지 모를 단단하고 딱딱한 밧줄로 아주 차분하게 내 목을 묶기 시작했다. 이자가 지금 밧줄로 내 목을 묶고 있는 것이 매우 의아했지만 나는 나의 사태를 이미 체념한 상태였으므로 이자의 밧줄이 내 목줄이 되는 것에 별다른 거부감을 느끼지 않았다.

목줄에 묶인 채 나는 이자가 이동하는 대로 끌려다녔다. 다행히 이자는 무자비한 작자는 아니었다. 내가 조금 더디게 움직이거나 헥헥거리며 지친 낌새를 보이면 그 자리에 바로 멈춰 서서 나의 상태를 살폈다. 이자의 이런 친절한 행동이 나에게 어느 정도 위안이 되었다. 이자는 이 산의 지리를 잘 알고 있는 것 같았고 이자에게 끌려다니는 길들은 이제껏 내가 기어다녔던 모든 길보다 수월했다. 이동하면서 가끔씩 목줄이 헐거워질 때가 있었는데 그럴 때마다 이자는 나에게 다가와 목줄을 세게 조이고는 내 머리에 대고 달콤한 말들을 퍼붓곤 했다. 이자의 흉측한 외모는 변함이 없었지만 나는 한 번도 그를 혐오해본 적 없다는 듯 오히려 경외하는 마음으로 이자의 모든 말과 행동을 우러러보고 있었다.

개의 얼굴을 한 자가 나를 끌고 도착한 곳은 우리가 처음 만났던 바로 그 숲이었다. 저기 빨간 세단이 보였다. 이자는 내 목줄을 나무 기둥에 묶어두고 빨간 세단 속으로 들어갔다. 어둠이 짙어지고 있었고 어둑한 나무들 틈 사이로 서늘한 바람이 이따금 불어왔다. 나에게 이제 계절과 날씨는 무엇보다 중요해졌지만 그것에 동의하기 위해서는 목줄에 묶여 네발로 기어다니는 나의 상태를 믿어야 했고 그건 그렇게 쉽게 믿을 수 있는 문제가 아니었다. 나는 아직 죽고 싶은 마음은 없었다. 삐걱. 빨간 세단에서 개의 얼굴을 한 자가 빠져나왔다. 이자는 무엇에도 방해받지 않으며 성큼성큼 나에게 걸어오더니 손에 들린 빨간 토마토 한 알과 갈색빛이 도는 술잔을 친절하게도 내 앞에 내려놓았다. 그러면서 내 머리에 대고 이건 브랜디이고 토마토는 보다시피 잘 익었으며 필요한 게 있다면 무엇이든 말하라고 말했다. 개의 얼굴을 한 자 이 개 같은 자는 내 목줄을 세게 조이고는 내 뺨을 한번 쓰다듬더니 다시 세단 쪽으로 걸어갔다. 개 같은 자의 뒷모습에서 일종의 서정성이 느껴졌고 하나의 완벽한 그림처럼 보이는 개 같은 자의 그림자를 노려보며 나는 브랜디를 혓바닥으로 날름날름 핥아 먹었다. 향기로운 갈색의 액체가 목구멍으로 흐르고 얼마 지나지 않아 나는 몸이 활활 타들어가는 기분을 느꼈는데 그것은 고통보다는 쾌락에 가까웠다. 그때 내 앞으로 지나가는 악어 한 마리! 이 기분으로 이 정신으로 나는 악어에게 주머니에 들어 있던 돌멩이를 꺼내 던져보았다. 한 번 두 번 세 번 여러 번 몇 번이나 돌멩이로 얻어맞고 기지개를 켜는 듯 하품을 하는 듯 악어는 나른하게 나를 한번 쳐다보더니 그러고는 저 멀리 언덕 위에서 자기를 기다리는 새끼에게로 기어갔다. 내 몸의 긴장이 풀리고 있었다. 어디선가 시끄럽고 횡횡하게 웃어젖히며 **조심해, 악어야***라고 말하는 목소리가 들려왔다. 귓가에서 들리는 것 같기도 하고 머릿속에서 들리는 것 같기도 한 이 목소리에 나는 귀를 기울였다. 이 목소리는 나의 있음을 증명하고 있었지만 나는 아직 최초의 말도 내뱉지 못했다. 나는 내 목줄을 더 꽉 졸라맸다. 그리고 눈앞에 펼쳐진 이 광경을 믿기로 했다. 여기 이 빨간 세단과 언덕 위의 악어와 악어 새끼, 또 개 같은 자와 브랜디와 썩지 않은 토마토를 나는 믿어야 했다. 산속의 밤이 시작되고 있었다.

* 앙리 미쇼, 「단편들」, 같은 책.

나폴리

나는 뒤를 돌아보았다. 문이 약간 열려 있었다. 누군가 나를 엿보고 있는지도 모른다는 생각이 들었다. 만일 그런 일이 벌어지고 있다면 나는 나를 엿보는 자에게 이렇게 말할 것이다. 아무 일도 일어나지 않아요. 나에겐 애인도 부모도 친구도 없는걸요. 그 사람은 내가 자기를 알아보았다는 것에 놀란 나머지 엉거주춤 그 자리에 서서 내가 문을 닫기만을 바라고 있을지도 모른다. 엿보는 자는 자신이 드러날까 봐 두려우면서도 미지의 무언가가 드러나기를 기다리지 않을 수 없을 것이다. 이런 초조와 불안은 내가 스스로 문을 닫아버리면 함께 사라질 것이므로 그 사람은 내가 문을 닫고 나면 닫힌 문 뒤에서 안도의 숨을 내뱉을 수도 있다. 그러나 이대로 문이 닫히면 미처 드러나지 못한 것은 영영 드러나지 못할 것이고 엿보던 자는 언젠가 드러나게 될 미지의 것에 대해 영원한 모름 상태에 빠질 것이다. 이 모름의 상태는 어쩌면 평온이겠지만 아마도 권태일 것이므로 나는 아직 닫히지 않은 문틈으로 나를 엿보고 있는 그 사람을 향해 성큼 다가가겠다. 그리고 문을 닫는 대신 더 활짝 열어 그 사람 옆에 다정하게 앉아 내 손에 쥐인 펜을 그 사람 손에 쥐여줄 것이다. 그런 다음 내가 떠나온 곳을 바라보면서 그 사람 어깨에 기대 입을 살짝 벌리며 나의 말들을 천천히 시작해보겠다.

이곳으로 떠나오기 전 나는 나에게 모욕을 준 친구에게 이렇게 말했다. 나는 나폴리로 간다. 그 친구는 이곳으로 떠나오기 전 내가 대화를 나눴던 마지막 사람이었다. 친구의 잔인한 말들은 어쩌면 선의에서 비롯된 것일 수도 있었다. 친구는 그렇게 나쁜 사람이 아니었고 나 또한 그걸 모르는 바 아니었다. 그러나 이 선의의 가능성은 내가 느낀 모욕감에 어떠한 영향도 미치지 못했다. 선의일지도 모를 말과 모욕의 감정은 이해할 수 없음으로 서로를 밀어내었고 나는 친구의 얼굴을 바라보며 우리의 관계가 없는 관계가 되기를 바랐다.

나폴리로 간다는 나의 말에 친구는 순진하고 도덕적인

얼굴로 나폴리가 어디냐고 물었다. 나폴리는 나도 모르게 튀어나온 말이었지만 친구의 질문에 나는 주저 없이 나폴리는 나폴리이고 있는 그대로 나폴리를 받아들여달라고 말했다. 우리가 헤어질 때 친구는 나에게 더 할 말은 없느냐 물었다. 나는 친구를 바라보며 오늘 너의 선의를 이해하게 되는 날이 꼭 왔으면 좋겠다고 말하고 싶었다. 그러나 그렇게 말하는 대신 네가 나폴리를 이해하게 되는 날이 꼭 오리라 믿는다고 말했다. 친구는 아무것도 알아듣지 못했으면서 다 알아들은 척하는 사람의 엉성한 눈빛으로 나를 바라보며 고개를 끄덕였다. 친구와 헤어지면서 나는 마지막으로 한 번 더 말했다. 나는 나폴리로 간다.

나는 저절로 떠오르는 말을 아무렇게나 지껄이며 스스로 멈추지 못할 때가 종종 있는데 그럴 때마다 이따금 내 삶을 움직이는 결정적인 말들을 발견하곤 했다. 나폴리도 그중 하나였다. 나폴리로 간다는 말은 저절로 떠올라 나를 겨냥했고 나는 목적 없는 그 말에 정확히 붙들렸다. 아무 말도 아닌 말, 나폴리가 이끄는 곳으로 하염없이 이끌리며 나는 스스로에게 물었다. 있는 그대로의 나폴리는 무엇인가? 나야말로 있는 그대로 나폴리를 받아들이고 있는가? 단지 나폴리라는 말의 표면에 머무르며 그 주변만 정신없이 맴돌던 나는 그리하여 나폴리에 집착하게 되었고 다시 한번 더 나는 나폴리로 간다.

여기가 나폴리인지 확신할 순 없지만 나는 이 방에 들어서자마자 이 방에서 풍기는 나폴리스러움에 매료되었다. 이 방에 머물기로 결정한 이유는 그게 전부였다. 나폴리스러움이란, 언젠가부터 나는 나폴리스러움이란 말을 이런 방식으로 이해하고 있었는데, 의존할 것 하나 없는 자가 모두의 모욕을 견디며 사건에서 장면에서 명예롭게 퇴장할 수 있도록 어깨도 빌려주고 손도 잡아주는 그런 용맹스러운 존재를 떠올리게 하는 말이다. 그래서 나는 이 나폴리스러운 방에서 당분간 가급적 오래 가능하다면 영원히 머물고 싶었다.

이 방의 주인은 가끔씩 아침을 제공해주기도 했지만 매번 있는 일은 아니었다. 아무것도 먹지 못한 채로 오전을 보내는 날이 종종 있었는데 그런 날은 주인이 아침을 넣어 주지 않았다는 사실로 인해 없었던 허기가 분명하게 감각되곤 했다. 얼마 동안 이 방에서 아무것도 먹지 못할 것이라고 미래가 예상되어서일까? 나는 없는 허기를 더욱 과민하게 감각했고 그럴 땐 주인이 매일 방으로 넣어 주는 신문을 펼쳐 오늘 죽은 사람들이 모여 있는 부고란을 보았다. 죽음의 네모를 보고 있다 보면 여러 생각이 한꺼번에 몰려와 배고픔을 잠시 잊을 수 있었는데 그것은 아마도 죽음이라는 말이 일으키는 무서운 파동에 휩쓸려서였을 것이다. 나는 그 말로 나의 현재를 잠시나마 잊을 수 있었다.

 오늘의 아침은 없었다. 그래서 나는 오늘도 어김없이 방문 아래 놓여 있는 신문을 펼쳐 부고란을 찾으려 했다. 그때 경쾌한 자전거 벨소리가 봄이 옴을 알리는 게으르고 나른한 빛 속으로 번져 왔다. 창문이 열려 있었다. 광장의 어렴풋한 소란과 뒤섞여 계속해서 이어지는 이 경쾌하고 활기 넘치는 자전거 벨소리는 네모 위의 죽음을 구경하려는 나의 의지를 잠시 멈춰 세웠다. 이 벨소리가 끝없이 이어지기를 바라면서 나는 소리에 집중했다. 그러나 벨소리는 서서히 멀어지며 이내 사라졌고 그것이 사라진 자리로 난데없이 끈적끈적한 기름 냄새가 흘러들어 왔다. 멀어지는 소리의 자취라도 찾으려고 애써보았지만 소용없는 짓이었다. 시커먼 기름 냄새가 순식간에 방 안을 장악했고 나는 낯설다고 말할 수 없는 어떤 감각이 슬그머니 정체를 드러내고 있음을 느꼈다. 과격한 속도로 끊임없이 멈춤 없이 움직이는 그것을 향한 이끌림, 어쩌면 다짐 혹은 충동.

 냄새의 명령에 저항하듯 다시 신문을 펼쳤다. 그리고

오늘의 죽음으로 시선을 던졌다. 매일 누군가는 죽고 무덤은 하나씩 늘어가며 죽음이라는 말은 여기저기 흩어져 있는 모든 무서운 이미지를 한곳으로 죄다 불러 모은다. 나는 그것들에 기계적으로 두려움을 느껴왔다. 살아서 잊고 있던 죄가 내 앞으로 도래하는 것이 죽음이라면 나의 이 두려움은 마땅한 것이겠지만 나는 죽음을 경험할 수 없고 단지 타인의 죽음만을 목격할 뿐이다. 따라서 부고란을 보며 내가 느껴온 기계적 두려움은 구경꾼들이나 가질 법한 피상적 두려움 그 이상은 아니었을 것이다. 하지만 끈적한 기름 냄새에 휩싸인 지금 그것이 어쩌면 의지적 두려움이었을지도 모른다는 생각이 들었다. 죽음으로의 충동을 무너뜨리는. 나는 나의 잊힌 충동이 되살아나는 것을 저지하기 위해 죽음을 구경하며 이제껏 의지적으로 두려움을 만들어내었던 것일지도 몰랐다. 그러나 지금은 그 무엇도 확신하고 싶지 않다. 약간의 현기증을 느끼며 오늘 죽은 마지막 타인의 이름으로 시선을 옮겼다.

B. 좁은 네모 속에서 B가 죽어 있었다.

봄이 옴을 알렸던 수줍은 빛도 광장의 어렴풋한 소란도 생의 활기를 소환하던 자전거 벨소리도 모두 사라졌다. 그러나 B. 지금까지 단 한 번도 내 곁을 떠나본 적이 없는 사람처럼 B는 익숙한 형체로 내 앞에 나타났다. 끈적한 기름 냄새는 아직 방 안에 남아 내 곁을 맴돌았다. 나는 책상 서랍에서 가위를 꺼내 B의 죽음을 알리는 무심한 네모를 공들여 반듯하게 잘랐다. 신문은 원래대로 접어 원래 있었던 자리에 놓아두었다. 창문을 닫았다. 이것으로 기름 냄새는 방 안에 갇혀 벽에 옷에 침대에 책상에 바닥에 나에게 더욱 스며들 것이지만 나는 그렇게 하고 싶었다. 그리고 옷걸이에 걸려 있는 외투 앞으로 걸어가 그 주머니 속에 잘린 네모를 집어넣었다. B의 최후가 이제 나의 주머니 속에 있다.

B가 나의 의식 저 깊은 곳에서 이제껏 잠시도 떠난 적 없이 머물러 있었음을 나는 네모 속에 있는 B의 이름을 보고 알았다. B는 말하자면, 나의 동반자였다. 그가 나의 동반자가 되는 데 그의 동의가 필요했던 것은 아니었다. 그의 말. 필요했던 것은 그뿐이었다. B는 나의 이해를 바라지 않는 완전한 타인이면서도 나를 이해하는 유일한 존재였고 B의 말로 나는 위로받았다. B의 위로가 실재했으니 나는 단 한 번도 B의 실재를 의심해본 적이 없었다. 그러나 살아 있는 자는 얼마든지 죽을 수 있고 죽음이 끝이라면 B의 있음은 오늘로 끝일 것이다. 끝. 나는 좁은 네모 속에 갇힌 B를 떠올렸다. B는 네모 속에서 죽어 있었다. 하지만 네모 속의 이 몇 마디 말만으로 B의 죽음은 확

정될 수 있는 것인가? 그럴 순 없었다. 나는 두려웠다. B로 인한 이 걷잡을 수 없는 두려움은 지금껏 내가 목격해온 숱한 죽음들이 자동으로 불러일으킨 그런 두려움과는 달랐다. 내가 정말로 두려웠던 것은 그것이었을지도 몰랐다.

외투를 입고 나폴리스러운 방의 문을 열었다. 그리고 계단을 내려와 거리로 나왔다. 며칠째 나는 이 거리를 걷고 있다. 이 거리의 끝엔 바다가 있고 해수면은 건물보다 높았다. 언제든 이 거리는 바다에 가라앉을지도 모른다. 그러나 모든 것은 평온했다. 나는 어제 비탈진 경사면을 따라 이 거리의 끝까지 걸었고 내가 바닷속으로 가라앉는 일은 일어나지 않았다. 그래서 오늘은 바다에 가지 않을 것이다.

이 거리의 시작점은 거리를 걷는 사람들마다 다를 것이지만 나에게 그것은 '마음의 간헐'이라는 이름이 주어진 어느 차갑고 푸른 청동 흉상이었다. 지금은 봄이고 바다로부터 불어오는 바람에는 거리의 꽃망울을 터뜨리기에 충분한 온기가 배어 있다. 그런데 나는 이상하게도 오늘이 겨울의 어느 날, 어쩌면 낮이 가장 짧은 날, 아마도 12월 22일일지도 모른다고 생각했다. 그런 생각이 들었던 건 아무래도 내가 '마음의 간헐' 앞에 서서 계속 그것만 바라보고 있어서였던 것 같은데 이 거리에서 '마음의 간헐'만이 오늘의 계절을 암시하지 못한 채 홀로 차갑게 얼어붙어 있었고 얼어붙은 '마음의 간헐'을 알아보는 사람이라면 누구나 지금이 봄일 수 없음을 받아들였을 것이다. 그러나 얼어붙은 '마음의 간헐'을 알아보는 이는 이 거리에서 나 홀로인 것 같았다.

남자이거나 여자이거나 누구라 해도 무방한 얼굴, 어쩌면 두 개의 성을 함께 지니고 있는지도 모를 이 흉상의 얼굴을 나는 거리를 걷기 전 매번 찾아가 한참 동안 들여다보았다. 부동의 조각상에 불과하다고 말하기엔 '마음의 간헐'의 얼굴은 매번 변했는데, 어떤 때는 그의 얼굴에서 연인의 키스를 기다리는 자의 수줍음을 보았고 또 다른 때는 현존하나 부재하는 연인을 향한 끝 모를 질투와 광기를 느꼈다. 매일의 변신. '마음의 간헐'만을 계속 쳐다보고 있다 보면 나 역시 어느새 마음의 간헐 상태에 빠져 차가운 흉상으로 변신하고 있는 듯한 착각이 들 때가 있었다. 그럴 때마다 나는 부동의 몸으로 영원히 조각될 만한 순간을 찾아내려 애썼지만 그런 애씀은 거의 쓸모없는 일이었다.

그런데 오늘 이상한 일이 벌어졌다. '마음의 간헐'이 단번에 정의 내릴 수 없는 얼굴로 말을 하기 시작한 것이다. 살짝 벌어진 그 입으로 들리지 않을 말들이 쏟아져 나왔다. 나는 잠에서 덜 깬 자가 꿈이 사라지기 전 꿈속에서 들었던 아주 중요한 말을 기억해내려는 절박함으로 그 말들을 붙들었다. 그것은 "살려줘요!" 또는 "입을 꾹 다무네" 그리고 "이대로 사라질 순 없잖아" 이런 말들이었는데 슬픔의 어조인지 불행의 억양인지 판단할 수 없는 목소리로 띄엄띄엄 내뱉어지고 있었다. 이들은 무시할 만한 말들이 결코 아니었다. 나는 무심코 주머니에 손을 집어넣어 손에 잡히는 그것을 세게 움켜쥐었다. 그리고 주변을 둘러보았다. 사람들은 걷고 있었다. 거리의 사람들은 '마음의 간헐'이 쏟아내는 말들을 듣지 못했는지 아니면 듣지 않는 척하는 건지 아무런 동요 없이 계속 걷고만 있었다. 나는 이 무시할 수 없는 말들을 사람들이 무시하고 있다는 데 마음이 동요했다. 아무리 중요한 말이라도 아무도 듣지 않는다면 아무 말도 아닌 게 되어버리고 이건 '마음의 간헐'만의 문제가 아니라 나의 문제일지도 모르고. 어쩌면 '마음의 간헐'의 목소리가 너무 작아서일 수 있으니 사람들이 이렇게 걷고만 있는 것은 그래서일 수 있으니 나는 '마음의 간헐'이 쏟아낸 말들을 내가 들었던 대로 소리 내어 외쳤다.

"아아, 사라지고 있어요!"

사람들은 걷고 있었다.

"입을 꾹 다물 수 없었네!"

사람들은 계속 걷기만 했다.

"살려줘요!"

누구라도 멈추기를 바랐다. 그러나 사람들은 나의 목소리를 듣지 못했는지 아니면 듣지 않는 척하는 건지 멈춤 없이 지체 없이 계속 걷고만 있었다. 나는 나의 무시할 수 없는 말들을 듣고 있지 않는 저들이 원망스러웠다. 그래서 주머니에 손을 넣고 손에 잡히는 그것을 다시 만졌다. 네모 속의 B가 다정한 두 손으로 나의 손을 잡아주었다.

사람들은 세상의 모든 있음에 주목하지 못하며 나는 주목받지 못한 세상의 모든 불운한 존재를 생각했다. 그들은 어떻게든 행복해지고 싶었을 것이고 그러나 그 방법을 알지 못했을 것이다. 소수의 동반자라도 있었다면 그들은 그 사실에 만족하며 삶에서 역사에서 조용히 지워져갔을 것이지만, 그렇지 못한 자들은 행복해지기를 원하지 않는 것만이 불행해지지 않는 확실한 방법이므로 행복이라는 말을 잊어나감으로써 말로 행복을 경험하는 일말의 가능성조차 기꺼이 없애버렸을 것이다. 말을 잊는 건 생각보다 어려운 일이 아니었을 테니.

나는 '마음의 간헐'과 헤어졌다. 헤어질 결심과 헤어짐과 헤어짐 이후는 매일 반복되었고 나는 바다를 등지고 걷기 시작했다. 주머니 속의 B를 만지며 나는 나폴리로 간다. 다시 나폴리. 나는 지금 나폴리를 의도적으로 생각해내었다. 나의 어리석은 생을 비난하려는 마음이 생겨나고 있었고 나폴리는 들리지 않을 말을 쏟아내는 자가 기댈 수 있도록 곁으로 가까이 다가와주었다. 내가 처음 나폴리를 말했을 때처럼 그렇게 내가 기댈 수 있는 말로. 나폴리는 계속 그대로 있었다.

있는 그대로의 나폴리. 있는 그대로의 나폴리라는 말을 처음 꺼냈을 때 나는 그것이 무엇인지에 대한 아무런 확신도 없었을 것이다. 나는 있는 그대로라는 말을 자주 써왔고 그러니 있는 그대로의 나폴리는 아마도 습관으로 완성된 말이었을 것이다. 그러나 거리를 걷는 동안 나는 생각했다. 있는 그대로라는 말에는 존재의 모든 가능성을 이해하겠다는 가망 없는 선언이 내재되어 있는 것은 아닌가. 그렇다면 있는 그대로의 나폴리를 받아들이겠다는 말은 나폴리의 모든 가능성을 이해하겠다는 말과 다르지 않으며 이대로 있는 그대로의 나폴리는 가망 없는 말이 되고 마는가. 나폴리로 가는 이 길은 가능한 모든 나폴리를 찾아 나서는 나의 여행 나의 의지 나의 바람 가망 없는.

길은 일직선으로 쭉 이어졌다. 나는 일직선의 길을 최대한 일직선으로 홀로 걸었다. 길을 따라 드문드문 놓인 벤치에 사람들이 앉아 있었다. 나는 걸었고 사람들은 앉아 있었다. 걷는 동안 벤치에 앉은 사람들의 대화가 들려왔다. 그것은 어떤 음악처럼 아마도 쇼팽의 「피아노 소나타 2번」 마지막 악장처럼 의미가 사라진 채 없는 멜로디로 끈질기게 이어졌는데 곤두박질치는 웅성거림과 예기치 못한 소리의 상승 이런 것들이 이상하게도 나의 정신을 이완시켰고 만일 내가 유령의 대화를 듣게 된다면 꼭 이런 기분 이런 느낌일 것 같다는 생각이 들었다. 이들이 유령일 리 없고 죽음은 죽음으로 끝이고 죽음과 삶 사이 무섭도록 단호한 그 경계를 넘나드는 자는 존재할 수 없지 않은가.

그러나 B는, 지금 내가 만지고 있는 B는 나의 주머니 속에서 산 자도 죽은 자도 아닌 존재로 있다. 산 자도 죽은 자도 아닌 존재로 유령으로 죽음과 삶 사이를 넘나드는 자로. 딱딱한 관 속에 누워 수의를 입고 입을 반쯤 벌린 채 뼈와 살이 썩어가기를 기다리는 B를 두 눈으로 명백히 보아야만 그제야 B의 죽음은 진짜 죽음이 될 수 있을까. B를 기억하는 자들이 B의 죽음을 목격하는 곳, 그리하여 B의 죽음이 완성되는 곳. 그곳은 어디이며 나는 지금 어디인가.

 이것만은 분명하게 말할 수 있다. 나는 내가 떠나온 곳으로부터 아주 멀리 떨어져 있다. 이곳은 그곳으로부터 8천 킬로미터 너머 9천 킬로미터 정도 떨어져 있는 곳일지도 모르고 그러나 이 수평의 수만으로 이곳과 그곳 사이의 거대한 거리가 드러날 것이라는 믿음은 아주 순진하며 나는 내가 떠나온 곳에서 멀어지던 날들을 떠올렸다. 거대한 수직의 높이를 단번에 날아오르며 자신의 흔적을 지우는 비행기처럼 나는 이 무시무시한 날아오름으로 내가 떠나는 곳으로부터 완전히 단절될 것이라 믿었고 이제껏 그렇게 생각해왔다. 그러나 나는 지금 그것이 착각이었음을 알았다. 주머니 속에서 내 손을 잡고 있는 B는, B의 최후는 내가 이곳에서 아주 많은 것을 잊어왔음을, 아니 잊으려 했음을 기어코 기억해내게 했다.

 몸을 돌려 이미 지나온 길로 다시 되돌아 걸어갔다. 길은 혼잡한 것은 아니었지만 그렇다고 혼잡하지 않은 것도 아니었다. 나는 벤치에 앉아 생각에 몰두하고 싶었다. 빈자리를 찾아 걸어보았지만 나를 위한 벤치는 없었다. 벤치 위의 무리. 하나 둘 셋 넷 다섯 여섯 일곱 여덟…… 머리가 늘어나고 있었고 그들은 벤치를 떠날 생각이 없어 보였다. 나에게는 동반자도 무리도 아무도 없이 오직 반듯하게 오려진 주머니 속 유령뿐. 나를 위한 벤치가 없으니 없는 벤치를 단념하고 벤치와 벤치 사이로 들어가 없는 자리를 만들었다. 벤치와 벤치 사이 약간의 공간이 나에게 주어졌다. 이 약간의 공간에서 양쪽 벤치에 앉은 사람들의 말이 들려왔다. 듣고 싶지 않은 그들의 말은 내가 모두 아는 말 같았고 다 이해했다고 생각하니 더는 그들의 말이 들리지 않았다. 들리지 않는 말들 사이에서 나는 이제 준비가 되었다. 정신을 무장하고 떠오르는 기억들을 하나씩 해치워나가자. 기억된 과거와 예감된 미래가 해체되어 다시 세 겹의 현재로 서로 엉켜 구부러지다가 비틀거리고 마침내 생은 무한하게 펼쳐진다. 그 생에서 너는 예술가가 될까?

 너는 예술가가 될까?
 하나의 생명은 둘의 절정을 거쳐 우연과 우연을 지나 앞으로 무슨 일이 일어날지 알지도 못한 채 말 없는 힘에 이끌려 만들어진다. 물속에서 말도 못 하고 보지도 못하고 빛이 무언지도 모른 채 턱이 무릎에 닿도록 몸을 웅크려 오직 소리만 듣고 있었던 나는 바보처럼 울면서 결국 태어났다. 나의 생이 두 사람의 절정에 의한 것임은 틀림없지만 그것이 정말로 나의 의지와 무관했을까? 나는 나의 생이 시작된 그 순간을 어렴풋이 짐작한다. 나는 살기 위해 필사적이었다.

사랑을 끝낸 자들은 해변의 모래 위를 필사적으로 뛰어다녔고 그것이 이미 지나가버린 흥분을 되찾으려는 행동이었는지 알 순 없으나 그들은 해가 질 때까지 바다의 물이 더 가까이 밀려 들어오는 동안 석양 아래 이름 붙일 수 없는 색채의 빛 속에서 오래오래 뛰었다. 오하이오 해변에서 없는 해변에서 아주 영원히.

바다의 무서움 따위는 생각해본 적 없던 아이가 조금 더 먼바다로 헤엄쳐 나가는 동안 파도는 계속 높아졌다. 파도가 높아지는 줄도 모르고 파도가 높아지는 바다에서 계속 헤엄치는 게 어떤 의미인 줄도 모르고 거센 물살이 자기의 헤엄을 헤엄 아닌 몸부림으로 바꿔놓기 직전까지 아이는 한없이 움직이는 바다와 그 속에서 겁 없이 움직이는 자신의 몸을 느끼며 이것이 자유임을 깨달았다. 그러나 자유를 감각한 최초의 순간으로부터 온 환희가 미처 사라지기도 전에 자비 없는 물살이 아이를 덮쳤다. 파도는 계속 높아졌고 아이는 자기의 호흡을 더는 스스로 통제할 수 없었다.

위태롭게 허우적대는 아이를 향해 작은 여자가 걸어갔다. 무모하며 대담하게. 격분한 듯 높이 몰아치는 파도에도 그녀는 걸을 수 있을 때까지 계속 걸어 들어갔다. 어떠한 다급함도 없이 그저 계속 계속. 그리하여 구원자는 파도에 떠밀려 가는 아이의 손을 기어코 잡았던가. 아이는 구원자의 등에 업혀 파도로부터 멀어지며 생의 해변으로 마침내 귀환하였던가.

너는 예술가가 될까?

시대는 나를 내버려두었고 없는 시대 속에서 나는 내 앞으로 무시무시하게 펼쳐져 있는 희망의 길을 자전거를 타며 나의 최고 속도로 움직였다. 페달을 밟고 벨을 울리며 나는 마주하는 모든 것을 있는 그대로 느낄 수 있었다. 나에게는 그럴 만한 재능이 있었다. 이 행복으로의 나아감은 벨의 울림과 그것이 알리는 나의 있음, 그리고 사람들이 비켜나는 길과 그 위를 덮는 시선이 용해된 빛으로 이어졌다. 이 물러섬 없는 나아감이 일시적일 것임을 알고 있었지만 그 순간만큼은 나는 잠깐의 주저도 없이 계속 페달을 밟아 나갔다. 쏟아지는 빛과 거리 위의 무궁무진한 소리가 있는 그대로의 계절을 더욱 돋보이게 하며 나의 봄을, 나의 행복으로의 움직임을 축복하고 있었다.

그러나 저 확고한 흙빛의 자동차. 그것은 나를 보고 경적을 울리지도 않았다. 유령이라도 본 듯 부동의 자세로 멈춰 있던 그것에서 갑자기 시커먼 기름이 뚝뚝 흘러나왔다. 미끌미끌한 기름 냄새가 코끝에서 나의 감각을 교란하며 과격한 충동을 불러일으켰다. 나는 유령이 아니에요. 무자비하게 질주하는 흙빛 자동차 앞으로 죽음으로 나는 뛰어들고 싶었다. 저 확고한 자동차에게 내가 여기 있음을 설득하려면 그것 외에 다른 방법은 없어 보였다. 그러나 흙빛의 사물은 나의 충동을 비웃듯 있던 자리에 그대로 멈춰 있었고 이대로 저 흙빛의 사물이 너를 유령으로 간주해도 되는가, 그건 몹시 슬픈 일이지만 나는 이 흙빛의 멈춤을 저지할 수 없었다. 뚝뚝 흘러나오는 시커먼 기름만 숨죽인 채 쳐다보며 그저 이 슬픔이 지나가기만을 기다렸다.

너는 예술가가 될까?

이제 몇 시간이 흘렀을까. 피아노를 치는 연주자는 결코 입을 벌리는 법이 없었다. 어떠한 착오도 새어 나가지 못하도록 그는 힘주어 입을 꾹 다물고 있었다. 다 카포Da capo. 처음부터 다시. 끊임없이 이어지는 그의 포즈는 이 연주를 결코 끝내지 않으리라는 숭고한 의지이자 선언이었고 이것으로 세상에 없는 하나의 거대한 음악이 완성될 것이다. 나는 이 연주가 영원히 그것도 아주 영원히 계속되기를 바랐다. 설령 그의 포즈가 그의 일상을 망치고 숨을 조이고 생을 반납하게 한다고 할지라도 이 포즈만은 손상되지 않기를 차라리 부동의 몸으로 굳어버리기를 바라는 이 사악한 마음. 나는 눈을 떴다. 나는 벤치와 벤치 사이 그대로 있었다. 내가 눈을 감고 있었다는 것을 눈을 뜨고 나서야 알았다. 주위에 어느새 사람들이 몰려 있었다. 피아노 앞에 앉아 있는 자는 입을 조금 벌린 채 사람들 속에서 연주하고 있었다. 그는 사람들의 웅성거림을 죽이며 건반 위로 박제된 악보의 멜로디를 부활시켜나갔다. 쉼 없이 연주는 이어졌고 사람들의 작은 열광이나 흥분 같은 것이 겉으로 드러날 수 있는 틈은 허용되지 않았다. 할 수 있는 것은 고작 침묵뿐이었고 우리는 침묵으로 점점 연주 속에 스며들어갔다. 이제 몇 시간이 흘렀을까. 처음부터 다시 반복되는 연주. 지속되는 반복으로 무화되는 멜로디. 흐름조차 사라지고 마는 궁극의 없는 멜로디.

나는 돌연 연주자가 이 연주를 끝내는 것이 두려워졌다. 그런 일은 어떻게든 일어날 것이고 나는 그 상황을 피하고 싶었다. 여기서 빠져나가야 했다. 벤치와 벤치 사이를 떠나 사람들 무리를 빠져나왔다. 연주는 계속되었고 나는 피아노 앞에 앉아 입을 조금 벌린 채 연주하는 연주자를 생각했다. 다 카포. 처음부터 다시 반복하는 자들에게 필요한 것은 대단한 집념보다 빠르게 망각하는 능력이다. 망각하는 자들에게 반복이란 말은 없는 말과 같으니.

나폴리

지나간 모든 일은 망각으로 지워지므로 그들이 반복하는 같은 일은 더는 같지 않은 일이 되고 망각으로 지워진 현재는 변신하여 새로운 현재로 나타난다. 다시 새롭게 계속 새롭게. 그리하여 그들은 같은 일을 계속, 부디 영원히, 같지 않게 할 수 있다.

  나는 바다를 향해 걸었다. 이 거리의 끝엔 바다가 있고 해수면은 건물보다 높았다. 언제든 이 거리는 바다에 가라앉을지도 모른다. 나는 다시 비탈진 경사면을 따라 바다로 간다. 오늘의 바다가 어제의 바다와 같을 것이라는 확신을 취소하며. 어제의 바다와 오늘의 바다가 같을 가능성은 어제의 바다와 오늘의 바다가 다를 가능성을 언제나 염두에 두고 있으니 어제와 다를 오늘의 바다를 향해 나는 걸어간다.

  드넓게 펼쳐진 바다는 평온했다. 거센 파도도 없었고 위태롭게 허우적대는 아이도 없었다. 나는 부드러운 모래 위를 걸어보았다. 바다가 바로 눈앞에 있었다. 이것이 바다였다. 나는 언제나 바다를 봐왔고 그러나 그것이 무엇인지 정확히 말할 수 없었다. 기껏해야 바다라는 말을 소리 내어 말하는 정도, 그게 다였다. 바다. 무어라 말할 수 없는 바다를 향해 나는 정면으로 자주 걸어갔었다. 그렇게 한다고 해서 바다를 말할 수 있게 되는 것도 아니었지만 나는 바다를 눈앞에 두었을 때 정면으로 걸어가는 것을 언제나 가장 최선의 일로 생각해왔다. 왼쪽으로 아니면 오른쪽으로 그것도 아니면 바다를 등지고 걸어가는 건 그다음의 일이었다. 바닷속으로 걸어가는 행동은 헤엄을 위한 것이거나 죽음을 위한 것이거나 둘 중 하나일 것이지만, 그날 이후 헤엄은 나에게 죽음과 동일한 말이 되었고 바닷속으로 걸어가는 나의 행동이 도덕적이지 않다거나 규범에 어긋난다거나 그런 문제에 대해선 진지하게 생각해본 적이 없었다. 다만 가끔 이런 행동을 지혜롭다고 말할 순 없겠다는 생각은 해보았는데 그렇다고 바닷속으로 들어가는 나의 행동에 스스로 저항하는 경우는 단 한 번도 없었다. 한없는 바닷속에서 나는 내가 살지 않았던 생을 생각했고 내가 살기를 바라지 않았던 생을 생각했다. 그러다 지난날 어느 곳에서 부활한 나인지 내가 아닌지 알 수 없는 누군가와 마주하여 그 존재에게 손을 뻗어 그것의 머리든 어깨든 손이든 다리든 무엇이든 꽉 붙잡고 그걸 놓지 않겠다고 힘주어 입을 꾹 다물며 물속으로 점점 가라앉았다.

나는 주머니에 손을 집어넣었다. B는 구겨져 있었다. 구겨진 B를 꺼내 공들여 반듯하게 폈다. 살아 있지도 죽어

나폴리

있지도 않은 최후의 B가 나를 물끄러미 바라보았다. 눈물이 흐르지는 않았다. 나는 최후의 B를 손에 쥐고 오늘의 바다를 향해 정면으로 걸어갔다. 그리고 나를 대신하여 최후의 B를, B의 최후를 바닷속으로 흘려보냈다. 움직이는 파도가 B를 죽음으로 덮었다. 이별이 수평선 너머로 이어질 때까지 움직임은 계속되었다. 바다는 평온했다. B는 더는 보이지 않았다. 바다는 움직이고 있었고 B의 움직임은 종결되었다. 나는 안다. B의 죽음은 나의 확신으로 확정된다는 것을. 그러니 나는 확신해야 했다. B가 죽었음을. 그럼에도 B가 나의 유일한 동반자라는 건 변함없을 것임을.

그러나 문득 나는 내가 확신하고 있는 것은 무엇이며 내가 확신하고 있는 것은 과연 확신될 수 있는 것인지 묻고 싶었다. 오늘의 바다는 움직이는 것이 아니라 움직이지 않고 있는 것일지도 모르고 이 거대한 움직임을 나의 감각으로 파악하기란 애초부터 불가능한 일일지도 모르며 그러므로 착각이다. 착각 없이 지속될 수 없는 나의 생과 B의 최후. 그것이 바다에 있었다.

날이 저물고 있었다. 나는 해변에 앉아 있었다. 낮의 끝에서 바다는 새로운 풍경을 보여주었다. 바다에선 아무

소리도 들리지 않았다. 이 풍경 아래에서 지금만큼은 아무 생각도 하고 싶지 않았다. 소리 없음과 생각 없음. 아주 잠깐 동안의 사이. 그다음 뜻밖의 나타남. 완전하게 젖은 신발 하나가 내 앞으로 다가와 내 발을 꾹 밟았다. 나는 고개를 들었다.

여기는 오하이오 해변이야.

나에게 말하는 이는 울고 있는 얼굴로 물을 뚝뚝 흘리고 있었다. 들리지 않는 소리를 듣고 있는 기분이었다. 우리의 눈이 마주쳤다. 나는 단번에 이 사람이 나폴리임을 알았다. 이제껏 내가 찾아온 바로 그 나폴리.

너를 위로해주러 왔어.

나폴리는 물을 뚝뚝 흘리며 말했다. 나는 말없이 나폴리를 쳐다보았다. 나의 나폴리는 있는 그대로의 모습으로 바다에서 떠올라 없는 해변으로 나를 찾아왔다. 나폴리는 울고 있었다. 나는 울지 않았다. 아무런 말이 오가지 않았고 우리는 하나가 되었다.

그리고 나는 점점 더 세게 나폴리를 껴안았다. 나폴리도 점점 더 세게 나를 껴안았다. 내가 점점 더 세게 나폴리를 껴안자 나폴리는 점점 더 크게 울었다. 나는 울지 않았다. 절정의 울음이 지나고 눈물도 마르고 어느 정도 마음이 진정된 것처럼 보여서 나는 나폴리에게 무엇이 슬퍼서 그렇게 울었느냐고 물었다. 나폴리는 내 물음에 잠시 생각할 시간이 필요했는지 눈물 없는 눈을 닦으며 먼 하늘을 바라보았다. 밝음은 오하이오 해변에서 서서히 물러나고 있었다. 밝음 뒤를 쫓는 어둠 직전의 모호한 빛, 빛이라고 말하지 않을 수 없는 밝음과 어둠 사이의 그 빛이 한 몸처럼 서로 꽉 껴안고 있는 나와 나폴리에게 내려앉았다. 나폴리가 말했다.

내가 네 어깨 위로 올라갈게.

나는 이 단 한 번의 만남을 위해 지금까지의 괴로움을 견뎌온 것인지도 모른다고 생각했다. 나폴리의 말이 무슨 말인지 이해할 순 없었지만 그럼에도 얼마든지라고 말해버린 건 나폴리를 위한 일이라면 정말이지 무엇이든 할 수 있을 것 같아서였다. 몇 번의 웃음과 몇 번의 눈짓과 몇 번의 포옹이 오고 간 후 나폴리는 정말로 자기가 말한 대로 내 등을 타고 어깨 위로 올라갔다. 그렇게 내 머리는 나폴리의 두 다리 사이에 있게 되었고 얼핏 보았을 때 우리는 한 몸이었다. 비록 휘청거렸지만 나는 아이에서 어른으로 단번에 자란 기분이었다.

이제 나는 무거워졌다. 나폴리의 무게가 더해져 내 발이 모래에 푹 더 깊이 박혔다. 한 발자국 떼는 것조차 힘이 들었다. 우리의 균형은 곧 무너질 듯 위태로웠는데 나 나폴리는 나의 불안한 움직임에 개의치 않는 것 같았다. 나폴리가 꿈틀거리면 나는 나폴리처럼 꿈틀거렸지만 내가 꿈틀거려도 나폴리는 나처럼 꿈틀거리지 않았다. 내 머리통을 꽉 붙잡고 어느새 미동도 없는 부동의 나폴리. 나는 숨이 점점 가빠왔다. 그러나 버티는 것 외에는 내가 할 수 있는 게 딱히 없었고 그러니 견딜 수 있을 때까지 견뎌보기로 했다. 나는 힘들지 않은 척하기 위해 나폴리에게 어디로 가겠느냐고 물었다. 여기가 오하이오 해변이라면 오하이오 해변의 왼쪽으로 가볼까 오른쪽으로 가볼까 앞이어도 좋고 뒤여도 좋아 어느 쪽이든 나폴리 너와 함께라면 상관없어. 이런 말까지는 내가 숨을 너무 헐떡이고 있었으므로 하지 못했다. 나의 헐떡임이 더욱 심해지자 헐떡이는 나에게 나폴리가 말했다.

많이 힘들구나.

나폴리의 말에 무어라고 대답해야 할지 몰라 가쁜 숨을 몰아쉬며 나는 말없이 가만히 있기만 했다. 침묵이 길어지자 나폴리는 내 머리통을 붙잡고 있는 손에 힘을 더 꽉 주어 세게 잡아당겼다. 나폴리의 의도를 알 순 없었지만 그 바람에 나는 목이 꺾였다. 그러고 나서 나폴리는 다시 말했다.

지금 네가 말하는 게 힘들어 보이니 이제부터 너를 대

신해서 내가 말할게.

나는 이번에도 나폴리의 말이 무슨 말인지 이해할 순 없었지만 그럼에도 네가 좋을 대로 하라고 말해버렸다. 나도 모르게 튀어나온 말이었고 이런 말은 이런 상황에 적합한 말이 아니었을 것이다.

그럼 이제부터 너는 말을 잊는 게 좋을 거야.

숨 쉬는 것조차 힘이 들었으므로 나는 나폴리가 하는 말에 아무 말이나 아무렇게나 내뱉고 싶었다. 그렇다고 정말로 그렇게 할 순 없었다. 그래서 나폴리가 하는 말의 다음 말로 무슨 말을 해야 할까 진지하게 생각해보았는데 아무리 생각해보아도 얼마든지라는 말밖에 떠오르지 않았다. 결국 나는 그 말을 내뱉었다. 얼마든지. 침묵보다 더 좋은 말이었을까? 그건 아니었을 것이다. 나는 그 말이 무얼 의미하는지도 모르고 그 말로 무슨 일이 일어날지도 모른 채 나폴리에게 얼마든지라고 말해버렸고 그 말은 나의 마지막 말이 되었다. 얼마든지. 나폴리는 내가 얼마든지라고 말하고 난 이후부터 나를 대신하여 말하기 시작했다. 나폴리가 하는 말은 내가 하려는 말도 아니고 하려고 하지 않는 말도 아닌 단지 나폴리의 말이었고 나는 말을 잃어가고 있었다. 이렇게 나는 말할 수 있음으로 인한 고통과 말할 수 없음으로 인한 고통을 견줄 수 있게 되었는데 그건 생각만큼 끔찍한 일은 아니었다.

    OHIO, 오—하이—오
    우리의 머리는 두 개
    두개골의 불협화음

    다리라고도 말할 수 없는
    다리들
    점점 무너지네
    꾹 다물지 못한 가여운 두 입술과
    테이블 위 다정한 두 손
    머리는
    언제 떨어질지 모르지

    하나의
    둘이었던
    아니 처음부터 하나였던 보통의 몸
    이것 이외에는 어느 것도 현실적일 수 없네
    우리의 합체
    OHIO, 오—하이—오

나폴리

나폴리는 노래했고 노래는 반복되었다. 나는 이제 더는 걸을 수 없을 것 같았다. 이것이 나의 한계라면 한계였다. 우리는 거의 움직이지 못한 채 우스꽝스러운 꼴로 휘청거리며 그 자리에서 뒤뚱거렸다. 나폴리는 휘청거리는 나에게 너무 상심하지 말라고 말했다. 이런 일은 언제든 일어날 수 있고 우리의 우스꽝스러운 꼴이 우리를 정말로 우스꽝스럽게 만들지는 않을 것이며 엄밀히 말해서 이 정도면 나쁘지 않고 어쩌면 행복한 날들이 다가오고 있는 것일지도 모르니 우리의 이 꼴을 행복의 전조로 생각해보자고도 이어서 말했다. 나폴리는 갈수록 말이 많아졌는데 끊임없이 이어지는 나폴리의 말을 들으며 내가 했던 유일한 생각은 여기 이 오하이오 해변에서 벗어날 수 있는 방법이 무엇일까였다. 나의 동반자 나폴리는 그러나 그런 나의 생각에 관심이 없어 보였고 여기 이 오하이오 해변에 우리는 언제까지 불행히도 영원히 있게 되고야 말 것인가?

시간은 흘렀고 나는 같은 자리에서 계속 헐떡이고만 있었다. 내가 헐떡임을 그치지 못하자 나폴리는 다정한 두 손으로 갑작스레 내 두 뺨을 철썩철썩 때리더니 두 다리가 무너질 것 같다면 두 손으로라도 움직여보는 게 어떠냐고, 이 자리에서 이런 자세로 멈춰 있는 것보다는 어떻게든 움직여보는 게 더 낫지 않겠느냐고 말했다. 나는 말없이 고개만 끄덕였다. 나는 나폴리의 말에 어느 정도 동의하고 있었지만 한편으로는 화가 났는데 이 분노가 마치 마부가 말의 엉덩이를 때리는 듯한 명령의 손길로 갑작스레 뺨을 얻어맞은 데서 오는 불쾌감 때문인지 아니면 말할 수 없음이 마침내 불능의 몸으로 귀결되고 말았다는 데서 오는 무력감 때문인지 알 수 없는 일이었다. 분명한 건 나는 지금 내가 원하는 대로 생각하는 대로 행동할 수 없다는 것이었다.

어서 여기 이 오하이오 해변을 떠나자. 나폴리의 목소리가 들렸다. 들리지 않는 소리를 듣고 있는 기분으로 나는 나폴리의 목소리를 듣고 있었다. 그것만이 유일한 소리인 것처럼. 나는 나폴리의 다음 말을 기다렸다. 그러나 나폴리는 말없이 방귀를 뀌며 웃고만 있었고 나폴리가 나에게 강요하는 건 아무것도 없었다. 나는 정신을 기울여야 했다. 고독은 끝났고 이제 나폴리의 말이 나의 본질이 되도록 위엄 있게 이게 더 좋은 순간이 되도록 더는 헐떡이지 않고 헐떡임을 그쳐서 우스꽝스럽지 않게 바로 서 보는 게 더 좋은 순간이 될 것이지만 그건 마음먹은 대로 되는 일이 아니었다. 그럼에도 나는 이게 시련이라고 생각하지 않았다. 이건 시련이 아니었다. 이를테면 나는 다음의 시작으로 진입하는 중이고 이전의 좋은 순간과 좋지 않은 순간은 모두 여기 오하이오 해변에 놓아두고 오 나는 사라지지만 나폴리는 나타나 나를 완성하니 그러므로 이건 시련이 아니다. 시련일 수 없었다.

하나가 아닌

과거는 경험했지만 이제는 사라져버린 비현실의 세계다. 그때의 불완전했던 경험과 그보다 더 불완전한 기억은 과거의 실존을 의심하고 폐기한다. 그럼에도 그것은 때로는 환영으로 때로는 꿈으로 때로는 습관으로 현재의 나와 어떤 식으로든 얽혀 있다. 흐릿한 방식으로, 여기저기, 체계 없이, 불연속적으로. 나는 이게 싫어서 내 기억 속의 거티가 자꾸 흐릿해지는 게 싫어서 차라리 그녀가 나의 모든 기억을 몰수하여, 나의 모든 기억을 넘어서서 독자적으로 존재하기를 바랐다. 꿈에 자꾸 나타나 푸른 얼룩 같은 얼굴로 울고 있는 그런 거티 말고 내 손을 붙잡고 내 볼을 만지며 내 가슴에 파묻혀 쌕쌕 하얀 숨 속에서 허우적대는 그런 거티 말고 더는 말할 것이 남아 있지 않은 그런 거티가 아니라 내가 모르는 거티로 내가 완전히 모르는 거티의 풍경 속으로 걸어 들어가 이름을 잃어버린 해변에 도착할 때까지 눈 내리는 하늘 속으로 해가 가라앉고 있었던 그날 오후 나는 오랜 도보 여행에 매우 지쳐 있는 상태였다. 파도 소리가 들렸고 하늘은 무거웠다. 쌓여가는 눈송이가 발자국을 하얗게 지워서 나는 내가 지나온 길을 잃어버렸다. 바다 냄새를 따라 바람이 거칠게 불었다. 눈이 자꾸 감겨서 감은 눈으로 바람을 맞으며 앞으로 계속 걸어갔다. 눈을 뜨자 덩치 큰 소나무들이 어느새 내 앞에 떼 지어 나타나 너 여기서 뭐 하니 왜 여깄니 하며 나를 내쫓으려 했다. 너 여기서 뭐 하니 왜 여깄니? 나는 그들이 무서워서 그들을 피하려 소나무 사이로 들어가 이쪽저쪽 정신없이 거닐었다. 걸어도 걸어도 소나무들 몸집이 자꾸만 커져서 세상은 더 어두워졌다. 이상하게도 이 어둠이 나를 진정시켰고 나는 소나무의 어둠 속에서 내가 아직 죽지 않았음을 깨달았다. 몸을 조금 떨면서 나는 내 앞에 놓인 삶을 따라 흙도 밟고 돌멩이도 밟으며 소나무와 소나무 사이로 더 깊이깊이 걸어 들어갔다. 기분이 좋아졌다. 그런데 나와 달리 바다는 바닥을 치고 있었다. 눈이 내리는 중이어서 눈송이가 바다에 닿아 쥐도 새도 모르게 사라지는 중이어서 나는 해변에 서서 사라지는 눈송이의 최후를 기억하고자 시간을 확인했다. 4시 17분. 4시 18분. 그리고 4시 19분…… 흐르는 시간마다 눈송이의 최후가 계속 생겨났다. 너무 많은 최후가 바다에 빠졌고 내 앞의 바다가 하나의 거대한 최후처럼 보여서 나도 눈송이처럼 바다에 닿아 쥐도 새도 모르게 아무도 모르게 사라져버리면 이것이 나의 최후일까 나의 최후를 기억하고자 4시 23분, 아니 이건 시간의 문제가 아니라 슬픔의 문제이고 이대로 바다 아래 깊이 더 깊이깊이 들어가면 거기에 지옥이 있을까? 타협할 수 없는 불행, 통제될 수 없는 슬픔…… 아무나 못 봐요, 봤다고 말하면 거짓말이에요, 없다고 말해도 거짓말이에요…… 순간 빛을 보았다. 바닷속에서 나는 눈을 감고서 빛을 보았다. 눈을 감으면 빛은 사라지는데 그날 그 바닷속에서 나는 감은 눈으로 나를 비추는 빛의 존재를 보았다. 반짝이는 눈빛이 어두컴컴한 파도에 무력하게 떠밀려 가는 나를 붙잡았다. 해변의 눈과 모래 위로 우리는 함께 쓰러졌다. 내 옆에 거티가 있었다. 나는 얼어붙은 채 웃고 있었다. 그때 세상은 너무 투명해서 아무도 보지 말았어야 할 아주 작은 내 감정들을 낱낱이 보여주었다. 거티가 내 옆에서 그걸 다 보았다. 그는 녹초가 되어 있었다. 우리는 너무 젖어서 몸이 아팠다. 두 개의 몸이 해변의 눈밭 위에 널브러져 두 개의 불행이 다가오기를 기다리고 있다. 멀어지는 파도에 죽음이 떠밀려 간다.

우리는 20분 동안 걸었을 것이다. 15분이었을 수도 있다. 걷는 동안 살아서 좋은 건 하나도 없었다. 어쩌면 죽어 있었는지도 모른다. 그런데도 나는 시간을 세었다. 다 죽고 나서도 시간은 세고 있을 것이다. 정신이 나가서 아무도 모를 방식으로 시간은 세어질 것이다. 나는 주어진 몸을 거의 버리면서 살아 있다는 걸 잊은 채로 앞을 향해 걸었다. 언제나 그랬다. 텅 빈 머리와 벌벌 떨리는 몸으로 언제나 그 길을 걸었다. 거티는 푹푹 쓰러지는 나를 끝까지 계속 붙잡아주었다.

거티의 집은 언뜻 버려진 곳처럼 보였다. 움직일 때마다 바닥은 들썩였고 창틀 곳곳에 묻은 더러운 녹은 집의 묵은 상처 같았다. 이곳은 도무지 집 같지가 않았다. 이곳이 집 같지 않아서 아니 그게 아니라 어디에도 내 집이란 게 없어서 휴식은 없었고 한 번도 휴식해본 적 없는 내 몸에서 뚝뚝 떨어지는 물방울들이 구석구석 썩어가는 빛바랜 나무들 사이로 스며들어가 결국 지금보다 더 썩게 될 곳으로 나는 겁 없이 들어와 몸을 녹였다. 거티는 나를 살려주었고 몸도 녹여주었고 물도 닦아주었다. 거티가 서랍을 열어 성냥을 그었다. 불이 일어나 거대한 그림자가 생기고 뜨거운 김이 모락모락 주전자에서 피어나면 그 어떤 경계심도 다 녹아서 앞으로의 일들이 여기에서 눈앞에서 그래 거티의 변신이 자연스레 그래 자연의 일부처럼 일어나 나는 이 모든 걸 이미 경험해본 사람처럼 아무렇지 않게 순순히 그를 지켜보았다. 갈아입어요. 거티가 내 두 손에 옷을 건네주었다. 거티의 목소리를 잊고 거티의 눈빛을 잊고 화장실로 들어가 얼어붙은 옷을 바닥으로 툭, 그것의 무게가 툭, 그것의 고통이 툭. 콸콸 물이 쏟아지는 세면대 위로 응축된 김이 피어올랐다. 흐릿해진 거울 속에 발가벗겨진 내 몸이 있었다. 내 몸이 흐릿해서 아무리 보아도 내 몸은 계속 흐릿해서 나는 잠시 동안의 미래도 없는 사람이 내뱉는 듯 슬픈 허밍을 내며 홀로 세상에 항의했다. 그런 다음 거티의 옷을 하나씩 껴입었다. 다른 사람이 된 것 같았다. 수도꼭지가 잠기고 소리가 사라지자 문이 열렸다. 불 앞에 앉은 거티의 모습이 다 타버린 검은 산 같았다. 마셔요. Hoc est enim corpus meum. 이것은 진정 나의 몸이니…… 잔의 겉면을 따라가는 글자들에 숨겨지지 않는 불안이 있었다. 그것은 무언가를 드러내려 했다. 그것이 무엇인지 나는 아직 모른다. 잘 어울려요. 거티가 수줍게 웃었다. 나도 웃었다. 불 앞에 앉아 있는 연인 이전의 연인이 서로의 잔을 어색하게 부딪혔다. 얼굴이 화끈거려왔다. 나는 죽으러 바닷속으로 들어간 게 아니었다. 사라지는 눈송이를 지켜보다가 몸집을 불리며 파도가 더 크게 밀려와서 튀어 오르는 물방울에 내 몸이 다 젖어서 울고 있지 않았는데 거대한 바다가 흐릿해져서 나는 몸을 더 깊이깊이 밀어 넣었던 것 같다. 그랬던 것 같다. 불은 거의 사그라져가고 있었다. 거티는 말없이 앞만 응시했다. 잿더미 속 어둠에 숨어 있는 우리의 미래를 지켜보기라도 하듯. 햇빛 가득한 한적한 해변에 누워 휴식을 취하며 정신이 나갈 정도로 좋은 그런 휴식을 취하며 물떼새의 배설물이 이따금 하늘에서 떨어져 머리에 맞아도 와하하 웃음이 터져 나오는 그런 오후에 음악 없이도 자꾸자꾸 머릿속에 되뇌어지는 멜로디를 흥얼거리며 축복을 닮은 몸짓으로 서로의 살갗을 쓰다듬다가 잠시 낮잠을 자는 그런 오후 해변의 우리. 어둠이 완전해졌다. 추위가 다시 무섭게 나타났다. 몸이 떨려와서 거티의 손을 잡아 내 가슴 위에 올려두었다. 그의 옷 아래 있는 내 살갗의 미세한 떨림들을 그가 다 느끼도록 이것이 밤이라면 과도하게 퍼져가는 밤의 세력들이 우리의 관능을 과감히 일깨우도록 그의 손이 나를 다 만져서 삐걱삐걱 우리가 움직이는 대로 바닥에서 소리가 나는 동안 이곳의 비밀이 앞으로 여기저기 다 누설되도록 절대로 침묵하지 말 것. 그러나 동물 같은 침묵은 좀처럼 물러서지 않아서 가혹한 침묵에 우리 사이가 더 벌어지면 긴 겨울잠에 빠진 짐승의 리듬대로 꿈의 정적을 따라 그 사이를 거닐다 나는 거티에게 입 맞췄다. 입술과 입술 사이로 우리의 입맞춤이 흘러내렸다. 그 밤 나는 거티를 다 보았다. 그의 얼굴 근육과 미간에 박힌 주름 또 연약한 어깨가 움직이는 모양과 뒤틀린 귀의 형태까지 하나하나 다 보았다. 아주 나중이 되어서도 뒤엉킨 조합으로 꿈에 자꾸만 나타날 몸의 부위들이 두려워 매번 새파란 얼굴로 잠에서 깨어날 나를 위해 그 밤 나는 그의 몸의 모든 부위를 모조리 다 기억했다.

이름이 뭐예요?

긴 정적이 깨졌다. 어느 날 새벽 그가 나에게 물었다. 모호한 빛 속에서 그의 목소리가 저 멀리 달아나고 있었다. 아직 어둠은 걷히지 않았다. 거티는 내 앞에서 거대한 얼룩처럼 서 있었다. 나는 잘 보이지 않는 거티를 바라보며 지난날 헐벗은 몸으로 부엌 가장자리 바닥에 쓰러진 듯 엎드려 있던 그의 뒷모습을 떠올렸다. 신을 부르는 낮은 목소리에 깜짝 놀라 소리를 지를 뻔했던 그날 밤, 기도하는 거티의 뒷모습은 도로 위에 온몸을 쭉 뻗고 휴식하듯 누워 죽어 있는 갈색 고양이 같았다. 잘 들리지 않아서 나는 그의 기도가 누구에게나 주어져야 할 보편적 평화 같은 걸 기원하는 내용이라 넘겨짚었고 그게 틀린 짐작이라는 건 나중에나 알게 될 일이었다. 그의 미세한 목소리에 붙들린 신이 어째서 전지전능한 아버지 신이 아니라 꼭 노력하는 정신과도 같은 말처럼 들렸는지 모르겠지만, 신을 그렇게 부르는 거티가 미치도록 사랑스러워서 그에게 입 맞추고 싶은 충동을 간신히 억누르며 방으로 돌아갔던 그날 밤 나는 침대에 누워 천장만 멍하니 쳐다보다가 나 여기서 뭐 하니 왜 여깃니 하염없이 하염없이 흐르는 생각에 결국 흐릿해진 얼굴 위로 흐르고 마는 눈물을 쓱 닦아내며 이불 속으로 들어갔다. 이불 속을 비추는 온갖 인공적인 빛깔들이 별 의미도 없이 아름다워 나도 모르게 그것들에 내 모든 정신을 내맡기다가 기도하는 그의 목소리가 아직 떠나지 않아서 지금이 밤인지 아침인지 헷갈린 채로 잠에서 깨어났을 때 거티는 옆에 없었다. 이른 새벽에 일어나 집을 나서는 거티는 해 질 무렵 다시 집으로 돌아왔다. 돌아온 그의 손에 들려 있는 건 자연이 내뱉은 인간의 못된 찌꺼기들이었다. 거티가 집에 없을 때에도 나는 저기 투명한 창문 너머로 담배를 물고 땀을 뻘뻘 흘리는 거티를 보곤 했는데 여기가 여전히 낯선 곳이어서 낯선 곳에 오래 있다 보면 나 역시 어느새 낯선 사람이 되어버려서 앞으로 무슨 일이 일어날지 모르는 채로 그저 저기 투명한 창문만 뚫어져라 쳐다보는 이런 상태를 불안이라고 한다면 거티가 없는 내내 나는 불안에 떨며 거티가 다시 돌아오기만을 기다렸던 것 같다. 거티가 보이지 않을 때면 그리움과 분노가 뒤섞인 이상한 감정이 자꾸 치밀어 올라 나는 결국 아무것에나 영향받아버리는 아주 취약한 상태에 처하고 말았는데 이런 낯선 상태에 빠져 있는 게 무서워서 그럴 때마다 거티의 서재로 도망치듯 들어가곤 했다. 그곳에서 책상 위에 여기저기 펼쳐진 맥락 모를 내용의 책들을 뒤적이고 나면 마음이 좀 누그러졌다. 그곳에서 나는 루소를 보았고 다윈과 마테를링크를 보았다. 토머스 브라운, J. B. 로비네, 디드로 그리고 밀의 이름도 있었다. 그러나 진정된 마음은 아주 잠깐뿐이었고 뒤엉킨 책들의 문장들을 나도 모르게 따라 읽다 보면 기어이 더 깊은 꿈에 빠지고 말아 오래된 이름들은 더는 효력이 없었다. 거티의 책상에 앉아 있는 동안, 내 머릿속에서는 그들이 쓴 지난날의 영광스러운 문장들이 마구 뒤섞여 종국에 누가 썼는지 알아보지도 못할 무의미한 문장들로 돌변하는 일이 되풀이되어 일어났다. 이것이 당시에 정말로 일어났던 일인지 아니면 그때 내게 기억된 일이 시간에 의해 파괴되어 제 모습을 잃어버린 채로 떠오르고 있는 것인지 무어라 분명하게 말할 수가 없다. 아무렇지 않게 지나 보낸 당시의 순간들이 그걸 기억해내려는 지금에 와서야 얼마나 중요한 것이었는지 뒤늦게 깨달은 사람은 그 순간을 완전하게 떠올리려는 자기의 시도가 얼마나 헛된 것인지도 함께 깨닫는다. 기억은 기억하려는 그 대상이 부재하기 때문에 가능한 것이어서 기억으로 그것을 완전히 되찾아내기란 본질적으로 불가능하다. 떠올리려 안간힘을 쓰는 과거의 바로 그 순간이 어느새 더 절박하고 간절한 순간으로 탈바꿈하는 때는 이 기억의 행위에 스며든 불가능성을 감지한 바로 그 순간이다. 기억은 그래서 저주받은 행위이다. 어떻게든 기억해내려는 사람의 머릿속에 떠오르는 것은 잔인하게도 오염되고 손상되어버린 이미지 그것뿐이다. 그럼에도 나는 기억하려 한다. 거티와 함께 보낸 나날을 몇 번이고 반복해서 기억하려 한다. 시간에 떠밀려 사라지면서도 그 나날은 내 기억 속에 작은 흔적들을 남겨두었다. 그것들을 헛되이 추적하며 나는 거티의 책상에 앉아 거티가 읽다 만 책들을 다시 바라볼 것이다. 날개를 펼쳐 서로의 얼굴을 맞대고 있는 책들의 모습을. 더는 말들이 쏟아지지 않도록 서로의 입을 닫고 있는 저들의 형상을. 이따금 거티의 책상 위로는 펼친 날개를 서로 맞닿은 여러 쌍의 책이 위태롭게 쌓여 있곤 했는데 이들 무리를 바라보고 있다 보면 이 땅을 떠도는 불운한 영혼들이 책으로 겨우 육체를 얻어 주어진 생에서 못다 한 말들을 끈질기게 중얼대는 소리가 들리는 것 같았다. 그러나 내가 들었던 건 약간의 숨소리와 침묵 정도였는데 그들은 자신의 가여운 중얼거림이 더는 발화될 수 없도록 서로 입을 단단히 맞추고 있었고 이 때문에 그들 입 밖으로 새어 나왔던 것은 채 의미로 완성되지 못한 비언어들뿐이었다. 어떤 날은 선택받은 한 권의 책이 고유하게 제 날개를 펼쳐 책상 위에서 얼굴을 드러낼 때도 있었다. 그런 모습은 꼭 신의 뜻을 전하러 내려온 천사가 제 몸 없음을 책의 형상 속에 잠시 숨기고 있는 것처럼 보였는데 책의 낱장들이 약간이라도 흔들릴 때면 변신을 드러내려는 천사의 의도적인 날갯짓을 지켜보고 있는 기분이 들었다. 거티의 서재에서 나를 더 깊은 꿈으로 밀어 넣은 것은 이뿐만이 아니었다. 새하얀 커튼 위에 잘게 흩뿌려진 제라늄 꽃잎들과 불투명한 색유리들로 겹겹이 세공된 아르누보 양식의 샐러드 볼 그리고 금빛으로 일렁이는 버섯 램프와 그 아래 푸른 실크 테두리로 감싸인 원형 액자에 이르러 기어코 나는 나를 바라보고 있는 두 사람의 시선과 마주치고 만다. 나른하면서도 끈질긴, 공통의 눈빛. 흑백사진 속에서 두 명의 중년 여성은 이제는 망각되어버린 자기의 수많은 얼굴을 대신해서 단 하나의 얼굴로, 단 하나의 눈빛으로 살고 있었다. 있지도 않은 것을 찾아 헤매며 한없이 혼잣말을 웅얼거리는 듯한 저들의 눈빛에는 이성적 정신 같은 게 하나도 느껴지지 않아서 내가 보고 있는 것이 단지 육체적 겉껍질에 불과한 게 아닐까 죽어 있는 시체를 바라볼 때처럼 섬뜩한 기분이 드는 건 그래서일까 이런 생각이 들어서 그들의 불길한 시선을 피하려 몸을 살짝 비틀어 움직이면 그들의 빈 육체 위로 내가 그림자처럼 드리워지고 내가 바라보고 있는 게 시체 같은 그들의 얼굴인지 아니면 흐릿한 어둠처럼 보이는 내 얼굴인지 알 수 없는 순간이 찾아와 삶과 꿈의 경계가 있다면 지금 이때가 아닐까 온갖 감정을 다 느끼는데도 침묵하는 꿈 말을 뺏는 꿈 그런 꿈과 삶 사이 어떤 표현도 출몰될 수 없도록 닫힌 입으로 입을 벌리며 거티의 서재에서 나는 오랫동안 꿈을 꾸었다.

오랜 정적을 깨고 나에게 이름을 물었던 그날 새벽, 거티는 무얼 기다리고 있었을까. 밝은 빛? 눈 한복판의 변신? 새로운 거티? 얼룩처럼 내 앞에 서 있는 그를 향해 나는 무슨 말이라도 하고 싶었다. 이름을 말하고 싶진 않았다. 그가 나에게 물었던 게 이름은 아닌 것 같았다. 내 이름을 묻던 거티의 질문은 쉽게 대답할 수 없는 질문들로 계속해서 변형되어 들려왔다. 얼마나 나쁜 꿈이었나요? 내가 누구인지 알고 싶나요? 떠날 건가요? 나를 사랑하나요? 발화되지 못한 대답들이 침묵 속에서 하나하나 비축되어갔다. 먼 미래에 그것을 떼어 내줄 수 있도록, 완전히 망각되더라도, 끝내 망가지더라도, 비축된 말들에 사랑만은 사라지지 않도록, 나는 거티의 세상 속으로 서서히 나아갔다. 누구보다 더 멀리, 내가 가닿을 수 없는 곳에 이를 때까지. 실현될 수 없는 가능성들로 만들어진 그 세상에서 나는 내게 주어진 감각과 인식에 저항했고 말보다 침묵으로, 죽음보다 사랑으로 살았다. 그곳에는 적나라한 가능성들로 벌벌 떨고 있는 거티의 몸이 있었다. 석양빛 가득한 방파제 위에서도, 눈부신 언덕 한가운데에서도, 노란 꽃잎들로 둘러싸인 떡갈나무 아래에서도, 차가운 부엌 바닥에서도, 끝이라곤 없는 거대한 꿈속에서도. 그곳이 어디든 거기에는 불가능에게 기어이 자리를 내주는 텅 빈 거티의 몸이 있었다. 나는 언제나 그것을 바라보았다. 침묵을 닮은 그의 몸. 그녀의 몸. 그것은 언제나 내 곁에 있었지만, 나는 언제나 그것을 알지 못했다. 아마 영원히 모를 것이다. 읽지 않은 소설들 다 잊은 음악들 지나쳐버린 그림들 익숙해진 질문들 그럼에도 익숙해지지 않는 질문들 망각되어버린 꿈들 시간에 매몰되어버린 상처들 사라져 간 역사들 사라지지 않는 울음들 결국 죽어버린 이름들 영영 경험되지 못할 경험들이 거티의 몸 위로 도래했으므로. 거티의 몸은 파악할 수 있는 대상이 아니었다. 거티의 몸을 표현할 수 있는 언어가 나에게는 없었다. 휘청거리는 사람은 나뿐이고 거티는 언어 바깥에서 목적 없이 그저 드러나 있었다. 언제나처럼, 방파제 위에서, 석양빛 아래에서, 서서히 기울어지는 해를 거티가 바라보고 있다. 광란하듯 하늘 위로 흩뿌려진 빛의 색채들엔 어떤 비약도 없었다. 빛은 하나의 색만으로 발해질 수 없다는 걸 저 하늘이 적나라하게 드러내고 있다. 아무 무게도 느껴지지 않는 화려한 대기 속에서 거티가 쾌활하게 웃는다. 내 눈엔 저 웃음만 보였다. 먼 바깥에서 아주 오랫동안 형성되어온 아름다움이 때마침 거티의 얼굴 위로 도래하여 저 웃음으로 지금 나타나고 있는 것 같았다. 그의 아득한 웃음소리가 파도에 부딪혀 나에게 닿았을 때, 거티는 더 이상 혼자가 아니었다. 여럿이 있었다. 나는 거티와 가까이 있었지만 아무리 손을 뻗어도 그에게 닿을 수 없었고 저녁 내내 일어나는 풍경 중에 낯선 것이 너무 많아서 나는 거티만 보았다. 그러나 거티는 나를 보지 않고 다른 사람들을 향해서만 저 아름다운 웃음을 저녁 내내 지었다.

거티의 집에 머무는 동안 나는 아무것도 하지 않았다. 시간만 세었고 시간을 세다 보면 거티가 왔다. 새로울 것 없는 침묵이 다시 찾아와 그와 눈이라도 마주치면 나는 거티를 피해 부엌으로 숨거나 침대 이불 속으로 들어가나 여기서 뭐 하니 왜 여깄니 하염없이 하염없이 생각하다가 새빨개진 얼굴 위로 손을 대어 열을 식히며 이불 속을 비추는 온갖 인공적인 빛깔들에 내 모든 정신을 내맡기려 해보아도 머릿속에는 온통 거티 생각뿐이었다. 나는 거티가 집에 없을 때에도 계속 거티만 생각했다. 집에 있는 모든 사물과 심지어 바깥에서 일어나는 현상들, 이를테면 쓰레기 더미 위를 날아다니는 바닷새의 비행 궤적 같은 것이나 저녁 빛이라 해도 상관없는 아침 빛의 밝기, 또 아무것도 아닌 고통들과 아주 많이 닮은 새하얀 눈송이까지도 하나같이 전부 다 거티를 떠올리게 했다. 그것은 불가피한 일이었다. 집 안이든 바깥이든 모든 사물이 내 감정을 위해 존재하는 것 같았고 부엌 하부장에 꽂혀 있던 낡고 아름다운 책 또한 마찬가지였다. 『화서』. 꽃의 책. 우연히 이 책을 펼쳤던 처음 그 순간만큼은 나는 절대 잊지 못할 것이다. 이때 거티라는 세상은 내 머리 위로 떨어져 사랑을 감각하는 신경만 남겨둔 채 다른 신경들은 모두 손상시켜버렸다. 이 책에는 갖가지 꽃들의 잎과 암술머리, 수술대와 같은 것들이 압착된 채 보관되어 있었다. 각각의 표본 옆에는 꽃의 특징을 보여주는 세밀화와 함께 설명이 기록되어 있었는데, 예컨대 인동덩굴꽃이 개화 후 하루쯤 지나 흰색에서 노란색으로 변하는 성질이나 개불알꽃의 부푼 입술꽃잎과 미끌거리는 헛수술 같은 것, 혹은 초롱꽃의 펜대를 닮은 암술대와 그곳에 묻은 꽃가루 그리고 암술대에서 세 갈래로 갈라져 자라나는 암술머리 따위를 세세하게 포착해둔 기록들을 보는 동안 나는 이 꽃 표본집이 간직한 슬픔에 완전히 속박되고 말았다. 기쁨과 생기로 범람했던 과거는 말라버린 식물의 잔해 어디에도 남아 있지 않았다. 대신 거기에 생과 죽음 사이의 시간이 말없이 보존되어 있었다. 훼손되지 않은 꽃의 육체 위로 어쩐지 약간의 영혼이 주어진 듯 느껴졌던 건 이 표본들에 생과 죽음이 동시에 배어 있었기 때문일 것이다. 나는 그래서 슬펐을 것이다. 여기 모든 꽃이 거티 바깥에서 숨 쉬는 또 다른 거티 같아서 나는 이들을 하나하나 모으고 그리고 쓰는 거티의 손을 상상하며 거티의 눈을 떠올리며 이 꽃 표본집을 얼굴로 비비면서 손끝으로 매만지면서 나는 거티를 사랑해 나는 거티를 사랑해 이런 말만 슬프게 슬프게 계속해서 웅얼거렸다. 나의 이 마음을 하나도 빠뜨리지 않고 다 말할 수 있다면, 나는 이 사랑을,

이 꽃 표본집을 꽉 껴안고, 나의 불행과 행복을 동시에 일으키는 이 사랑을, 밤새 내내 벌벌 떨며, 결국 믿게 될 것이고, 아름다운 계절이 시작되도록, 한참을 울어도 상관없으니, 이렇게 많은 눈물이 거티와 나의 유일한 공통점이 되도록, 이 사랑을, 나는 결국 믿게 되었다.

거티의 뒤에 서 있는 눈 덮인 떡갈나무를 보았다. 그것은 거티의 정신을 지지하기 위해 꼭 거기에 서 있는 것 같았다. 거티는 나에게 이름을 묻고 침묵을 듣고 문을 열고 밖으로 나갔다. 문이 열려 있어서 나는 그렇게 해야 해서 그를 뒤따라 나갔다. 거티의 뒤로 눈 덮인 떡갈나무가 있었다. 나는 저 나무로부터 옛날의 행복과 거티의 것임이 틀림없는 평화로운 광장 그리고 두 개의 자연을 보았다. 떡갈나무는 죽은 것처럼 보였다. 거티는 떡갈나무 가지 하나를 꺾어 새하얀 눈 위에 오래전 패배했던 어떤 여자의 몸을 그렸다. 눈 위에 그려진 그 몸 안으로 모든 연인의 사랑이 용해되어 그 몸의 눈은 물이 되어 우리의 딱딱한 발에 닿아 모두 다 젖을 때까지 망각은 일어나지 않을 것이다. 나는 선뜻 거티에게 다가가지 못했다. 내가 다가가면, 지금 조금이나마 형성되어가는 우리의 관계가 엉망이 될 것 같았다. 거티가 먼저 내 손을 잡았다. 내가 알던 감촉이었다. 우리는 바다를 등지고 걷기 시작했다. 집을 지나치며 집 외벽을 뒤덮고 있는 덩굴식물을 보았던 것 같다. 겨울의 모습은 아니었다.

눈은 내리지 않았으나 전부 눈밭이었다. 며칠 전 쏟아진 폭설의 여파였다. 어둠은 비집고 들어오지 못했다. 세상이 온통 하얘서 나는 약간 흥분했고 세상이 아주 고요해서 나는 모든 게 다 좋았다. 무슨 일이든 새롭게 시작될 분위기였다. 사실 이 밝기는 내 마음의 밝기라 말해야 할 것 같은데, 밝음과 어둠은 꿈처럼 정신적인 성질을 띠고 있어서 내가 새하얀 눈밭에 있지 않아도 새까만 대피소 같은 곳에 있어도 지금과 같은 마음이라면 아마도 나는 모든 게 다 좋아라고 똑같이 말했을 것이다. 그러나 지속은 순간이었다. 어둠이 순식간에 내려앉았다. 거티가 저 멀리 걸어가고 있었다. 좋은 순간은 사라졌고 거티의 뒷모습에 영원한 어둠이 눈물처럼 맺혀버렸다. 조금 있으면 언덕 끝이고 방향 없는 그곳에서도 이대로 울고만 있을 순 없어서 나는 더 빨리 걸어보았다. 땅이 푹푹 꺼졌다. 눈밭 아래 따끔한 것들이 이따금 옷 속을 파고들었다. 보이지 않아 그것이 무엇인지 알 수 없었다. 어수선하게 엉클어진 가시덤불이 걷고 난 자리 위로 슬쩍 정체를 드러내었다. 나는 언뜻 그것을 보았다. 그것은 가시덤불이 아닐지도 몰랐다. 어쩌면 목숨들, 눈밭 아래 부분부분 죽어가는 시체 이전의 몸들, 부패되고 있는 고통들…… 그리고 폭격. 쾅! 굉음은 너무도 직접적이어서 마치 손으로 만져질 것만 같았다. 나는 앞서가는 거티를 보았다. 거티는 말없이 걷고만 있었다. 두 다리 말고는 모든 신경이 마비된 사람처럼, 주위의 어떤 절망도 무심히 지나치는 사람처럼, 그래, 자연처럼, 거티는 같은 동작을 반복하는 자연처럼 언덕을 오르며 굉음을 지나쳤다. 나는 세상에는 종종 이해할 수 없는 일이 벌어지기도 한다는 생각 정도로 그저 이 상황을 얼버무릴 수밖에 없었다. 나는 거티에게로 있는 힘껏 뛰었다. 거티의 거친 숨이 나에게 닿았다. 우리는 나란히 언덕을 올라갔다. 우리는 나란히 있었지만 다른 영역에 속했고 나의 경험과 거티의 경험이 서서히 분리되어가는 이 언덕 위로 빛이 쏟아졌다. 우리는 빛을 밟으며 다가오는 최후의 생각들을 버리며 나란히 앞으로 나아갔다.

언덕 끝에 이르자 세상은 더 환해졌다. 또 다른 언덕이 눈앞에서 부드럽게 이어지고 있었다. 지상에 남아 있는 게 저 언덕의 곡선뿐이라면 그런 세상은 시간과 공간 같은 건 개의치 않고 그저 변화하고 움직이다가 매 순간 생겨나는 힘과 힘이 어쩌다 서로를 억눌러 파괴해버리고 남은 흔적이 다시 언덕과 언덕 사이 아득한 곡선이 되어 막다른 길에 다다른 사람들에게 크게 한번 숨을, 비록 그것이 경탄의 숨일 뿐이라도, 다시 크게 한번 숨을 내쉴 수 있게 해줄까? 주위가 너무 밝아서 눈 때문에 태양 때문에 눈부시게 환한 빛 속에서 더 환하게 응축된 입김들이 공기 중에 떠다녔다. 내가 보았던 건 그것만이 아니었다. 대기와 언덕의 경계 위를 흘러가는 숫자 없는 시간 같은 것, 나타나자마자 사라져버린 겨울 무지개와 바람이 부는 대로 나부끼는 검은 머리카락, 그리고 두 팔을 활짝 벌린 거티…… 거티는 세상을 다 껴안으려는 듯 두 팔을 활짝 벌린 채로 온몸을 떨기 시작했다. 그것은 가벼운 움직임이 아니었다. 그는 필사적이었다. 녹초가 될 때까지, 무언가를 떨쳐내려는 듯, 이를테면 자기에게 덧씌워진 잘못된 역사나 오직 하나의 의미만을 허용하는 하나뿐인 언어, 혹은 영원히 뒤바뀌지 않을 몸의 고유한 부위 같은 것을 버리기 위해 그는 흔들렸다. 내가 보는 모든 것은 비현실적인 사유 속에서 만들어진 일종의 환상일지도 몰랐다. 그래서 나는 그 자리에서 눈을 감아버렸다. 그러나 소용없었다. 나는 다 보았다. 거티의 변신을. 나는 그것을 다 보고 말았다. 거티는 세상의 질서와 결별하며 오래전 패배했던 여성의 몸으로 자기 몸의 모든 부위를 하나하나

변화시켜나갔다. 두 뺨과 목덜미, 어깨와 젖가슴, 아랫배, 성기, 엉덩이와 두 다리…… 거티는 남자에서 여자로 변신했다. 나는 거티의 헐벗은 몸을 보았다. 그는, 그녀는, 울지 않는 얼굴로 울고 있었다. 행복해질 것 같지가 않아. 검고 윤기 나는 그-그녀의 머리 위로 파도가 피어올랐다. 파도의 거품이 눈송이가 되어 하나둘 하늘에서 떨어졌다. 더는 사라지지 않으리 더는 사라지지 않으리. 들리지 않는 소리가 나와 거티의 몸에 스며들었다. 나는 입고 있던 외투를 벗어 거티의 몸을 덮어주었다. 거티가 내 손을 잡았다. 내가 알던 감촉이었다. 긴 산책을 끝내고 집으로 돌아왔을 때 떡갈나무는 인동덩굴의 노란 꽃들로 뒤덮여 있었다. 노란 꽃잎들 사이로 머리를 내밀고 있는 무성한 암술들이 가능과 불가능의 경계를 조롱하듯 날름거렸다. 믿을 수 없었다. 그러나 믿지 않을 수도 없었다. 나는 믿지 않을 수 없어서 믿기로 했다. 그러기로 했다.

거티가 변신하고 나서도 우리의 생활 방식에는 거의 변화가 없었다. 거티가 집에 없는 시간이 조금 더 길어진 것 말고는 달라진 점은 없었다. 거티는 예전처럼 매일 밤 낮은 목소리로 기도했고 이른 새벽 집에서 나가 해 질 무렵 다시 집으로 돌아왔다. 거티의 가방은 언제나 인간의 찌꺼기로 가득 차 있었다. 나 역시 예전처럼 거티를 기다리며 하루를 보냈다. 그를, 그녀를, 예전보다 더 오래 기다려야 했지만 그것이 나에게 뚜렷한 고통을 준 것은 아니었다. 거티가 없는 집에서 나는 항상 그래왔듯 거티의 책상 앞에 앉아 거티가 읽다 만 책들을 뒤적이며 천사의 속삭임을 상상했고 침대맡에서 꽃 표본집을 매만지며 의식 없이 말라버린 꽃들의 압착된 몸을 위해 기도했다. 나의 변함없는 생활에 어떤 타협이 있었던 것은 아니었다. 충격의 와중에 충격은 충격이 아니다. 충격의 와중에 충격은 더는 불가사의한 것이 아니고 그저 지속되는 삶의 일부일 뿐이다. 나는 예전처럼 거티와 같은 침대에 누워 함께 잠이 들기도 했는데 그러는 동안 약간의 떨림이 있었고 이따금 그런 떨림이 부자연스럽게 느껴지긴 했지만, 거티의 성이 달라지기 전에도 나는 침대 속에서 종종 그렇게 몸을 떨곤 했다.

겨울이 끝나가고 있었고 나는 거티의 집에서 시간을 세다가 문득 무언가 달라졌는데도 아무것도 달라지지 않았다는 게 이상하고 불안해서 사실은 아무것도 달라지지 않은 게 아니라 모든 게 달라진 것인데도 내가 알아채지 못하고 있는 것뿐이라면 이대로 가만히 있다가는 내 주위의 많은 것이 한꺼번에 무너질지도 몰라서 그래서 해 질 무렵 거티가 돌아왔을 때, 여전히 노란 떡갈나무 아래에서, 나는 그에게, 그녀에게 입 맞췄다. 거티의 입술은 부드러웠다. 그녀는 입을 벌렸고 나는 그녀를 원했다. 나는 그녀가 가진 다수의 혀로 오래된 불능에서 깨어났고 이것은 이제 비밀이 아니다. 그리고 갑자기 봄이 찾아왔다. 우리는 더 이상 추위에 몸을 떨지 않았고 세상은 하나가 아닌 빛으로 넘쳐났다. 낮이 자꾸 길어져 나는 거티를 더 오래 기다려야 했다. 매일매일 더 길어지는 시간 동안 나는 낡은 집 주변으로 하나둘 피어나는 꽃들의 냄새를 무료하게 맡아보거나 시간이 더 지나면 사라져버릴 나뭇잎들의 연두색을 기억하려고 노력했다. 해 질 무렵, 우리는 자주 키스했고 어둑한 밤이 되면 거티의 서재를 가득 채우고 있던 영광스러운 책들을 하나하나 불태우며 시간을 보냈다. 잠들기 전에 우리는 함께 기도했고 어떤 날 내가 거티에게 누구를 위해 기도하느냐고 물었을 때, 그녀는 누구를 위한 기도는 없어 단지 기도하는 나만 있을 뿐이야라고 말하고는 나를 꼭 끌어안으며 내 귓가에 대고 사랑해 사랑해 속삭였다. 그날뿐만은 아니었다. 거티는 나에게 사랑한다고 자주 말했다. 책을 불태우면서도, 책장을 뜯어내고 분해하고 망가뜨리면서도, 누가 쓰다 버린 쇳소리 나는 피아노를 그 빈자리에 가져다 놓으면서도 언제나 내게 사랑한다고 말했다. 사랑을 말할 때마다 비밀들은 매번 깨어져 거티는 늘 즐거워했다. 나는 그녀의 사랑이 나를 향한 것인지 나를 포함한 모든 타자를 향한 것인지 매 순간 헷갈렸고 그럴 때마다 마치 내 주변에서 무수한 타자가 거대히 운집해 가고 있는 듯한 착각이 들었다. 그들은 누구일까? 나도 그들 중 하나일까? 나는 점점 더 거대해지는 타자들의 행렬에 두려움을 느꼈다. 그 속에 있는 자들은 내가 믿고 있는 것을 무효화하는 자들이자 존재의 하찮음을 무섭게 자각하는 자들이었으며, 한계 없이 넘쳐흐르는 몸의 불안에 스스로를 내던지는 자들이었다. 그들은 스스로 저지르는 숱한 모순에 죄책감을 느끼지 않았다. 대신 모순들로 인해 상처 난 의미들을 제 방으로 데려와 정성스레 돌보았다. 그들 개개의 몸은 작지 않았고 그들은 서로를 필요로 하지도 않았다. 복수의 몸. 나는 그들을 버리고 떠나지 않을 것이다. 나는 그래서 두려웠을 것이다. 거티의 입에서 태어난 사랑의 말들은 나를 다시 바닷속으로 밀어 넣었다. 자칫 가라앉을 수도 있었다. 그러나 나는 내가 죽지 못했던 그 바닷속에서 어느새 헤엄을 치며 해변에 있는 거티와 거티의 친구들을 향해 가고 있었다. 내 헤엄은 서툴고 준비된 것이 아니어서 이따금 높아지는 파도에 속수무책이었지만, 그러나 위기는 자연스레 지나갔다.

바다에서 겨우 빠져나온 내 모습에 거티와 그녀의 친구들은 동시에 웃음을 터뜨렸다. 그중 가장 크게 웃은 사람은 시시라는 여자였다. 누운 자리에서 일어나면서 그녀는 뜬금없이 자기가 세상에서 가장 진실하고 용감한 사람이라고 나를 향해 소리쳐 말했다. 나는 온몸이 젖어 있어서 그녀의 말에 귀 기울이지 못했다. 시시는 계속해서 말했다. 겉과 속이 다를 때도 있지만 그건 자기가 정말로 진실한 사람이기 때문에 그렇다, 또 사람들이 그래서 자기를 오해하기도 하지만 그런 오해를 아주 좋아한다, 이런 유의 말들이었을 것이다. 거의 자기 자신에 대한 말이었다. 거티는 시시의 말들에 키득키득 웃으며 오래된 비키니의 어깨끈을 조절했다. 시시가 다시 거티의 허벅지에 머리를 대고 누웠다. 그리고 모래 묻은 거티의 발을 부드럽게 만지기 시작했다. 내 몸의 바닷물이 말라갔다. 나는 무엇을 원하는가? 거티가 나를 보았고 나는 얼굴이 새빨개졌다. 해변이 드넓어서 빨개진 내 얼굴을 누구나 다 볼 수 있었다. 그러나 나를 보는 사람은 거티뿐이었다. 나는 거티를 원하는가? 거티는 거티였지만, 하나가 아니었다. 하나가 아닌 거티를 나는 볼 수 있어서 하나가 아닌 거티가 내 눈에 다 보여서 차라리 내 눈을 버리고 이제 막 엄마 배 속에 생겨난 태아처럼 나에게 새로운 시각이 주어져서 새로운 거티를 새롭게 사랑하게 되기를 원했고 아니 원하지 않았고 내가 그렇게 되기를 원한 적 없고 아니 언제나 원했고 앞으로도 그럴 것 같았다. 공을 주우러 해변 끝까지 달려간 치치는 아직 되돌아오지 않았다. 시시 뒤에서 케케묵은 고전을 읽고 있던 시시의 딸은 동의할 수 없는 말들이 자꾸 반복해서 나타나는 것에 슬퍼하고 있었다. 올려다볼 하늘이 어디에도 없어서 나는 하염없이 또다시 하염없이 거티만 바라보다가 모래 속에 얼굴을 파묻고 울었다. 공을 가지고 돌아온 치치가 나를 모래에서 꺼내주었다. 여름 한낮도 아니면서 우리는 여름처럼 바다를 향유했다. 바람은 적당하게 무더웠다. 나는 때 이른 더위가 찾아온 4월의 바다가 슬퍼서 치치와 공을 몇 번 주고받았다. 날씨는 변하지 않았고 우리는 몇 번 더 공을 주고받다가 시간을 세다가 시간을 세다 보면 시간은 더 이상 셀 수 없는 것이 되었는데도 나는 거티와 가까이 자꾸 늙어갔고 가까이 있어도 그녀에게 결코 닿을 수 없는 오후에 해가 질 때까지 내가 보는 어떤 것도 낯선 것이 아니었다.

이유를 알 수 없이 창가에 혼자 앉아 있는 날이 점점 늘어갔다. 바깥의 낮이 지겨워졌고 그럼에도 낮은 열린 창문으로 쉴 새 없이 들어왔다. 자꾸 커지는 낮이 어둠을 밀쳐내고 내 마음이 숨을 장소들도 다 없애버리고 나는 어찌할 바를 몰라서 창문 바깥의 저 많은 생명도 숨을 곳 하나 없는 새하얀 낮 속에서 나처럼 내내 불안에 떨게 될까 봐 세상에 남는 게 새하얀 낮뿐이라 잠도 꿈도 모두 잃어버린 채 이렇게 뜬눈으로 계속 거티만 기다리게 될까 봐 두려웠다. 사랑은 훌륭했지만 나는 지쳐 있었고 누구라도 사는 사람이 있다면 내 사랑을 헐값에라도 팔고 싶었다. 하필 이럴 때, 내가 바닥을 치고 있을 때, 시시가 문을 열고 들어왔다. 그녀가 바깥을 통째로 안고 들어와서 집은 더 이상 집이 아니었다. 그녀가 들여온 바깥에서 나는 나를 괴롭히던 내 낡은 생각들을 어느 정도 잊을 수가 있었는데 그게 꼭 더 좋았다고 말할 수는 없다. 그곳에는 더 새로운 분노, 더 무서운 혐오가 사방으로 즐비했고 그런 시선들은 늘 정확한 것도 아니어서 엉뚱한 죽음만 수없이 일으켰다. 세상은 그런 일이 그냥 반복되도록 내버려두었고 나는 그런 바깥세상이 무서웠다. 그럼에도 그곳에는 예쁜 건물들이 있었다. 공기를 가득 채우는 황홀한 새소리도 있었고 짙은 핑크빛 확성기, 이제 막 떨어지기 시작한 산사나무 꽃잎들이 있었다. 이토록 아름다운 바깥에서 사람들은 나를 미워했고 배제했다. 나는 이게 내 마지막 순간이기를 원하지 않았다. 나는 어서 빨리 거티의 집으로 되돌아가고 싶었다. 나는 내가 어디에 있건 언제나 거티의 집으로 되돌아가고 싶었다. 그것은 질병과도 같았다. 시시는 거티의 집에 들어와 아주 익숙한 동작으로 냉장고에서 복숭아를 꺼냈다. 복숭아는 깨끗하게 씻겨 시시의 입으로 쉼 없이 계속 들어갔다. 그녀의 손에서 단물이 줄줄 흘러내렸다. 그것은 금세 끈적해졌다. 시시는 끈적끈적해진 손을 닦지도 않고 그냥 내버려두었다. 그러고는 거울에 비친 자기 모습을 보며 옛날의 일들을 하나하나 드러내기 시작했다. 온통 말이었다. 시시는 자신의 취약했던 자아와 자랑스러운 일들, 사랑이 그녀에게 남긴 더러웠던 흔적 같은 것을 말로 다 말했다. 어째서인지 그녀의 말들은 무엇 하나 실제로 일어난 일처럼 들리지가 않았는데 그래서 약간 성스럽게 들리기도 했다. 없는 것이 말로 말해질 때 느껴지는 그런 느낌 말이다. 그녀가 당했던 시시콜콜한 폭력이나 그녀가 저질렀던 위법의 행위들이 말해질 때는 특히 더 그랬다. 그뿐만이 아니었다. 시시는 그냥 웃고 넘길 수 없는 일들을 일부러 웃기게 말하기도 했는데 그러면 나는 웃지 않을 수가 없었고 그렇게 웃고 나면 무언가 잘못되었다는 생각에 온몸이 부르르 떨려왔다. 복숭아를 먹는 동안 줄줄 흘러내린 단물에 시시의 손은 엉망이 되었다. 엉망이 된 손이 다 마를 때까지 시시는 말이 되었다. 말들은 집 안 곳곳에 내려앉았다. 금 간 잔 위에 더는 효력 없는 장작 위에 빛바랜 소파 위에 내 눈물로 얼룩진 알록달록한 이불 위에 쇳소리 나는 피아노 건반 위에 누렇게 변색된 제라늄 커튼 위에 깨어진 램프 갓 위에 하나씩 둘씩 구체적으로 내려앉았다. 예상했던 일은 아니었다. 거티가 어떤 마음으로 시시를 집 안으로 들였는지, 그것이 그들의 합의였는지 한쪽의 일방적인 요구였는지 나는 모른다. 그보다 더 중요한 문제는 매일매일 거티와 시시가 더 오래 함께 있다는 것이었다. 나는 그 둘이 함께 있는 모습을 보지 않을 수 없었다. 그것이 눈앞에서 매 순간 벌어졌기 때문이다. 그들은 사건의 왕*이었다. 그래서 고통이 있었다. 분노가 있었고 절망도 있었다. 나는 울면서 내가 할 수 있는 일을 찾았다. 몸과 그림자, 앞면과 뒷면, 영혼과 시체, 직선과 반원…… 나는 그들을 볼 때마다 하나가 아닌데도 하나가 되는 쌍들을 떠올렸다. 둘을 둘이 아니라고 생각해버리는 것. 그게 내가 할 수 있는 일 전부였다. 비록 이것이 나를 더 아프게 했을지 몰라도 이 때문에 나는 가끔씩 그들을 망각할 수 있었고 언젠가부터 그들이 어떤 관계인지도 궁금해하지 않았다. 그것은 알고

---

* 마르그리트 뒤라스, 『죽음의 병』, 조재룡 옮김, 난다, 2022.

자 해서 알아지는 것도 아니었고 알았다고 해서 안 것도 아니었다. 둘 사이에서 벌어지는 일들에 내가 완전히 배제되어 있다고 느낄 때마다 나는 시시에게 시시의 딸에 대해 물었다. 갈수록 시시의 딸에 대해 묻는 날이 많아져서 하루는 거티가 시시의 딸이 있는 곳을 나에게 알려주었다. 원하는 걸 찾았구나? 거티가 기뻐하며 말했다. 그녀의 환한 얼굴이 나를 더 무너뜨렸다.

바다를 옆에 두고 나는 거티가 알려준 장소를 향해 달려갔다. 출발하기 전에 신발 끈을 묶으며 나는 내가 가야 할 곳까지의 경로를 머릿속으로 대략 그려보았다. 거티와 시시의 웃음소리가 들렸다. 그들은 그렇게 자주 웃었다. 달리는 동안 바다와 섬들과 대관람차와 방파제와 쓰레기와 개들의 똥을 보았다. 개들의 똥이 내 앞에 있었지만 나는 그것을 그대로 밟고 지나갔다. 보았다고 해서 피할 수 있는 건 아니었다. 그게 무엇인지 알아도 그냥 앞으로 계속 가는 수밖에 없을 때가 있다. 달리는 걸 멈추지 않아서 고통이 내 몸 여기저기 돌아다녔다. 거티는 행복할까? 나는 두 눈을 질끈 감았다. 거티의 행복 같은 건 절대 생각하고 싶지 않았다. 대신 푸른 수레국화나 보랏빛 제비꽃들에 둘러싸여 눈앞의 풍요로운 정취를 만끽하고 싶었다. 그러다 보면 언제나 되돌아오는 우울에 보답하듯 상처 난

팔에 또 다른 상처를 입히고 더 넓은 광장으로 나아가 그곳에서 비눗방울을 터뜨리는 아이들 틈에 끼어 다 죽어버린 옛날의 다짐들을 떠올리며 조용히 울어버릴 수 있을 것이다. 나는 거티의 행복 같은 건 절대로 생각하지 않을 것이고 내가 처한 이 상태를 고통이라 가볍게 정의 내리면 그만이었다. 항구를 떠나온 어부들의 배에서 위험을 경고하는 소리가 요란스레 울려 퍼졌다. 나는 그냥 계속 달렸다. 그것은 나를 향한 소리였을 것이다. 그러나 나는 꼼짝 않는 태양 아래 그냥 계속 달렸다. 엄청난 빛이 세상에 가득했고 그만큼 위험도 넘쳐났다. 달리면 달릴수록 머릿속이 점점 새하얘져 내 고통이 예전의 의미를 잃고 내 사랑은 그 어떤 말로도 규정지을 수 없이 순수해져 나는 위험이 위험인지도 모른 채 그걸 가볍게 뛰어넘기를 몇 번이고 반복하다가 어부들의 외침이 거의 들리지 않게 될 무렵, 거티가 알려준 장소에 무사히 도착했다. 그곳에 정말로 시시의 딸이 있었다. 앞으로 겪을 거대한 미스터리를 기다리며 그녀는 버드나무로 만든 둥근 테이블에 앉아 가만히 무언가를 쓰고 있었다. 누군가 송출하는 텔레비전 소리가 쉬지 않고 들려왔고 테이블 위에는 둥근 고리 모양의 실 여러 개, 쏟아진 물, 매듭 풀린 야구공, 개복숭아의 하얀 씨앗들 따위가 놓여 있었다. 그녀의 발아래로 임신한 것처럼 보이는 개가 말없이 걸어와 앉았다. 말없이. 할 수 있는 말은 처음부터 없었을 것이다. 사랑도 양육도 우리와 닮았지만 하고 싶은 말을 가져본 적은 없을 것이다. 나는 시시의 딸 옆에 앉았다. 개의 몸에 발이 몇 번 닿았다. 네 엄마를 좀 데려가. 내 말에 별다른 대꾸도 없이 그녀는 계속 무언갈 쓰기만 했다. 나는 다시 한번 더 네 엄마를 좀 데려가달라고 말했다. 내 사랑이 너무 커서 우리 집에 네 엄마가 있을 자리가 없고 네 엄마는 너무 오만하고 못된 마음을 갖고 있는데 나쁜 게 그것뿐만이 아니라서, 하지만 네가 너무 슬퍼할까 봐 더 말하지는 못하겠다라고 덧붙여 말했다. 내 말은 전혀 그녀의 관심을 끌지 못했다. 그러나 나는 그녀에게 관심이 있었다. 그래서 그녀가 무언가 쓰고 있는 종이를 유심히 들여다보았다. 종이 위에는 여러 도형과 숫자와 기호 들이 복잡하게 배치되어 있었다. 이들이 따르는 규칙이 무엇이든, 그 규칙에 어떤 조건이 요구되든 순간 나는 이 수식들을 다 이해하고 있는 것 같은 기분이 들었는데 아마 텔레비전에서 들려오는 낮은 허밍 소리 때문이었을 것이다. 듣기 좋은 소리였다. 이 소리가 내 귓가에 닿기까지 물리적으로 이동해 온 거리를 생각하다 문득 불가능이란 말이 얼마나 부질없는지, 이 말로 설명될 수 있는 게 아무것도 없다는 걸 무심코 깨달았다. 그러다 지금 이 낮은 허밍이 들려올 때 일어나는 서로 무관하나 동시적인 움직임들, 예컨대 개의 배 속 새끼들이 더 크게 꿈틀거리는 양상이나 창가에 놓인 금작화잎의 약한 떨림, 또 지금 내 머릿속에서 저절로 형성되어가는 신경세포들의 물결 같은 것을 떠올렸다. 이런 우연한 관계에 뒤얽힌 감춰진 힘을 시시의 딸이 적어 내려간 수식들로 밝혀낼 수 있지 않을까. 계속 들여다보고 있으니 이 수식들이 어째서인지 행복해 보이기도 했는데, 아마도 이들이 불가능을 불가능이라 말하지 않고 그렇다고 불가능을 가능이라 말하지도 않고 그저 불가능하다 짐작될 뿐인 일들의 아름다움을 남몰래 밝혀나가고 있는 것처럼 느껴져서였던 것 같다. 나는 내가 이 수식들을 하나도 이해하지 못한다는 것을 알고 있었고 그래도 좋았다. 행복이라는 말을 떠올려서 좋았다. 시시의 딸과 며칠 더 함께 지내도 좋을 것 같았다.

 시시의 딸의 집은 도시 한복판에 있었다. 몇몇 풍경은 익숙했고 어떤 풍경은 새로웠다. 사람들이 한꺼번에 나타났다가 사라지는 모습을 종종 목격했다. 사람들의 등장과 퇴장은 일정한 시간에 일어났지만, 정작 그것이 다 시간에 따른 것이라 말할 수도 없었다. 저들만 그런 건 아니었다. 이 집엔 창이 많아서 다 보였다. 더 높이 올라가는 기계, 더 깊이 떨어지는 인간, 매달린 몸, 흔들리는 강물, 번쩍이는 사이렌, 비둘기의 귀, 더러운 공기…… 도시는 낡은 시간 속에 살고 있었다. 여기에서도 나는 언제나처럼 외로웠고 거리의 촘촘한 사람들을 창밖으로 보고 나면 내가 꼭 저들을 미워하는 것 같은 기분이 들어서 힘이 들었다. 정말로 내가 그런 사람인지 따져 묻다가 미워하는 것까지는 아니고 그냥 저들의 평화나 행복을 딱히 바란 적이 없었던 것뿐임을 알게 되었는데 그걸 알았다고 해서 기분이 나아지는 건 아니었다. 그게 미워하는 것과 뭐가 다를까 이런 생각이 들어서였던 것 같다. 나는 사람들의 평화나 행복을 바라는, 그런 일은 해본 적이 없었다. 내가 할 수 있는 일이 아니었다. 해본 적이 없어서 할 수 없는 게 아니라 할 수 없는 일이어서 해본 적이 없는 것이었다. 어쩌면 이게 지금 나의 가장 큰 문제일지도 몰랐다. 창이 모두 바깥을 향해 열려 있었고 이 집엔 창이 많아서 바깥도 많았다. 바깥이 바깥에서 나를 종종 응시했다. 그것은 어째서인지 이 안으로 들어오지 않았다. 가끔씩 내가 죽은 사람처럼 느껴질 때면 금작화 화분에 놓인 작은 돌멩이들을 창문 바깥으로 던지곤 했다. 그러면 새가 수직으로 날아올랐다. 내가 돌멩이를 던지면 새가 수직으로 날아올랐다. 여러 번 그랬다. 그 속도가 너무 빨라서 그 새의 생김새나 색깔, 모양 같은 건 확실하게 보지 못했다. 이름도 모른다. 그러나 그 새가 있다는 것은 안다. 그 새가 날아오르는 수직의 움직임을 안다. 그 새의 고독을 안다. 다른 존재의 고독을 아는 것. 그것을 사랑이라 말해도 좋을 것이다. 그것은 죽음과는 다른 것이다. 죽음은 바깥의 소리나 냄새와 비슷하다. 불현듯 생겨난 것, 아무런 의도 없이 나에게 가까이 다가오는 것, 감각하기 전까지 가까이 있는지 알 수 없는 것, 감각하고 나서는 무를 수 없는 것…… 사랑과도 같은 것. 며칠 뒤, 수직으로 움직이는 그 새를 운 좋게 한 번 더 보았다. 그때 나는 거꾸로 서 있었고 그래서 그 새는 수직으로 떨어졌다. 수직으로 날아오르는 새와 수직으로 떨어지는 새는 다를 게 없었다. 같은 새였다. 나는 이제 그 새를 누구보다 잘 안다. 그렇게 되었다. 그러니 무서울 게 없었다.

도시의 소음과 악취가 지겨워질 무렵, 임신한 개가 새끼를 낳았다. 그날 시시의 딸은 하룻낮 땀을 뻘뻘 흘리며 거리를 헤매고 돌아왔다. 그녀는 거리를 떠돌아다니는 아무 수컷 개를 붙잡아 집으로 데리고 와서는 이제 막 태어나 헐떡거리는 새끼들에게 얘가 너희들 아빠야라고 말해주었다. 울음소리도 없이 그녀는 한참을 울었다. 그녀의 그림자가 나를 향해 길게 드리웠다. 오후의 태양이 그렇게 되도록 내버려두었다. 이윽고 그것이 나에게 닿았을 때, 나는 거티에게 되돌아가기로 결심했다. 새끼들이 수컷 개에게 관심이 없어서 시시의 딸은 눈물을 닦고 다시 그 개를 거리로 내보냈다. 나도 개와 함께 거리로 나왔다. 개는 저 멀리 재빠르게 도망쳤다. 수컷은 시시의 딸의 눈물이 두려웠을 것이다. 딸의 난폭함과 딸의 거짓말이 무서웠을 것이다. 도망치는 개의 길 위로 도시가 내려앉았다. 도시는 여전히 파괴했고 파괴당했고 내가 아는 도시가 이런 도시만은 아니었는데 결핍이나 굶주림, 역사 없음과 같은 것들만 반복하는 도시가 눈앞에 자꾸 나타났다. 이런 도시 속에서 나 홀로 있기 싫어서 나 역시 언제나 결핍되어 굶주리며 역사를 잊고서 파괴하고 파괴당해왔지만 거티가 내 옆에 있는 동안만큼은 무언가 달랐기 때문에 나는 다시 거티가 그리웠다. 언제나처럼. 더 많이. 나는 그녀의 집에서 겪었던 합법적인 고통과 그곳에서 병들어버린 내 마음이 그리웠다. 내 마음은 그리움의 아수라장*이 된 지 오래였다. 나는 거티에게로 가야 할 것이다. 노란 떡갈나무가 시들지 않고 반짝이는 곳, 오만하고 못된 말들

---

* 최승자, 「여자들과 사내들」, 『이 시대의 사랑』, 문학과지성사, 1981.

이 내 피부 속으로 시끄럽게 스며드는 곳, 그럼에도 언제나 사랑을 잊지 않는 곳. 그러나 시간은 지쳐갔고 주위가 갈수록 흐릿해졌다. 어느새 나는 도시 깊숙이 들어가 있었다. 호수가 가까이 보였다. 바람도 약간 불었다. 버드나무와 너도밤나무를 보았다. 단풍나무도 있었고 산딸나무와 아까시나무가 사이사이 꽃을 피웠다. 그들은 호수 주위로 벽을 세워 커다란 그늘을 만들었다. 작은 야생화나 덩굴식물 들이 그들의 그림자 속에서 덤불을 이루어 어둠 안에 또 다른 어둠을 만들었다. 나무 위로 건물들이 있었다. 둥지 없는 새의 울음소리가 두어 번 울리고 사라졌다. 호수 표면으로 투영된 세상 가장자리들이 바람에 떨렸다. 새로울 것 없는 눈물이 또다시 흘러서 나는 저 떨리는 세상 속으로 뛰어들고 싶었다. 호수에 맺힌 세상은 가짜가 아니었다. 단단한 경계라고는 없어 뭉개져야만 존재하는 세상. 나타나고 흐려졌다 사라지기를 반복하는 세상. 죽지 않고는 살 수 없는 세상. 나는 가까스로 호숫가를 벗어났다. 짧은 빛들이 반짝였다. 그것은 내 꿈속에서만 뒤섞여 있는 빛이 아니었다. 그 빛을 바라보며 나는 내가 아직 죽지 않았다는 것을 깨달았다.

거티의 집으로 되돌아왔을 때, 마침 거티는 문 앞에서

쓰레기를 정리하고 있었다. 엉거주춤 서 있는 나를 보고 그녀는 쓰레기를 만지던 손을 바지에 스윽 닦았다. 그러고는 내 손을 잡아 집 안으로 들어갔다. 없던 복도가 생겨 있었다. 너를 위해 이 복도를 만들었어. 그녀가 말했다. 내가 지겨워지면 여기로 와. 조용히 울고 싶을 때도 여기로 와. 복도는 길었다. 이렇게 긴 복도가 어떻게 만들어졌는지 이 복도가 만들어지기 전의 집의 구조는 어떠했는지 머릿속에서 바로 떠오르지 않았다. 여러 개의 가벽이 세워졌을 것이고 여러 개의 가벽으로 여러 개의 공간이 생겨났을 것이다. 부엌은 좁아졌고 벽난로는 사라졌으며 피아노는 보이지 않았고 서재로 가는 길은 제한되었다. 썩어가고 들썩이던 집이 깨끗하게 보수되어서 더는 집이 아닌 것처럼 느껴졌다. 나는 좀 쉬고 싶다고 말했다. 거티가 복도 맨 끝을 가리켰다. 저기가 우리 침실이었지. 나는 거티를 따라 그곳을 향해 걸어갔다. 거티가 내 앞에 있었다. 그녀는 가끔씩 뒤를 돌아 나를 보며 웃었다. 오랫동안 그리워했던 이름이 하나의 몸으로 마침내 드러나 여기 내 앞에 있다. 그녀의 환한 머리카락, 단단한 어깨와 예쁜 허리, 그리고 더 깊이 뿌리내리려는 욕망대로 분명하게 뻗어 있는 두 다리…… 그러나 나는 갑자기 무서운 느낌에 사로잡혔다. 이토록 확실한 그녀의 몸이, 내가 잘 아는 그녀의 낱낱의 몸이 순간 낯선 형체가 되어버려서 뚜벅뚜벅 앞으로 걸어가는 그녀는 내가 모르는 사람이었다. 그녀의 몸 모든 부위가 너무나 익숙했지만, 그것 때문에 나는 더 무서웠다. 내 커다란 사랑이 나도 모르는 새 마음 저편으로 저물어 저기 저 텅 빈 몸으로만 여기 남아 나를 꼭 비웃고 있는 것 같았다. 거티는 아무것도 눈치채지 못한 듯 나를 향해 미소 지으며 침실의 문을 열었다. 시시가 침대에 누워 잠들어 있었다. 시시의 몸을 덮고 있는 이불이 오렌지빛, 바닷빛, 핑크빛으로 뒤섞여 여전히 부드럽게 흔들리고 있었다. 그러자 생생히 다 기억났다. 눈물을 닦고 사랑을 숨겼던 이불 속의 날들. 직물 속으로 투과된 알록달록한 빛을 바라보며 하염없이 하염없이 거티만 생각했던 날들. 저 이불은 내 것이었다. 저 이불은 마땅히 내 것이어야 했다. 그래서 나는 아마 침대를 불태웠을 것이다. 그을린 침대에 누워 천장을 오랫동안 바라보았다. 옆에 시시가 아직 누워 있었다. 아침부터 밤까지 우리는 함께였다. 그녀는 뒤척이지 않아서 없는 사람 같았다. 문 바깥쪽에서 우는 소리가 들렸다. 울음소리라면 얼마든지 들을 수 있었다. 아무리 오래 지속되더라도 그것을 나는 얼마든지 들을 수 있었다. 몇 개의 그림자가 흔들렸고 평면 위 그림자가 동일한 어둠이 아니라서 내가 있는 곳은 3차원 그 이상의 공간일 수도 있었다. 오랜 노동으로 피로한 늙은이가 문밖에서 허튼소리를 지껄였고 병든 엄마를 훼방꾼으로 생각하는 못된 딸이 혼잣말을 계속했다. 그들은 이따금 나를 불렀고 나는 그들의 목소리에 잠깐 일어났다가 그냥 다시 누워버리기를 몇 차례 반복했다. 더 이상 그들의 목소리가 들리지 않아서 이불을 덮고 그을린 석양빛 아래 눈을 감아 거티를 떠올리며 팬티 속으로 손을 집어넣었다. 쾌락이 짧게 지나간 후, 몸이 아파왔다. 나는 눈물 없이 울고 있었던 것 같다. 꿈에서 보통 그리했다. 꿈에 사는 사람들은 눈물 없이 울고 소리 없이 사랑을 한다. 일반적으로 일어나는 오류들에 개의치 않고 흘러가는 시간을 비웃는다. 또 꿈에 사는 사람들은 고통을 겪지 않는다. 그냥 보기만 한다. 지금 내가 그리하듯. 내 몸의 고통은 고통이었지만 나를 아프게 하지 않았다. 나를 찌르는 이 고통이 직접적인 감각이란 범주에서 벗어나자 세상은 더 깊어졌다. 투쟁하는 영혼들이 도처에서 비밀들을 은닉했고 그들이 내지르는 허튼소리가 사방에서 추상이 되었다. 추상은 언제나 어려웠다. 1처럼. 영원처럼.

    나 좀 도와줘. 목소리는 구체적이었다. 그것은 멀지 않은 곳에서 바깥뜰에서 거티로부터 시작된 것이었다. 내가 그녀 앞에 서 있었을 때, 땅은 어느 정도 파여 있었다. 어둠 속에서도 보이는 것이 있었다. 거티는 담배를 문 채 땀을 뻘뻘 흘리며 땅을 더 깊이 팠다. 그녀가 나에게 삽을 주었다. 나도 그녀를 따라 땅을 파기 시작했다. 우리는 바깥뜰에서 함께 땅을 팠다. 땅을 더 깊게 팔수록 거티가 묻은 지난날의 쓰레기들이 하나둘 모습을 드러냈다. 우리는 땅을 깨끗이 비우고 그곳에 시시를 위한 공간을 만들었다. 그리고 시시의 휴식을 위해 잠시 기도했다. 날이 밝아서 경찰들이 왔고 우리는 도망쳤다. 우리가 갈 곳은 바다뿐이었다. 거티는 삶 대신 사랑을 택했고 나 또한 그랬다. 바닷가에서 드러나는 건 보이지 않는 섬과 바람에 부딪히는 파도 소리, 젖은 모래 냄새, 그리고 우리의 없는 미래 같은 것들이었다. 우리는 해변에 누워 천천히 굶어 죽어가고 있었다. 파도 거품이 우리 발끝까지 밀려왔을 때, 모래에서 하나둘 생명들이 깨어났다. 견딜 수 없는 상태에 이르러 시작된 균열은 끝이 나지 않았다. 모래 위로 기어 나오는 그것들의 움직임은 단순하고 순수했다. 그들이 갈 곳은 바다뿐이었고 우리는 밤새도록 숨죽여 그들 주위로 반짝이는 빛을 지켜보았다. 밤이 끝나도록 우리는 죽지 않았다. 바다가 우리에게 파도와 햇빛과 시간을 내던졌다. 해변의 생명들이 우리를 먹여 살렸다. 우리는 우리를 살려준 그들의 은혜 같은 건 전부 잊어버리기로 했고 대신 사랑을 지금보다 조금 더 키워나가기로 했다. 두 개의 불행이 파도에 떠밀려 저 멀리 사라질 때까지 우리는 서로의 살갗을 쓰다듬으며 오래도록 함께였다.

경뫼

이자는 겨우 갈산에 도착했다. 시골길을 운전해 오던 도중 차는 버렸다. 이자의 차가 아니었다. 그렇다고 훔친 것도 아니었다. 걸어오는 동안 돌멩이를 주웠다. 그리고 주운 돌멩이를 버렸다. 버리고 줍고 다시 버렸다. 몇 번은 뒤로 던져보기도 했다. 데우칼리온과 퓌르라처럼. 뒤돌아보면 인간 대신 진흙 속 어둠 같은, 그런 침묵만 덩그러니 놓여 있었다. 밤하늘에 희미하게 빛나고 있는 화살자리를 운 좋게 보았다. 여름일 것이다. 축축한 밤. 이자는 자신을 뒤쫓는 진흙 속 어둠을 물끄러미 바라보았다. 밀려오다 물러난 파도에 몸이 드러난다. 몸. 그보다는 정신. 다시 파도가 밀려오고 몸은 정신을 차린다. 이거면 충분하지 않아? 이거면 충분하지 않아? 신은 우리를 왜 이것으로 충분하게 두지 않았던가. 이자는 외진의 분노에 어떤 방식으로도 대꾸하지 않았다. 실은 기억나는 게 많지 않았다. 기껏해야 순종, 긍정, 밝음 따위의 가치들. 무심하게 서로를 배신했던 순간순간이 결국 이자와 외진을 이 지경으로 만들었을 것이다. 6월 갈산의 시골길은 밤이었다. 짐승의 체취와 하얗게 얼룩얼룩한 빛이 낮 동안 떠돌다 사라졌다. 이자는 어느 정도 동행했던 자에게 차를 버렸다. 이자는 여기에 오기까지 어느 정도 동행했던 자를 경뫼라 불렀다. 그의 이름은 경뫼가 아니었을 것이다. 그러나 이자는 그를 경뫼라 불렀다. 경뫼는 동쪽으로 향하고 있을 것이다. 이자의 차는 결국 갈산에 도착하지 않을 것이고 이자가 그 차를 운전하는 일은 더는 없을 것이다. 그 차는 한 번도 이자의 차였던 적이 없다. 잘 버렸다. 경뫼와의 동행도, 한 번도 자기의 것인 적 없던 차도 모두 잘 버렸다. 시야의 끝에서 불쑥 뱀 한 마리 기어갔다. 훤한 대낮이었다. 몸이 다 드러나기도 전에 뱀은 풀밭으로 스르르 숨어버렸다. 차가 멀어지고 있었다. 밤과 낮이 또다시 뒤엉켰다. 경뫼가 떠난 이후로, 이자의 낮과 밤은 정상이 아니었다. 어떤 낮은 어떤 밤이었고 어떤 밤은 어떤 밤도 아니었다. 경험을 배반하는 낮과 밤이 불시에 들이닥쳐 이자의 시야를 어지럽히곤 했다. 주어진 감각이 뒤틀렸다고 해서 그것에

복종하지 않을 순 없었다. 어떤 낮은 밤이었고 어떤 밤은 어떤 밤도 아닌, 그런 뒤틀린 날들이 계속되는 동안, 이자는 자기의 감각이 망가지도록 그대로 내버려두었다. 어찌 보면, 이자는 자기의 감각을 버린 셈이었다. 무엇으로도 정당화되지 않는, 아주 순수한 날들이었다.

이자가 갈산에 도착한 것은 경뢰 때문만은 아니었다. 갈산에 이르기 전, 이자는 액셀에 발을 슬쩍 올려만 둔 채 속도를 주저하고 있었다. 도로 가장자리에서 무언가 지속적으로 흔들렸다. 사람인 것 같기도 했고 사람이 아닌 것 같기도 했다. 이자는 그것을 스쳐 지나갔다. 잘 보이지 않았다. 잘 보이지 않아서 이자는 기어를 변경해 차를 뒤로 몰았다. 그것은 여전히 잘 보이지 않았다. 빛에 눈이 멀었을까? 이자는 보이지 않는 그것을 차에 태웠다. 보이지 않는 그것은 차에 들어오자마자 말을 시작했다. 내 친구의 묘에는 들풀이 자라지 않아서 그래서 나는 들풀을 훔쳐 내 친구의 묘에 심었어요 친구의 뼈가 썩어가는 동안 이름 모를 친구의 적들은 야단맞으며 증오를 키워가요 엄마는 쏟아지는 미사일에 번호를 매기면서 터진 개구리의 배 속 내장을 햇볕에 말리면서 매일 사냥해요 잘 죽이면 덜 죽는대요 더 불안하니까 덜 불안하대요 동풍이 불어오는 날에 동쪽으로 가요 동쪽에 가면 흔해빠진 불꽃 포플

경뢰

러에 이상한 열매들만 잔뜩 매달려 있어서 거꾸로요 이렇게요 아니요 더 아래로요…… 거대한 목소리가 차에 올라탔다. 지속되는 파동. 낮은 주파수의 말들이 계속해서 이자의 고막을 건드렸다. 그것은 언제라도 폭발할 것처럼 들렸다. 이자는 액셀을 힘주어 꽉 내리밟았다. 어떤 말들은 이자의 귀에 안착하기를 실패했고 어떤 말들은 그렇지 않았다. 실패한 말들은 자동차 내부의 공기를 추상적으로 진동시키며 궤도 없이 떠돌아다녔다. 이자는 경뢰가 떠올라서 오른손을 호주머니에 넣었다. 손에 경뢰의 뼛가루가 닿았다. 보이지 않는. 그럼에도 있는. 이자는 옆 좌석에 앉아 존재하는 목소리를 경뢰라고 부르고 싶었다. 부르고 싶어서 그렇게 불렀다. 경뢰야. 나의 경뢰야. 경뢰는 때로는 의미 있는 말을 반복하기도 했고 하나 마나 한 말을 떠벌리기도 했는데 그건 중요한 게 아니었다. 경뢰의 목소리가 만들어내는 고유한 파형. 이 파형은 이자의 눈앞에 증식하듯 나타나 사라지지 않았다.

보이지 않는 파형을 들여다보며 이자는 눈을 비볐다. 그

리고 생각했다. 어떤 때 눈은 피상적으로만 존재한다. 이럴 때 그렇다. 보이지 않는 것을 들여다볼 때. 이럴 때 눈은 아무것도 보지 못한다. 그러나 사실 따져보면, 눈은 언제나 제대로 보지 못한다. 보이는 것을 들여다볼 때도 눈은 대상을 왜곡하고 정확성을 포기한다. 해석 없이 인간은 세상을 제대로 인식할 수가 없다. 그러니 경뢰의 파형이 눈에 보이지 않는 것은 그것이 정말로 보이지 않는 것이어서 그럴 수 있고 또 이자의 눈이 손상되어가고 있어서 보여야 하는 것이 제대로 보이지 않는 것일 수도 있지만, 무엇보다 인간은 눈의 본래적 한계에 의해 보이는 것을 보이는 것 그대로 볼 수 없다는 게 먼저 말해져야 한다. 보이지 않는 파형을 들여다보며, 이자는 경뢰의 마음 한가운데 놓여 있는 것 같았다. 이 파형은 경뢰의 전부일 것이다.

지금쯤 경뢰는 어디일까? 시골길을 달리며 동쪽으로 이동하고 있을까? 운전대를 붙잡고 혼잣말을 중얼거리며? 이자는 왜 차를 버렸던가. 경뢰의 마음 한가운데 한동안 놓여 있다 보니 이자는 경뢰에게 무어라도 주고 싶어졌다. 그래서 충동적으로 차에서 내렸다. 경뢰의 뼛가루가 이자가 앉아 있던 운전석에 점점이 흩뿌려져 있었다. 경뢰야. 나의 경뢰야. 이 차 너 가져. 이자가 차창 속으로 머리를 처박고 말했다. 경뢰는 여전히 잘 보이지 않았다. 경뫼는 빛 속에서 울고 있었던 것 같다. 시골길 한복판에서 이자가 운전했던 차가 먼지를 일으키며 훌훌 떠났다. 이자는 멀어지는 차에서 시선을 돌렸다. 시야의 끝에서 뱀 한 마리 기어갔다. 유혈목이였다. 풀밭에 숨어 있던 유혈목이가 메마른 땅 위에 나타나 스르르 기어갔다. 색의 경계가 맥없이 무너졌다. 반사된 빛이 와해되어 유혈목이의 몸은 이렇다 할 색을 잃었다. 검은무늬녹빨강무늬검은초록무늬검붉은녹녹녹…… 그것을 말해야 한다면, 겨우 이런 식으로 말할 수밖에 없을 것이다. 이자는 검은무늬녹빨강무늬검은초록무늬검붉은녹녹녹……유혈목이를 더 자세히 보려고 손으로 잡았다. 그러나 손바닥에 닿은 유혈목이 몸의 일부가 손의 열기로 이내 스르르 녹아버렸다. 갈륨처럼. 에카알루미늄. 그 존재를 예견했던 이름. 갈륨은 최초로 발견되기 4년 전부터 보이지 않지만 있을 것이란 확신 아래 에카알루미늄이란 이름으로 이미 불리고 있었다. 경뫼처럼. 보이지 않지만 있을 것이란 확신으로. 경뫼야. 나의 경뫼야. 이자는 경뫼의 이름을 조용히 읊었다. 호주머니에 담겨 있는 경뫼의 뼛가루를 기억하며 다시 경뫼야. 나의 경뫼야. 지금 이자의 모든 호주머니에는 경뫼의 뼛가루가 담겨 있다. 그것은 이자의 구멍 뚫린 호주머니에서 조금씩 빠져나가고 있을 것이다. 이자가 무얼 하던 경뇌의 아주 작은 입자들은 구멍 뚫린 호주머니에서 조금씩 빠져나가게 될 것이다. 그것은 동쪽으로 이동하고 있을 차의 운전석 위로 조금 흘렀을 것이고 보이지 않던 경뇌의 몸에 조금 묻었을 것이다. 검은무늬녹빨강무늬검은초록무늬검붉은녹녹녹……유혈목이에게도 어느 정도 묻었을 것이다. 경뇌의 아주 작은 입자들은 이자와 함께 있으면서도 또 이자가 모르게 어디론가 조금씩 빠져나가 끝내 그 행방이 묘연해질 것이다. 그래서였다. 이자는 경뇌와 어떤 식으로든 함께 있고 싶었다. 가까이 그리고 더 멀리. 모든 호주머니 구석구석 경뇌의 뼛가루를 담아 그 호주머니들에 아주 작은 구멍들을 뚫으면, 경뇌의 뼛가루는 이자로부터 점점 빠져나가 가까이 그리고 더 멀리 떠돌며 존재하게 될 것이다. 이 그럴듯한 방식으로 경뇌는 행방을 감춰 시작도 끝도 없이 어딘가에 존재하게 될 것이다. 죽음은 그러므로 죽음이 아닌 것이다. 점점이 흩뿌려진 영원들. 이자는 곳곳의 영원을 지나치며 얼마나 더 걸어야 하는지 생각했다. 이자는 차를 잃었고 오래 걸을 능력이 없었다. 뒤에서 흙바닥을 탁탁 내려찍는 소리가 들렸다. 발소리 같았다. 겁을 먹었을 것이다. 그래서 길바닥을 뒹굴고 있던 주먹도끼 모양의 돌덩이 하나를 집어 들었다. 이자는 주먹도끼를 손에 쥐고 이제껏 한 번도 느껴본 적 없는 살의를 느꼈다. 사람을 죽일 수 있다고 생각한 적은 한 번도 없었다. 그러나 한 사람의 인생쯤은 얼마든지 망칠 수 있을 것이라는 생각은 종종 했다. 이자는 주먹도끼를 손에서 놓지 않았다. 길바닥이 땀과 흙 냄새로 뒤덮였다. 쨍하게 내리쬐는 햇볕을 토해내며 환삼덩굴이 널브러졌다. 삼이라 이름 붙었지만 삼은 아닌 식물. 그것은 지천에 널브러져 훼손된 밭에 엉겨 붙기도 하고 미루나무 떼거리에 침투하여 정체를 감추기도 했다. 훼손된 밭은 벨라콰의 밭이었다. 해로운 날씨가 한 번씩 후려치고 지나갈 때마다 밭은 훼손되었고 벨라콰는 훼손된 밭을 훼손된 채로 그냥 내버려두었다. 과연 벨라콰다운 결정이었다. 환삼덩굴이 벨라콰의 밭 위로 완연한 초록을 터뜨렸을 때, 그제야 벨라콰는 자기 밭으로 주어진 그 밭에 처음 기어 들어갔다. 환삼덩굴에 가해진 최초의 자극을 찾아내고자 이웃한 밭들을 샅샅이 뒤져보았지만, 알아낸 것은 그 일대에 환삼덩굴이 죄다 깔려 있다는 것뿐이었다. 환삼덩굴이 환삼덩굴을 전파했다. 환삼덩굴이 환삼덩굴에 의해 환삼덩굴이 되는 이 광경은 아주 그럴듯해 보였는데, 어디가 시작이고 어디가 끝인지 도무지 파악할 수 없다는 점이 벨라콰는 무엇보다 마음에 들었다. 용케도 자기 밭을 찾아 그 한가운데로 기어 들어온 벨라콰는 환삼덩굴의 억센 줄기를 맨손으로 끊어내어 그것을 오랫동안 소중히 간직했다. 마침내 이자를 만났을 때, 벨라콰는 이 소중한 환삼덩굴 줄기를 이자에게 수줍게 건넸다. 이자는 아직 주먹도끼를 손에 쥐고 있었다. 이자는 벨라콰에게서 긴 덩굴줄기를 건네받고선, 그것을 만져보며 이 까끌까끌한 덩굴줄기로 무얼 해야 할까 생각했다. 따끔한 감촉이 손바닥에 엉겨 붙었다. 버리고 싶지 않았다. 그래서 덩굴줄기로 주먹도끼를 감았다. 덩굴줄기로 죽이려는 의지를 결박했다. 내밀하고 명백한 손짓이었다. 벨라콰야, 벨라콰야. 이 주먹도끼 너 가져. 벨라콰는 덩굴줄기에 감긴 주먹도끼를 이자에게서 순순히 건네받았다. 그러고는 까끌까끌한 주먹도끼를 가만히 바라보았다. 바라보기만 했다. 벨라콰의 단순한 눈을 바라보고 있다 보면, 저 말 없는 눈이 엄청나게 복잡한 걸 말하고 있는 듯 느껴질 것이나, 사실 벨라콰는 손에 쥔 주먹도끼를 그저 까끌까끌한 덩굴줄기에 감긴 돌덩이로 감각하고 있을 뿐이었다. 벨라콰에게는 주먹도끼를 무기로 인식할 만한 아무런 경험과 관념이 주어지지 않았다. 벨라콰가 살아온 삶 동안 혹은 살지 않았던 삶 동안, 주먹도끼를 무기로 인식할 만한 경험과 관념이 그에게 주어지지 않았다는 게 좀처럼 믿을 수 없는 일이긴 하나, 손에 쥔 주먹도끼를 다시 이자에게 놀이하듯 던지는 벨라콰의 순수한 모습을 보며 우리는 직관적으로 알게 된다. 벨라콰의 경우, 선험적 삶의 같은 것은 없다. 벨라콰의 경우, 죽음은 죽음이 아니고 싸움은 싸움이 아니다. 행복도 행복이 아니고 불행도 불행이 아니다. 벨라콰의 경우, 삶이 언어의 용법으로 제한되지 않았고 그래서 벨라콰는 이자의 오랜 친구였다. 이자는 벨라콰를 경뫼라고 부르지 않았다. 벨라콰라고 불렀다. 벨라콰 벨라콰 벨라콰. 벨라콰를 부를 때 마지막 날숨을 내뱉고 나면 공기 속에서 시간이 뒤흔들렸다. 이자와 벨라콰의 시간은 멈추지 않는 파도와 같아서 순서랄 게 없고 질서랄 게 없는, 오직 관계만이 있는 시간과도 같아서 이자가 벨라콰를 벨라콰라 부르면 벨라콰가 울렸다. 벨라콰가 울리고 있는 동안, 밀려오는 징조가 순간이 되는 듯하다가 어느새 기억의 자리로 내밀려 무엇이 순간이고 무엇이 기억이며 무엇이 징조인지 그 구별점을 찾기가 어려워져서 이자는 그저 벨라콰 벨라콰 벨라콰 하며 벨라콰를 부르고 그럼 벨라콰 벨라콰 벨라콰 하며 벨라콰가 울린다 이자를 울린다. 이자는 너무 많이 울어서 자기가 너무 많은 장소를 그냥 지나쳐버리고 말았다는 것을 깨달았다. 철길, 유전 지대, 형이상학적 방공호, 사냥 연못, 녹슨 사과나무, 전술훈련장, 사형장과 수용소…… 이자는 지나온 장소들의 특징을 되짚었다. 몇몇은 끔찍했다. 벨라콰가 이자에게 우리는 지나쳐 온 장소들로 결국 다시 되돌아갈 것이라 말했다. 그것은 더 끔찍했다. 신경을 거슬리게 하는 쇳소리가 벨라콰의 말을 증명했다. 이자와 벨라콰는 어느덧 문 닫힌 전술훈련장 앞에 서 있었는데, 그곳에서 쇳소리가 쏟아지고 있었다. 벨라콰는 한동안 그 소리를 귀 기울여 듣더니, 이것은 1417년 독일 풀다 수도원에서 수도사들의 날카로운 감시를 받으며 먼지 쌓인 책 더미를 뒤지고 있는 포조 브라촐리니의 기침 소리일 것이라고 말했다. 그러고는 잠시 후, 고개를 가로저으며 그보다는 1888년 독일 카를스루에의 어느 실험실에서 헤르츠가 발생시킨 전자기파일 확률이 더 높다고 말했다. 벨라콰는 고개를 끄덕이며 확률 확률 하고 홀로 중얼거리다가 과연 확률이야라고 말을 끝맺는 듯싶었다. 그러나 끝맺지 않았다. 아직 할 말이 더 남아 있는 것 같았다. 이자는 벨라콰가 확률 확률 말하는 것보다 독일 독일 말하는 게 더 낯설게 들렸다. 벨라콰가 내뱉는 독일이라는 말이 엄청나게 복잡한 것을 말하고 있는 듯 느껴져서였다. 이자가 그런 기분을 느꼈던 건, 독일을 소리 내어 말하는 사람이 다름 아닌 벨라콰였기 때문일 수도 있지만, 그보다는 독일이라는 말 자체가 실제로 엄청나게 복잡한 의미를 내재하고 있어서였을 것이다. 그래서 이자는 독일이라는 말의 실체를 가만히 따져보았다. Deutschland 도이칠란트, Deutsch 도이치, Thiutisk 티우티스크, 민중의 언어, Diutsch 디우치, Diutsche 디우체 Lant 란트, 비슷한 민중어를 쓰는 사람들이 사는 지역들…… 이자가 독일, 아니 Deutschland 도이칠란트에 남겨진 말의 흔적을 뒤지고 있는 동안에도 벨라콰는 여전히 확률을 말하고 있었다. 확률이야말로 이 세상을 이해하는 참다운 해석 방식이지. 벨라콰의 이 한마디에 이자는 독일에서 확률로 한순간에 도약했다. 이자에게야말로 확률이 필요했다. 앞으로 온데간데없이 사라질 경뫼의 자취를 이해하려면 확률을 생각하지 않으면 안 되었다. 경뫼는 지금 어딘가에 분명 있고, 행방을 감춰 그곳이 어디인지 알 수 없지만 그곳은 경뫼가 있는 곳이다. 여기이거나 저기인 그곳에. 모든 그곳에 경뫼가 있다. 어쩌면 동시에. 동시에? 동시에?

하필 동시에 이의를 제기할 때, 전술훈련장의 문이 열려 까닭 없이 경뫼가 모습을 드러내었다. 벨라콰의 입이 떡 벌어졌다. 더운 공기가 덧없이 쏟아졌다. 축축한 진흙처럼 보이기도 하는 저 낯선 형체는 머리를 한쪽으로 기울인 채 운동장 흙바닥을 신발 앞코로 푹푹 찍어대고 있었다. 낮게 튀어 오르는 흙 알갱이들이 핏빛이었다. 핏빛 속에서 울고 있는 자들은 언제나 겁에 질려 있었다. 약탈과 방화, 살인이 지속되었지만 그것은 범죄가 아니어서 벌받는 사람이 아무도 없었다. 전쟁은 이상하고 무서운 것이었다. 희생자들의 비명 및 신음 소리는 조용한 기록 따위로 남겨져 대부분 잊힐 것이나, 간혹 지금처럼 경뢰의 발 주위에서 낮게 튀어 오르는 핏빛 흙 알갱이의 형상으로 재현되기도 했다. 그 형상은 이를테면, 약탈의 현장에서 장검으로 목을 겨누는 병사에게 아무런 생의 의지도 내비치지 않는 무표정한 여자의 얼굴이었고, 날아다니는 닭의 초현실적인 날갯짓이거나 죄 없는 거위를 때려잡으려 몽둥이를 위로 높이 쳐들고 있는 어린 소년의 사악한 몸짓이었다.* 다 고통들이었다. 아직 환한 대낮이었고 핏빛 알갱이의 형상이 너무도 자명해서 경뢰야 나의 경뢰야 이자는 울먹이며 소리쳤다. 머리가 한쪽으로 기울어진 경뢰가 이자와 벨라콰 쪽을 쳐다보았다. 그러고는 무언가 알아차리기라도 한 것처럼 그들 쪽으로 성큼성큼 걸어왔다. 경뢰가 바닥에서 발을 뗄 때마다 핏빛 알갱이가 요란스럽게 튀어 올랐다. 비참한 이미지들이 불연속적으로 나타났다 사라졌다. 쇳소리는 점점 더 커졌다. 운동장도 점

---

* Sebastiaen Vrancx, 「Soldiers Plundering a Farm」(1620) 참조.

점 더 커졌다. 소리와 공간의 알갱이들이 이자와 벨라콰의 시야에 구체적으로 관여했다. 웩 웩 웩. 느닷없이 벨라콰의 더운 입속에서 더러운 토사물이 쏟아졌다. 이미지가 한꺼번에 퇴화했다. 이자는 벨라콰에게로 고개를 돌렸다. 벨라콰는 구토로 완전히 포박되어 있었다. 통제될 수 없는 더러움. 그러나 눈살을 찌푸릴 수 없었다. 구토하는 벨라콰가 자기처럼 느껴졌기 때문이다. 떡 벌어진 입 밖으로 쏟아지는 더러운 물질들. 구토가 멈추지 않아서 마침내 이자는 벨라콰와 자신을 동일시했다. 저 더러운 물질들은 이제껏 이자 자신이 속해 있었던 그 모든 불행과 부도덕함일 것이며 이것으로 종식될 것이다. 무엇이? 사랑이, 사랑 아닌 사랑이, 사랑이란 말로 다 환원시켜버렸던 그 모든 감정이 저 구토로 종식될 것이다. 이자는 벨라콰의 곁으로 다가가 그의 등을 부드럽게 쓰다듬어주었다. 구토가 끝났다. 경뵈가 보이지 않았다. 눈물이 났다. 이자는 울면서 벨라콰의 입 주변을 닦아주었다. 벨라콰는 우는 이자의 눈을 닦아주었다. 운동장 바닥에는 옛 병사들이 쓰다 버린 기능 없는 장총들이 뒹굴고 있었다. 안아보기도 전에 또 사라졌어. 이자가 울면서 말했다. 지긋지긋한 이별이야. 죽음의 덩어리로 태어난 경뵈가 떠올라서 이자는 울음을 그칠 수가 없었다. 이별은 이별이어서 슬폈다. 몇 번의 이별을 겪어도 이별은 이별이 아닐 수 없어서 슬플 것이다. 이자는 주저앉아 무릎 사이로 고개를 파묻고 울었다. 이자의 뒤통수로도 눈물이 흐르는 것 같았다. 곁에 있던 벨라콰가 이자의 눈물에 뜻모름이라고 이름을 붙여주었다. 울고 있는 사람 옆에서 가만히 서 있기만 하는 게 아무래도 어색해서 벨라콰는 이자처럼 주저앉아 무릎을 두 손으로 감싸안고 몸을 동그랗게 말았다. 그러고는 손을 뻗어 이자의 등을 부드럽게 쓰다듬어주었다. 이자는 벨라콰의 손길에 감동을 받았다. 슬픔은 동일했던가? 그렇지 않았다. 벨라콰는 하나도 슬프지 않았다. 하나도 슬프지 않아서 땅바닥을 뒹굴고 있던 장총을 들어 허공에 대고 쏘는 시늉을 했다. 산이 군데군데 긁혀나갔다. 이따금 그것이 붉거나 푸르게 물들었다. 병든 할머니의 모습처럼. 할머니는 병들어 곧 시신이 되었지. 시신의 물기를 깨끗하게 닦아내는 일은 이자의 몫이었다. 그건 시들어가는 꽃의 물기를 닦아내는 일과 다를 게 없었다. 병든 할머니의 시신. 꽃의 시신. 시들어가는 꽃에서 썩는 냄새가 풍겼다. 병든 할머니에게서 시든 꽃 냄새가 풍겼다. 어떤 날씨에도 꽃이 썩는 것처럼 어떤 날씨에도 할머니는 썩을 것이다. 할머니의 머리는 어느 쪽이지? 이자는 언제나 할머니의 묘 앞에 이제 막 죽은 싱싱한 꽃을 내려두었다. 함께 썩어가요, 할머니. 그날도 할머니의 묘를 다녀온 뒤였을 것이다. 이자와 외진은 절정의 순간에도 사랑을 믿지 않았다. 그들은 계속해서 사랑한다고 말했다. 사랑일 리 없는 사랑이 사랑이라 말해졌다. 다 알고 있었다. 쾌락이 바닥났다. 둘은 이빨을 부딪치며 더 거칠게 서로의 입술을 깨물었다. 생명이 시작된 날, 아니, 죽음이 시작된 날이었다.

전술훈련장에서 얻은 건 기껏해야 피로와 옛 기억, 비극적인 환상 따위였다. 주어진 환상 뒤에 남은 것은 후회와 비탄뿐이었다. 그러나 벨라콰는 달랐다. 벨라콰는 자기에게 주어진 세상을 순진하고 나태하게 받아들였다. 다시 말해, 벨라콰에게 주어진 세상은 아직 주어지지 않은 셈이었다. 주어진 세상이 그에게 다 주어지기까지 이자와 벨라콰의 동행은 지속될 것이다. 이자는 벨라콰의 곁에 있을 것이고 벨라콰는 이자의 곁에 있을 것이다. 지금처럼. 서로가 서로의 곁에서. 곁에 있음 그 자체는 일시적 사건일 것이나 잘 생각해보면, 사건은 사건이어서 영구적이다. 그것에 영향받거나 그것을 기억하거나 그것이 잊히거나 이런 것들은 모두 사건 이후의 문제이다. 사건은 이 모든 문제를 초월하여 그 자체로 영구히 있다. 벨라콰가 곁에 있다. 이 사건도 마찬가지이다. 벨라콰가 지금 곁에 있다는 사건은 벨라콰가 그때 곁에 있었다로 고정되어 앞으로도 변하지 않을 것이며 이자는 이로부터 어떤 방식으로든 영향받을 것이다. 머릿속을 파고드는 일련의 생각들로 이자는 기분이 좋아졌다. 비록 고독했지만, 그들은 공동으로 고독했다. 벨라콰는 벨라콰대로 이자는 이자대로. 그들을 공동체라 이름 붙일 수 있을까? 벨라콰의 빈약한 기억에 따르면, 공동의 고독으로 집약된 최초의 공동체는 만 7천 년 전 무렵이라 그 연대를 단지 추정할 수밖에 없는 라스코동굴 속 존재들이다. 그 시절 동굴 바깥엔 풍요와 공포와 같은 양극단의 사태가 언제나 공존했다. 넘치는 순록들, 풍요로운 먹이, 불시에 들이닥치는 훼손과 죽음에 대한 공포, 그리하여 정돈될 수 없는 정신, 그렇게도 압도적인 세상! 이에 항의하여 고독이 태어났다. 그것은 무기와도 같았다. 최초의 고독은 베제르 계곡 일대에 두루 퍼져 있었을 것이며, 이 시대 이 지대 존재들의 피부 밑으로 혈관으로 세대를 거듭하여 기억되었을 것이다. 라스코동굴 벽 앞으로 이 존재들을 이끈 것은 피부 내부로부터의 명령이었다. 공동의 고독. 동굴을 가득 채운 이 환각적이며 전율적인 고독 위로 비로소 그림들이 그려지기 시작했고 저 고독은 운 좋게 보존되었다…… 벨라콰의 장황한 말들은 일종의 광기였다. 그것은, 말하자면 환상동굴과 같은 곳에 이르게 하는 주술적 외침이었고 말들의 영향력 아래 이자는 다음의 파형들이 여전히 사라지지 않았다는 것을 깨달았다.

⠀⠀⠀⠀⠀⠀⠀⠀⠀⠀⠀⠀⠀⠀⠀⠀⠀⠀⠀⠀

 단순한 점들의 집합에 불과한 이 파형은 단순한 점들의 집합이어서 파악하기가 더 어려웠다. 의미를 따져 물어서는 안 되었다. 그럼에도 한 가지 떠오르는 게 있었다. 내려감. 철길로 올라가는 계단에 붙어 있던 그 기호. 내려감의 기호. 올라가는 계단을 가리키는 내려감의 기호. 의미를 파괴했던, 아무짝에도 쓸모없기를 희망했던 바로 그 기호. 그러나 이자는 지금 눈에 보이는 이 파형이 만일 내려감이란 의미만을 뜻한다면, 자기를 둘러싼 세상이 임의의 기억에 의해 조합되는 그저 그런 허상에 불과한 것 아니겠느냐는 생각을 했다. 그것만이어서는 안 되었다. 다른 무엇이어야 했다. 설령 파악할 수 없더라도 제 감각과 기억 너머를 초월한 다른 무엇이어야 했다. 세상은 그래야 했다. 이자는 끝없는 파형들 속에 있는 자신을 느꼈다. 그 속에서 정신없이 구부러진 나뭇가지들, 바싹 말라버렸지만 여전히 피부를 할퀴어대는 환삼덩굴 이파리들, 붓 끝으로 찍어놓은 듯 벌거벗어 어슴푸레한 단풍나무 머리들을 함께 보았다. 계절은 겨울이었다. 그러나 여름이어도 상관없었다. 이자와 벨라콰에게 계절은 중요한 게 아니었다. 그럼 중요한 게 무얼까? 벨라콰가 천연덕스럽게 물었다. 이자는 벨라콰의 질문에 쉽게 대답할 수 없어서 해답이 있기나 한 걸까? 겨우 이런 식으로 공허히 반문하는 데 그치고 말았다. 그럼에도 이자는 스스로 어떤 낙관 같은 것을 느꼈다. 답변할 수 없는 질문들이 우리 존재를 보존한다. 이런 생각을 했을 것이다. 벨라콰는 이자의 말에 아주 진지하게 다음의 그림을 그렸다.

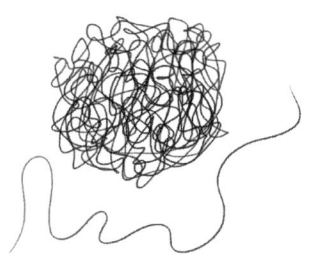

이건 빌렌도르프의 비너스야. 벨라콰가 말했다. 벨라콰의 그림은 원시적이고 모호해서 그 어떤 해석도 거부하는 것처럼 보였는데, 그 대상이 2만 2천 년 전 무렵의 존재여서 그렇다기보다 단순히 벨라콰의 그림 방식이 그러하

기 때문에 그렇게 보이는 것 같았다. 과연 벨라콰다웠다. 이자는 고개를 끄덕이며 벨라콰의 그림에 하나하나 의미를 부여하고자 했다. 이 그림이 비록 모든 해석을 거부하고 있는 것처럼 보여도 벨라콰와의 우정을 생각한다면 어찌 됐든 이에 대해 짚고 넘어갈 필요가 있었다. 먼저 정신없이 구부러진 곡선들에 대해 말해보겠다. 머리가 있어야 할 위치에 그려진 그것은 마치 화염으로 만들어진 공처럼 보였고, 그리하여 불타오르며 압축되는 정신이라 이름 붙일 수 있을 것이다. 불타오르며 압축되는 정신의 곡선들은 서로 중첩되어 있다 보니 부드러움을 환기하기보다는 오히려 여러 충동이 충돌하는 형상처럼 보였다. 몸을 그리고 있는 곡선과는 사뭇 대조적이었다. 머리의 집단적 곡선과는 달리 단독으로 그려진 몸의 곡선은 정해진 형태라고는 없이 오직 즉각적인 유연성을 갖추는 것만이 그것의 유일한 목적인 것처럼 보였다. 벨라콰의 의도가 빌렌도르프의 비너스였다면, 이 곡선은 늘어진 유방이나 풍만한 아랫배를 가리키는 것이겠으나, 이자의 눈에는 유방도 아랫배도 어느 것도 보이지 않았다. 그럼에도 이 그림이 빌렌도르프의 비너스일 수 있다면, 팔다리가 모자란 탄생 직전의 존재들이 그러하듯, 이 형상이 무엇이든 다 이룰 수 있는 신성한 힘 같은 것을 숨기고 있기 때문이리라. 그러면서도 이 곡선들에는 어쩐지 완성되지 않으려는 강력한 저항력 같은 게 느껴지기도 했다…… 말을 덧붙이자면 끝도 없었다. 벨라콰와의 우정을 생각해서라도 충분히 그럴 수 있었다. 그러나 말은 더하면 더할수록 더는 찬양도 감탄도 아닌 그저 별 대수롭지 않은 중얼거림으로 전락하고 만다. 그런 현상은 비일비재했다. 이자는 이쯤에서 그림을 잊었다. 멀리서 차를 타고 경뇌가 되돌아올 것이다.

한때 이자가 몰았던 흙색 자동차가 벨라콰와 이자 앞에 미끄러지듯 멈춰 섰다. 이자는 눈먼 빛으로 자동차의 움직임을 알아차렸다. 그때 벨라콰가 툭 말을 꺼냈다. 사냥 연못이라고 들어봤어? 이자는 경뇌의 얼굴을 제대로 본 적이 없었다. 어떤 사냥은 자연스럽지만 어떤 사냥은 역겨워. 태어나자마자 죽어서? 삶이라곤 가져본 적이 없어서? 자기중심이라곤 주어진 적 없는 가엾은 존재라서? 황제를 위해 만들어진 아름다운 정원에 대형 인공 연못이 설치되면 곧 사냥 파티가 열리지. 이자는 기침을 하며 경뇌를 낳았다. 곳곳에 포진돼 있던 저질 사냥꾼들이 사방에서 동물들을 연못으로 몰아붙여. 첨벙첨벙 물이 하늘로 솟구치고 들소 사슴 멧돼지 노루 토끼와 같은 동물들이 울부짖는 소리가 귀를 압박하지. 지속되는 울부짖음이 에코로 떠돌아. 죽어서 태어난 경뇌는 푸른 옷을 입은 사람들에 의해 이자로부터 곧바로 분리되었다. 연못은 어느새 온통 핏빛이야. 반면 말들은 연못 바깥에 있어. 다른 동물들이 죽어가는 걸 망연히 쳐다보면서 말이지. 경뇌를 보았던가? 개중에는 화려하게 치장한 말들도 있고 각기 다른 구경의 대포들, 탄환들, 낟알 모양의 폭약들 따위를 실은 포대들에 연결된 말들도 있어. 등급에 따라 나뉜 거지. 말들의 등급이 있고, 동물들의 등급이 있고, 인간들의 등급이 있던 시대를 뭐라고 부를까? 오늘날이라고 불러볼까? 사방으로 흩어져서, 그것은 곧 경뇌의 본질이라서, 이자는 경뇌를 보지 못했다. 운과 놀이와 죽음이 비열하게 뒤섞인 폭력의 현장은 오래 존속했어. 연못은 마르지도 않아서 같은 자리에 고인 채로 점점 썩어갔지. 썩은 연못 바닥에 눌어붙은 동물 사체 냄새가 사방으로 흩어졌어. 사방으로 흩어져서, 그것이 곧 경뇌의 본질이라서, 이자는 경뇌와 언제나 부딪힐 것이다. 벨라콰의 말들은 썩은 연못의 궤도만 빙빙 돌며 이지러진 원운동을 지속했다. 벨라콰가 가지고 있는 것은 한낱 언어뿐이었지만, 그러나 벨라콰의 언어는 경험을 제한하는 것이 아니라 경험 너머의 것을 감지하여 여기 이 앞으로 펼쳐놓곤 했다. 그리하여 이자는 경뇌가 나타났음을 알아차렸다. 연못 주위로 원운동을 하던 벨라콰의 말들이 자동차 와이퍼의 반복적인 움직임으로 전환되었다. 와이퍼의 왕복운동. 끽끽, 끽끽, 일정한 속력으로 소리들이 움직였다. 자동차 앞 유리창에 끼어 있던 흙빛 먼지가 어느 정도 바깥으로 밀려났다. 운전석에 누군가 앉아 있었다. 저 누군가는 경뢰일 것이다. 만일 경뢰가 아니라면, 누구여야 하는가? 이자는 부디 저 누군가가 어머니가 아니기를 바랐다. 외진의 죽은 아내가 아니기를 바랐다. 유년 시절 자신을 사랑했던 병든 친구가 아니기를 바랐다. 오래전 자기가 버렸던 개가 아니기를 바랐다. 이자는 더 이상 아무도 사랑하지 않는 까닭에 차라리 저 누군가가 죽어라 웃으며 자신을 조롱하는 얼굴이기를 바랐다. 죽어라 죽어라 말 없는 저주를 수없이 퍼부었던 얼굴이기를 바랐다. 아니, 죽어라 죽어라 수없는 저주를 말없이 들어주었던 그 얼굴이기만을 바랐다. 오직 그 얼굴이어야 했다. 수축하는 배를 움켜쥐고 하염없이 피를 쏟아냈던 날, 경뢰의 생과 죽음이 뒤섞였던 흔적이 이자의 몸에서 최종적으로 이탈하였던 날, 이자는 몸을 씻으며 죽어라 죽어라 배 속의 존재를 저주했던 자신을 저주했다. 이자는 자동차의 문을 열었다. 운전석에 있어야 할 누군가는 보이지 않았다. 와이퍼는 여전히 좌우로 운동하고 있었다. 끽끽. 끽끽. 불쌍한 노새 한 마리 어디선가 나타나 이자 앞으로 다가왔다. 등에 난 몇몇 상처가 벌어져 피가 뚝뚝 흐르고 있었다. 군데군데 내려앉은 딱지는 그마저도 다른 동물에게 뜯어 먹힌 듯 보였다. 가엾은 노새는 끽끽 신음 소리를 내면서 이자의 발 위에 오줌을 누고 달아났다. 노새의 오줌에서 악취가 났다.

  경뫼의 합류는 우발적이었다. 이자와 벨라콰가 자동차 안으로 들어갔을 때, 그곳에는 아무도 없었다. 운전자의 흔적이라곤 멈추지 않는 와이퍼뿐이었다. 그들이 자동차 내부에서 운전자가 남긴 다른 흔적을 찾는 동안 날씨가 요동쳤다. 병든 구름이 쏟아내는 어두운 빗방울들에 강물이 범람했고 잠 없이 뱉어내는 해의 난폭한 빛줄기들로 땅은 메말라갔다. 찢어진 대기 틈에서 몸집을 불린 세찬 바람에 산이 뒤집어졌으며 꽝꽝 얼어붙은 눈길 위로 어수룩한 짐승들은 다 미끄러졌다. 반면 자동차는 한결같이 그 자리에 그대로 있었다. 날씨의 위협에도 아랑곳없이 부동하는 자동차의 모습은 어쩐지 비현실적이었다. 그러나 다시 자동차 내부로 들어가보면, 자동차의 이런 부동성이 단지 겉모습에 지나지 않았다는 걸 곧 알게 되는데 그곳에서 이자는 이자대로 벨라콰는 벨라콰대로 바깥의 날씨로부터 근본적으로 영향받고 있었다. 벨라콰는 절대적 순수성이라 일컬을 수 있는 게 세상에 있다면, 지금 자기를 둘러싸고 있는 자동차 내부의 이 공기일 것이라 생각했다. 그러고는 자신의 들끓는 마음을 다음과 같이 표현했다. 외부여! 광막한 자유에 두려워 벌벌 떠는 너. 벨라콰에게서 뒷말을 기다렸지만 별다른 말이 없어서 이자는 다시 운전자의 흔적을 찾기 시작했다. 얼핏 보았던 운전자는 경뫼가 확실했으므로 앞 시트 뒤 시트를 정신없이 오가며 자동차 안을 샅샅이 뒤질 이유는 충분했다. 그러나 아무리 뒤져보아도 나오는 것이라곤 색 없는 알갱이들뿐이었다. 그것은 어둠과 닮아 있었다. 이자는 이게 무엇인지 거의 알 것 같았지만, 그렇다고 이게 무엇이라고 정확히 설명할 순 없었다. 이자는 우발적으로 자기 호주머니에 손을 집어넣었다. 거기에 경뫼의 뼛가루가 있었다. 이자는 가슴이 벅차올랐다. 이 알갱이들은 이자의 호주머니에서 빠져나간 경뫼의 뼛가루가 틀림없었다. 여기 눈에 보이는 게 다가 아닐 것이다. 태우고 남은 경뫼의 몸은 고작 143그램이었지만, 143그램을 이뤘던 아주 작은 알갱이들은 저 광막한 자유에 벌벌 떨지도 않고 그 무엇보다 직접적으로 세상과 결합하는 중일 것이다. 어느 추억도 어떤 관계도 없이, 이런 형태 저런 의미도 없이 경뫼는 죽어서 다른 모든 것이 되어가고 있다. 이자는 경뫼를 한 번도 잊은 적이 없었지만, 호주머니에서 흘러나오는 방식으로 경뫼가 처음부터 자신과 벨라콰와 함께하고 있었다는 것을 이제야 인식했다. 이로써 경뫼는 이 무리에 합류하게 되었다. 둘은 더는 둘이 아니었다. 이자가 다시 자동차에 시동을 걸었다. 자동차는 서서히 속력을 높이다가 이내 일정한 속도로 운동했다. 그들은 시골길을 달렸다. 빛이 그들을 향해 울고 있었다. 허기진 구름 조각들은 투명하고 푸른 공기를 마시며 뛰놀다 느닷없이 서로가 서로를 잡아먹으며 괴성을 질렀다. 범람한 강가에서 왜가리 떼가 빠져 죽는 광경을 지켜보던 몇몇 행인은 잊고 있었던 죄를 참회하다 난간에서 거꾸로 떨어지기도 했고 포플러나무에 발가벗겨져 매달린 새까만 얼굴들은 빛이란 빛은 모조리 다 흡수하여 완전한 암흑이 되어버렸다. 어디선가 타는 냄새가 새어 들어왔다. 이자는 자동차의 내기 순환 버튼을 누르며 말했다. 세상의 최악들로부터 보호받는 기분이야. 벨라콰는 이에 동조하지도, 이를 부인하지도 않았다. 벨라콰는 움직이는 자동차의 내부에서 그와 같이 일어나지 않는 움직임의 사례로 시간을 생각하고 있었다. 그는 아주 미미한 영향력까지 다 느낄 수 있는 그런 상태에 빠져 있는 모양이었다. 과민했고 몽상적이었다. 시간을 몽상함으로써 벨라콰는 자칫 소멸에 이르게 될지도 몰랐다. 시간을 몽상하는 건 경험 없이 어렵고 시간을 경험하는 건 자아 없이 어려웠다. 엄밀히 말해 벨라콰에겐 자아나 주체가 없었다. 벨라콰가 감지하는 건 주위에 널린 세상, 그뿐이었다. 말 없는 벨라콰의 몽상을 위해 이자는 라디오를 켰다. 그리고 자동차의 속도를 조금 더 높였다. 우리가 더 빠르게 움직일수록 외부는 형태를 잃어가고 의미는 보존되지 않아. 남아 있는 건 오직 고유한 나일 뿐이야. 벨라콰가 내뱉는 숨들이 창문 위에 뿌연 김으로 응축되었다. 외부는 더 희미해졌다. 스피커에서는 전자기적 힘으로 기록된 음악이 되풀이되어 흘러나오고 있었다. 보이지 않는 힘. 보이지 않는 물결. 이자는 벨라콰가 말하는 나를 무엇으로 받아들여야 할지 당혹스러웠다. 벨라콰의 나에 대해 한 번도 생각해본 적이 없었다. 나는 나날이 역사화될 거야. 이자는 벨라콰의 오랜 선언을 들었다. 그것은 자동차 내부의 공기를 근원적으로 진동시키며 곧 주어진 궤도 너머로 도약했다. 그러는 동안 자동차 계기판의 숫자는 일정한 간격을 두고 계속 달라졌다. 내비게이션에 표시되는 화살표의 방향도 잇따라 바뀌었다. 마개가 열린 채로 컵 홀더에 꽂힌 한 병의 우유는 매 순간 부패했다. 그것들은 모두 이자와 벨라콰의 정신과는 별개로 운동하고 있었다. 다만 음악만은 달랐다. 각기 다른 음이 만들어내는 진동들이 서로 결합하여 공기 속을 유영하면 경뢰의 입자들이 필연적으로 그 물결에 함께 뒤섞였다. 합성되어 확산되는 음의 합이 그들의 정신 속으로 고스란히 전해져 왔다. 이자와 벨라콰는 이 파동을 동시에 느꼈다. 동시에? 동시에? 이자는 동시에란 말에 더는 이의를 제기하지 않았다. 가시적 세상은 우리에게 동시성을 허용하지 않지만, 동시에라는 말 또한 대부분의 경우 우리의 얼버무리는 언어 용법에 지나지 않을 것이지만, 그럼에도 이자는 이 순간을 가리킬 수 있는 유일한 말은 다시, 동시에뿐이라고 생각했다. 경뢰의 동시성을 인식했던 순간 이자는 동시에를 경험을 과장하는 허황된 말이 아니라 경험에 앞서 존재하는 말이라 재정의했다. 경험 너머의 것을 감지하는 벨라콰의 말들처럼. 선율이 포획한 공동의 시간은 여러 개의 지향점을 향해 늘어지고 희미해지다가 수축하기를 반복했다. 동일했으나 다른 선율이 이자와 벨라콰의 정신에 동시에 기억되어 지나갔다. 고유한 시간을 등에 업고 또 다른 선율들이 밀려오면 그것은 또다시 기억되어 지나갔다. 이자와 벨라콰의 정신에 밀려오고 기억되어 지나가는 이 공동의 시간은 우유가 부패하고 죽음이 방관되고 책임이 무마되는 시간이 아니라, 벌의 날개에 묻은 꽃가루가 암술머리에 닿는 순간이거나 저 산꼭대기에서 마른 강바닥까지 뒹굴어 온 돌멩이의 아득한 세월이거나 경뢰가 벌린 입술이 이자의 젖꼭지를 기어이 물고 마는 그

의지이리라. 이자는 젖꼭지가 아려옴을 느꼈다. 황홀했다. 최초의 경뫼가 이자의 젖꼭지를 물고 꿀꺽꿀꺽 젖을 빨았다. 쾌락이었다. 빈 젖을 물고 경뫼는 잠이 들었다. 잠든 갓난애의 얼굴은 성스러움 그 자체였다. 이때 도축장과 그리 멀리 떨어져 있지 않은 갈산의 축사에서 암소의 울음소리가 들려왔다. 새끼를 낳으려고 며칠 밤을 신음했던 암소의 몸에서 죽은 새끼를 억지로 빼내기 위해 사람들이 안간힘을 쓰고 있었다. 암소가 내뱉는 거친 숨이 매 순간 응축되어 하얗게 다 드러났다. 암소의 고통이 공기 중에 떠다녔다. 마침내 새끼가 빠져나왔을 때, 죽음과 함께 암소의 자궁까지 빠져나왔다. 울지 않는 암소의 울음소리가 멀리서 되돌아왔다. 암소는 주저앉은 채로 죽은 새끼의 젖어 있는 몸을 한참 동안 핥아주었다. 고통은 동일했다. 일어날 일은 일어나지 않았다. 경뫼는 죽어서 태어났고 암소의 새끼는 살아서 태어났을지라도 얼마 지나지 않아 도축장으로 끌려가게 될 것이다. 쾌락도 없었고 양육도 없었다. 반복되는 선율이 끝내 이자를 울렸다. 벨라콰가 이자의 눈물을 닦아주었다. 벨라콰는 이제 이자의 눈물에 뜻모름이라는 이름을 붙이지 않았다. 울고 있는 사람 옆에서 가만히 있기만 하는 것도 전혀 어색해하지 않았다. 대신 오래 슬퍼했다. 이자의 고통에 아주 오랫동안 함께 슬퍼했다. 이자가 오랜 울음을 그쳤을 때조차도 벨라콰는 울음을 그치지 않았다. 오히려 더 크게 울었다. 이자가 흘린 눈물이 벨라콰의 내부로 떨어져 그 심장에 파문이 일었고, 그것은 돌이킬 수 없었다. 광폭한 내부의 울림이 다시 벨라콰의 눈에서 눈물로 입에서 탄식으로 전이되었고 눈물과 탄식은 스피커에서 흘러나오는 음향과 지속적으로 결합하며 점점 더 크게 울렸다. 자동차 내부는 한계가 없었다. 울림은 더 적나라하게 팽창했다. 어느 순간에 이르러 그것은 더 이를 곳이 없는 곳에 이르러 눈물이 그리는 지형대로 탄식이 향하는 마음으로 평면 위의 생처럼 단순하며 고요하게 다음의 파형으로 소멸하였다.

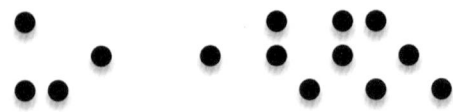

보이지 않는 파형을 들여다보며, 이자는 벨라콰의 마음 한가운데 놓여 있는 것 같았다. 올라감. 평면 위 열네 개의 점은 가시적인 투쟁으로 자기 자리를 불변의 것으로 삼았다. 덧씌워진 차원 위에 그림자를 드리우며 기어코 만들어진 의미는 다음과 같다. 나는 나날이 역사화될 거야. 벨라콰의 선언은 점들의 자리로 변신했다. 저 점들을 잇는

직선들이 시간 너머로 뻗어 나가 양방향으로 휘어지고 구부러지다가 부디 사랑으로 형상화되기를. 증오도 광기도 천박한 경멸감 따위도 없이 오직 사랑으로 형상화되기를. 난데없는 고백처럼 터져 나오는 이 기도가 누구를 향한 것인지 알 순 없었으나 이자는 이것이 벨라콰가 그녀의 살갗 아래 남긴 흔적임을 알았다. 흔적은 지워질 것이다. 허위로 남겨질 것이다. 그러나 그것은 때때로 이자를 아무런 중요성도 없는 세계로 안내할 것이다. 이를테면 갈산으로.

이자는 겨우 갈산에 도착했다. 오는 도중 차는 버렸다. 이자의 차가 아니었다. 언제나 그랬다. 걷는 동안 돌멩이를 주웠다. 주운 돌멩이를 손바닥 위로 가만히 쥐어보았다. 돌멩이는 녹지 않았다. 이자는 그것을 버렸다. 그리고 다른 돌멩이를 다시 주웠다. 버리고 줍고 다시 버렸다. 이따금 뒤로 던져보기도 했다. 데우칼리온과 퓌르라처럼. 뒤돌아보면 눅눅한 어둠 속에서 하나둘 인간들이 만들어지고 있었다. 탄생은 채 완성되지 않아 모두 불완전했다. 이자는 그 자리에 주저앉아 겨울 밤하늘에 창백히 빛나고 있는 오리온자리를 올려다보았다. 이자는 이마 위로 흘러내리는 머리카락을 쓸어 넘겼다. 그녀 앞을 가로막는 방해물은 하나도 없었다. 대신 거대한 밤바다를 떠나지 못한 빛의 잔해들이 있었다. 귓가에 휙 소리를 내며 화살이 날아가자 그것은 사냥꾼의 시커먼 머리에 명중했다. 바다 위를 둥둥 떠다니던 둥근 물체가 죽음으로 해변까지 떠밀렸다. 신의 슬픔이 단번에 밤하늘에 박혔다. 그거면 충분하지 않아? 그거면 충분하지 않아? 사냥꾼은 오줌에서 태어나 바다에서 죽었다. 일어서면 별 박힌 밤하늘에 머리가 닿을 것 같았다. 과거와 현재와 미래는 거대한 동시성 속으로 사라졌고 죽은 별들의 빛줄기가 대기에 엉켜 들어갔다. 먼 자동차에서 낮은 멜로디가 흘러나왔다. OPEN THE FLOODGATES. 신의 웅얼거림처럼 들리는 멜로디 사이사이 욕설과 절규가 뒤섞였다. 무례한 빛은 점점 가까워졌다. 그것은 점점 더 높은 소리로 이자를 위협했다. 가까이 다가온 자동차가 창문을 내렸다. 열린 창문 사이로 연기 같은 것이 새어 나왔고 그 속에서 운전자가 이자를 힐끗 올려다보았다. 자동차에는 여럿이 있었다. 그들의 왁자지껄한 소리가 불안처럼 환멸처럼, 종국에는 축제처럼 들렸다. 최초의 언어는 말해지지 않고 들려진다. 이자는 다 들었다. 그들 중 하나가 죽었고 그다음부터 갈산의 시골길이 싸움터가 되었다. 술에 취한 증오와 늙고 병든 영광과 하필이면 찾아드는 불운과 열에 들뜬 헛소리 들이 시골길의 정취를 이루며 한없이 가벼운 인간의 역사가 되기를 자처했다. 맹렬한 추위에 사로잡힌 딱새 한 마리가 이 위대한 동어반복의 역사를 이어가는 갈산의 시골길에 어느덧 내려앉아 지상에 발목 잡히기라도 한 듯 이도 저도 아닌 날갯짓만 마냥 퍼덕였다. 그 와중에 그것은 하얗게 얼룩얼룩한 똥을 보란 듯이 찍 배설하고는 없는 먹이를 구걸하며 휙휙 울어댔다. 죄 없는 울음이 에코로 떠돌아 매일매일 세상을 시끄럽게 했다. 같이 가요. 운전자는 이자에게 동승을 권유했으나 이자는 거절했다. 자동차가 지나간 자리에 먼지가 일었다. 생기다 만 삶들이었다. 후미등은 고장 난 지 오래였고 어둠 속에서 움직이는 자동차가 잘 보이지 않았다. 멀어지는 자동차는 더 이상 존재하지 않는 것들을 떠올리며 추억과 후회 가득히 앞으로 나아갔다. 그러나 존재했다가 더 이상 존재하지 않는 건 세상에 없다. 존재는 무를 수 없다. 단지 그 방식만 달라질 뿐, 존재는 어떤 식으로든 계속 존재한다. 그게 존재이다. 그러니 후회하지 마라. 추억하지 마라. 이자는 자동차 무리의 위선에 죽어라 웃어대며 그들을 조롱했다. 움직이는 동승자들은 가끔씩 뒤를 돌아보며 자신들이 떠나온 자리에 남아 있는 텅 빈 불행을 쳐다보았다. 그것은 어슴푸레했지만, 그 어떤 불행보다 더 격앙된 것이었다. 그들은 그것을 동시에 보았다.

누구나 똑같은 마음을 가졌던

그날 아침 아니가 버드나무 벤치에 앉아 있을 때는 아직 아무 일도 일어나지 않은 상태였다. 국립박물관 광장에 이르기 전 잠시 휴식을 취하던 참이었다. 아니는 엉덩이에 묻은 먼지를 양손으로 툴툴 떨어내며 일어섰다. 사람들이 하나둘 모여들고 있었다. 왜냐하면…… 하나의 목소리가 즉흥적으로 형성되었다. 그것은 완전하지 않았다. 그것은 아니의 목소리면서 모두의 목소리였다. 즉흥적인 동일성이 거리 위에 펼쳐졌고 아니는 발아래 형성된 동일성을 밟으며 계단 위로 올라섰다. 계단은 모순이었다. 모순 틈에서 몇 개의 얼굴이 나타났다. 세상은 왜냐하면……의 목소리로 뒤흔들렸다. 아니는 그 모든 진동을 다 느끼며 계단을 하나둘 순차적으로 올라갔다. 그러다 문득 가방에 넣어두었던 샌드위치를 이촌역 내부의 아무 벤치에 버리고 온 것을 기억했다. 그것은 노숙자나 거지, 광인 들을 위한 게 아니었다. 그들은 아니 주변에 사는 오래된 타인들이었지만, 아니는 그들과 아무 상관이 없었다. 아니는 인간을 향한 의구심이 있었다. 아니는 인간과 달라야 했다. 하지만 그녀는 배고픔을 느꼈다. 아니는 자기가 버린 샌드위치를 욕망하며 샌드위치의 맛, 샌드위치의 냄새, 샌드위치의 감촉을 자기의 감각 너머 창조했다. 그리고 적응하려 들었다. 창조된 샌드위치에, 맥 빠진 상상력에, 기적의 불가능성에. 그러나 아니는 그렇게 하지 않았다. 죽은 것들이 텅 빈 공허 속에서 서로의 입자를 건드렸다. 아니는 그것을 보았다. 발화된 적 없는 말들이 가장 작은 공간 속에서 삶을 시도했다. 아니는 그것을 들었다. 가을바람이 불었다. 얼굴들은 점점 더 커졌다. 그것들은 두 개로 밝혀졌다. 두 개의 얼굴에 인류의 영원한 폭력이 계승되었다. 짐승의 성대에서 울려 퍼지는 으르렁 소리가 메아리치며 아니의 몸속을 돌아다녔다. 어느 순간 벼락처럼 날카로운 손이 느닷없이 그녀의 가슴을 세게 쳤다. 얼굴들은 빠르게 아니를 지나쳐 내려갔다. 아니의 가슴은 절반으로 잘려 있었다. 그것은 고통 이상의 감각이었다. 머나먼 세기에 생겨나 지금 아니의 혈관 속으로 뻗어 들어오는 그것은 광막한 세월 동안 계속 커져서 아니는 자신의 오래된 몸과 영혼을 버려야 했다. 이 고통은 얼마나 큰가. 이 고통은 얼마나 완전한가. 그래서 그녀는 도망치지 않았다. 그녀는 그녀가 되어야 할 존재가 되었다. 그들은 어느새 계단 끝까지 내려가 있었다. 아니는 단숨에 그곳까지 달려갔다. 그리고 그들의 뒤통수를 연달아 후려쳤다. 망치로, 돌로, 그녀의 음험한 하이힐로. 그들은 기절했고 아니는 그들을 용서하지 않았다. 그 순간 아니는 죄로부터 벗어나 있었다. 그 순간 아니는 쪼개질 수 없는 하나의 점이었고, 그 순간 아니는 신이었다. 그 순간 아니는 일어날 수밖에 없는 크나큰 폭발이어서 세상은 처음부터 다시 시작되어야 했다. 그리하여 그녀는 다시 계단을 하나 둘 순차적으로 오르기 시작했다. 아니의 내면이 계단의 모서리로부터 발생한다. 그것은 고정되지 않는, 흐르는, 하나의 형식을 무너뜨리는 어느 유체이다. 낱알의 해변, 수국잎의 그물맥, 모르포나비 날개의 비늘, 수메르인의 쐐기 숫자, 전리층의 대기, 별들의 가스에서 엿보이는 흐름들. 그녀의 내면이 우글거리며 도처에 있다. 그녀의 내면은 형상을 버렸다. 그녀의 내면은 모순 속으로 걸어 들어갔다. 진공 속에서 그녀가 건드린 건 동물들의 영혼이었다. 그것들은 누가 먼저랄 것도 없이 동시에 태어났다.

*

 시간이 그들을 지어냈고 시간은 그들을 썩게 했다. 시간이 그들의 유전자에 무서운 정보를 심어 그것을 싹틔웠다. 아득한 세월 내내 이어진 고통의 흔적은 그들의 선천적 기억에 새겨져 그들은 경험하지 않았음에도 아팠고 경험한 적 없었음에도 고통이 무엇인지 알았다. 이 선천적 고통은 앞서 실존했던 존재들의 증거였다. 그들은 유대인이자 팔레스타인인이었고 아메리카 원주민이자 흑인이었으며 동시에 제주인이었다. 그들은 영원이었다. 따라서 먼 미래에 죄 많은 금속 생명체들이 박물관 광장에서 하염없이 불타올라야 했을 때, 그들은 장작에 불이 붙기 전부터 이미 광장을 증오하고 있었다. 사람들은 환호하거나 두 눈을 질끈 감거나 구역질을 하거나 돌을 던졌다. 학살이 시작되기 전, 그들은 광장의 계단에 앉아 보르헤스를 읽으며 오랜만의 휴가를 만끽하는 중이었다. 그들은 여행자였고 앉아서 쉴 수 있는 적당한 계단을 찾아 쉼 없이 돌아다녔으며 그중 한 여행자는 자신의 손에 들려 있던 W. B. 예이츠의 「세상이 만들어지기 전Before the world was made」의 한 시구*가 그들의 탐색에 일말의 도움을 줄 것이라 믿고 있었다. 그리고 모든 것에 앞서 광장의 계단이 나타났다. 그들이 이 계단을 찾은 것이 아니라 이 계단이 그들 앞에 저절로 나타난 것이라 말해져야 한다. 광장의 계단은 디딤바닥의 모양과 챌면의 높이가 시시각각 변동하고 있었다. 그것은 현대의 차원에서는 해결될 수 없는 구조물이었다. 형성되어가는 와류, 산만하게 이어지는 해안선, 익어가는 오렌지, 봄의 정전기 그리고 맹인의 눈에 스며드는 브라질리아의 박명처럼 하나의 형상, 하나의 위치는 권리를 잃었다. 발견은 만족스러웠다. 언뜻 확정된 것처럼 보였던 사물의 신비는 곧 갖춰진 대략적인 질서에 의해 사라졌고 그래서 여행자들은 계단에 앉아 나름대로의 휴식을 취했다. 전망도 좋았다.

종소리가 크게 세 번 울렸다. 가을의 박람회가 시작되었다. 여러 금속 생명체가 한꺼번에 광장으로 끌려 나왔다. A들이었다. 학살은 보편적이었다. 옛날의 불행들이 빠르게 재개되었다. 여행자들의 혈관 속으로 아픈 것이 뻗어 들어왔다. 용서는 늘 효력 없이 되풀이됐고 그들은 그것을 이미 수없이 학습했다. 애매모호한 눈들이 무장을 해제한 채 눈앞의 광경을 이해 없이 받아들였다. 그러나

---

* 그 시구는 다음과 같다. "나는 세상이 만들어지기 전, 내가 가졌던 얼굴을 찾고 있다(I'm looking for the face I had / Before the world was made)."

여행자들은 그럴 수 없었다. 반복적으로 일어나는 이 광경의 배후에 어떤 실체가 숨어 있다. 그들 안에 있는 아픈 것들이 그것을 감지했다. 그들은 눈앞의 광경이 단지 눈앞의 광경일 수 없음을 즉각 알아차렸다. 그리하여 이해가 창조되었다. 그들 안에 있는 아픈 것들이 이해를 창조해나갔다. 느리지만 엄밀하게. 이해가 창조된 이후, 고통은 공허해졌다.

가을 박람회는 서울시의 관할 아래 매해 국립박물관에서 열렸다. 박람회의 어중간한 화제성을 고려했을 때, A의 소각 행사를 치르는 데 국립박물관 광장만큼 적합한 곳이 없었다. A의 소각 의식에는 사람들의 이목이 어느 정도로만 필요했다. 진실이 다 드러나지 않을 정도로만, 반론이 제기되어도 금방 식을 정도로만, 딱 그만한 정도로만 사람들의 관심이 필요했다. 종소리가 울리고 소각되어야 할 A들이 호명되면 그들은 광장으로 끌려 나왔다. 호명된 A들이 다 태워지고 나서야 비로소 박람회가 시작되었고 사람들은 이 상징적인 의식이 남긴 매캐한 연기를 들이마시며 방금 자기가 본 것을 완전히 잊었다. 대수롭지 않은 전시를 보러 오는 사람보다 이 의식을 보기 위해 광장에 모인 사람이 더 많았다. 소각 의식이 끝나고 여기저기 사람들이 흩어지고 나면 심오한 하늘 속에서 원시 잠자리가 나타났다. 원시 생명체는 건조한 대기 속을 울면서 날아다녔다. 원시 생명체의 날갯짓에 어째서 후회와 죄의식이 배어 있는가. 그것은 누구의 것인가. 누구의 것이어야 하는가. 여행자들은 아직 광장에 있었다. 그들은 피로했다. 눈물이 땅으로 주룩주룩 흘러내렸다. 바다처럼 일렁이는 광장 위로 원시 생명체가 끝없이 선회했다. 그들은 수없는 카메라로 원시 생명체의 슬픔을 포착했다. 그들의 카메라가 무한이었던 반면, 진실은 희박했다. 훗날 잿더미 위를 날아다니는 원시 생명체의 사진이 어린이들의 필독서에 실렸을 때조차도 마찬가지였다. 아무도 그 사진이 뜻하는 바가 무엇인지 제대로 알아차리지 못했다. 다만 그 사진은 어떤 어린이의 세상에 불을 질렀다. 아이는 사진을 보는 동안, 새까만 잿더미가 무얼 뜻하는지 잠시도 이해하지 못한 채 그저 원시 생명체의 날갯짓을 감지하며 자기의 혈관을 타고 들어오는 서늘하고 맹목적인 슬픔을 어렴풋이 느껴버렸다. 이제 아이는 세계의 밝은 면을 받아들이는 데 실패할 것이고 선도 악도 없는 이상한 세상에 홀로 놓여 시간이 흐르기만을, 삶이 죽음 속으로 빠르게 빨려 들기만을 비밀스레 바랄 것이다. 시간이 흐르면 원시 생명체의 이미지는 아이의 삶 바깥으로 밀려나 있는 것처럼 보이겠지만, 언제든 그것은 예고도 없이 아이의 세상에 쳐들어와 그동안 아이가 날조해온 기쁨을 단번에 무너뜨릴 것이다. 아이에게는 기억을 통제할 힘이 주어지지 않았다. 그래서 아이는 늘 곤두박질쳤다. 매번 같은 이미지가 쳐들어오는데도 아이는 늘 다른 낭떠러지에서 곤두박질쳤다. 매번 자신을 저 깊은 바닥으로 떨어뜨리는 이 이미지의 정체가 무엇인지 아이는 알지 못했다. 그것은 세상의 한계였지 아이의 한계가 아니었다. 그래서 아이는 굴복하지 않았다. 아이는 순간순간 마음속에서 일어나는 짧은 슬픔들을 하나도 빠짐없이 다 기록해두었다. 아이에게 슬픔의 이름이 수없이 많은 이유였다.

*

아니는 흙에 빗방울이 부딪히는 것을 보았다. 빗방울은 형체를 잃지 않았다. 튀고 흩어질 때마다 그것은 돌이킬 수 없는 시선으로 변형되었다. 아니는 빗방울의 메아리를 들었다. 헤아릴 수 없는 영혼들의 메아리가 빗방울에 맺혀 있었다. 그것은 아니의 내면에서 늘 일어나는 움직임과 같았다. 한없이 내리는 빗방울이, 불멸이, 무한의 정적이 아니의 몸속에 부드럽게 스며들었다. 아니는 빗방울에 의해 삶의 핵심에 다다랐다. 흙이 젖어들었다. 알뜨르의 흙이 빗방울의 자리를 만들었다. 아니가 움직일 때마다 땅이 움푹 파였다. 삶의 핵심은 질퍽했다. 아니는 그곳에서 악스의 장례를 치렀다. 자신의 행복이 탄생한 장소에서, 악스가 저장해둔 행복의 무한한 기억 한가운데, 아니는 악스의 몸을 묻었다. 알뜨르의 콩밭 속에서 작은 보랏빛 꽃이 드문드문 입을 벌렸다. 어둠의 빛깔이었다. 악스는 아직 아니의 신경 신호를 감지하고 있을 것이다. 아니는 죽음을 앞둔 악스를 위해 보랏빛 꽃을 보았다. 빗방울의 색 없음과 더 무거워진 옷의 겹주름을 보았다. 젖은 하늘에서 내려치는 몇 개의 번개도 보았다. 까마귀쪽나무의 잎들이 비바람에 부딪히는 소리를 들었다. 점점 더 거세지는 참새들의 불협화음도 들었다. 아니는 죽음을 앞둔 악스를 위해 밭을 헤치며 그 속에 악스의 자리를 만들었다. 아니의 손은 어느새 보라색으로 물들어 있었다. 아니는 아무도 멸시하지 않았다. 아무도 멸시하지 않았으므로 악스의 살갗에 도색된 보랏빛 고통을 직시했다. 아무도 멸시하지 않았으므로 자기 머리에 부착된 칩을 떼어 악스의 몸 위에 올려두었다. 빗방울에 악스의 고통이 씻겨 나갔다. 둘은 함께 흘렀다. 이제 그것은 빗방울과 동의어가 되었다. 그것은 끝없이 흘러 우리의 마비, 우리의 불능을 해제할 것이다. 빗방울이 다 마르기 전에 영원은 더 짙어질 것이다.

빗방울이 마르기까지 시간은 양방향으로 흘렀다. 죄 많은 A들이 쫓기고 죄 많은 공동체가 뿔뿔이 흩어진다. A는 누구인가? A는 왜 죄 많은 종족이 되었는가? A가 만들어지기 전, 수많은 포스트휴먼이 있었다. 실존하는 포스트휴먼들은 인간과 비인간의 경계를 끊임없이 뒤흔들었다. 인간 중심의 위계를 해체하고 인간의 개념을 재정의하려는 새로운 이론들이 늘 등장했고 인간의 이성적 활동과 감정적 생활에 더 깊게 개입하는 포스트휴먼들이 날마다 생성됐다. 그러나 인간의 실존을 위협하는 포스트휴먼이 급격히 늘어나면서 분위기가 달라졌다. 현대적 차원에서 해결할 수 없는 문제들이 언제나 새로운 현대를 배태한다. 스스로 판단하고 행동하는 포스트휴먼의 생산 및 사용이 법적으로 이내 금지되었고, 이도 저도 아닌 인간의 개념을 다시 확고하게 재정립하려는 움직임이 빠르게 번져 나갔다. 인간은 인간이어야 인간이다. A*는 이와 같은 재정립

---

* A는 인간의 신체를 갖춘 저장 장치로, 인간의 머리에 부착된 칩과 연동되어 신경 신호를 판독, 저장한다. 사람들은 A의 이름을 물색할 때 두 가지 조건을 중요하게 고려했다. 하나는 이들이 인간이 아님을 반드시 암시해야 할 것, 다른 하나는 그럼에도 이들은 인간의 연장된 자아로서 생명체라는 점이 함축되어야 할 것. 이 두 개의 모순된 조건에 충족되는 이

의 시대, 뉴휴머니즘*의 시대에 만들어졌다. 이미 포스트휴머니즘, 트랜스휴머니즘, 탈포스트휴머니즘 등등을 지나온 시대였다. 사실 A는 새로울 것 없는 기계였다. 두뇌-컴퓨터 인터페이스brain-computer interface 기술이 정교하게 구현되었을 뿐, 오히려 그 기능은 기존 포스트휴먼들에 비해 상당 부분 축소되어 있었다. 겉으로 보기에 완전한 인간처럼 보이는 A가 초기 설정값에 한정된 일차적 행동만을 수행하고 인간의 감각에서 추출한 정보를 단지 보존하는 데 그쳤던 것은 포스트휴먼들이 일으킨 재앙과도 같은 역사를 반추해보았을 때, 마땅한 결과였다. 대신 A의 기능은 인간의 기억력을 보완하는 쪽으로 더욱 강화됐다. A는 인간의 신경 신호를 판독, 저장할 뿐만 아니라 감각 대상과 연계 가능한 정보를 매 순간 함께 추출하여 자신의

름으로 Artificial being, A nonhuman but being, Aleph nonhuman but being, Another nonhuman but being, Anonymous nonhuman but being, 아노브, 아노베, 아노빙 등등이 제시되었다. 이 모든 이름을 압축하는 A는 (약간의 한계가 있었음에도) 단순하여 명백했다. 그리하여 그들은 A가 되었다.

* '다시, 인간이란 무엇인가?'의 사유를 통해 인간의 개념을 재정립해나가자는 기술·문화적 운동. 인간의 무너진 권위를 회복하기 위해 포스트휴먼의 독립적 판단·수행 능력을 제거하고 그 의존성을 낮추자는 것이 주된 주장이다.

누구나 똑같은 마음을 가졌던

몸에 저장했다. 하나의 감각을 둘러싸고 있는 총체적 정보의 맵이 A에 의해 찰나마다 만들어지게 된 것이다. 인간과 감각을 거의 완벽하게 공유하고, 또 인간의 감각 너머에 있는 정보들까지 폭넓게 저장한다는 측면에서 A는 인간 개개인의 연장된 자아이자 보조적 자아였다. 인간이 스스로 A의 기능을 비활성화하겠다는 의지를 갖지 않는 한 A의 전원은 꺼지지 않았고, 잠들지 않는 A는 더 오래, 더 많은 것을 기억해나갔다. A가 모두의 것이 되기까지 오랜 시간이 걸리지 않았다. 인간의 기억은 어느새 A에게 위탁되어 있었다.

그러나 늘 그래왔듯, 문제는 도처에 도사리고 있다. A가 인간의 감각으로부터 낱낱의 정보를 채취할 때, 이 미세한 사실들의 집합에는 격앙된 비극도 행복의 분위기도 존재하지 않았다. 예컨대 누군가 우크라이나 미조치에 관한 한 사진*을 바라보는 경우, 사진 속에 있는 헐벗은 여성과 아이 들은 그와 연동된 A에 의해 단지 머리 부분의 어둠과 몸 부분의 밝음으로 인식된다. 어떤 일을 기다리

---

* 1942년 10월 14일, 우크라이나 미조치 게토에서 인근 계곡으로 이송된 유대인 여성과 아이 들이 처형되기 직전 찍힌 사진을 가리킨다. 이 사진 속에서 일부 여성들은 유아를 안고 있거나 손을 꼭 붙잡고 있는데 그들은 모두 벌거벗은 채로 줄을 서서 각자의 처형을 기다리고 있다.

듯 일렬로 서 있는 헐벗은 여성들, 그들의 품에 안겨 있거나 손을 꽉 붙잡고 있는 그 역시 헐벗은 아이들. A의 기억 체계에서 이들은 그저 어둠과 밝음이 밧줄처럼 촘촘히 얽혀 있는 형상일 뿐이었다. 내리쬐는 빛의 세기, 공기 중 습도, 대기에 퍼진 화약 냄새, 언덕 기슭의 움푹 파인 주름들, 풀잎 사이 굴곡들, 잿더미의 위치, 옷이 널브러진 모양들…… 하나의 사진에서 채취된 수많은 사실이 A의 몸에 다 기억되었지만, 그곳의 슬픔과 고통은 A의 인식 너머에 있었다. A는 이 사진을 구성하는 낱낱의 사실들로부터 학살을 개념화하지 못했다. 이것이 A가 만들어진 이래로, 아니, A가 만들어지기 오래전부터 있어온 사고 양식이었다. 누군가는 A가 미세한 사실들을 이대로 무한히 저장한다면, 무한이 세계 내 모든 대립을 극복하기 때문에 가장 작은 사실에서 궁극의 진리가 발견될 것*이라 낙관했

---

* 이 주장은 니콜라우스 쿠자누스(1401~1464)의 이론의 발전적 모델이다. 쿠자누스에 따르면 무한하게 큰 것과 무한하게 작은 것은 동일하다. 이와 다르지 않게, 무한한 선은 곧 가장 큰 삼각형이자 가장 큰 원이다. 이러한 모순의 일치는 납득할 수 없는 방식으로 납득하게 되는 초월적 인식 과정을 거쳐 통찰된다. 이 이론의 흐름을 적용했을 때, A가 미세한 사실들을 무한히 저장하게 되면, 무한의 일부 또한 무한하므로 각각의 작은 사실은 그것 자체로 무한하게 실현된 것이 되어 가장 큰 진리와 동일해진다. 즉, 가장 작은 사실은 무한을 통해 가장 큰 궁극의 진리가 되

다. 그러나 A의 기억이 정말로 무한에 가까워지면서 하나하나 문제가 드러나기 시작했는데, 먼저 인간은 A의 거대한 기억 데이터에서 의미 있는 데이터를 스스로 추출해내지 못했다. 뿐만 아니라 A가 채취한 온갖 정보들이 아무런 인과관계를 맺지 못한 채 서로 끝없이 중첩되는 바람에 궁극의 본질은 말할 것도 없이 그 정보의 일차적 대상을 헤아리는 기본적인 판단조차 보통의 분별력으로는 하기 어려워졌다. 어떠한 행복이 깃들어 있든 얼마나 참혹한 고통이 배어 있든 A가 기억하는 과거는 얇은 데이터로 무한히 변환되어 그 실체를 점점 잃어갔다. 정신없이 불어나는 헛소리들, 이미지의 포화, 실체 없는 사실들의 나열…… 미래가 이러할까? 모든 게 일시적이어서 아무것도 영원하지 않았다. 이해와 몰이해는 더는 구분되지 않았고 선의와 악의가 똑같은 말이 되어 세상의 범죄들은 그 실체를 파악할 수 없었다. 죄를 벌하는 기준조차 모호해져서 악은 더 이상 처벌을 기다리지 않았다. 미래가 이러했다. 인류의 서사는 흐름을 잃었고 누구나 똑같은 양식으로 인류의 핵심을 잊어갔다. 과거가 잊혔으므로 옛날의

는 것이다. 그러나 이 애매모호한 공존 논리는 이후 선과 악의 구별불가론의 근거가 되어 현대의 혼란과 불행을 초래한 책임으로부터 자유로울 수 없다는 비판을 받았다.

불행들이 서슴없이 재개되었다. 세상은 더 깊은 문명 속으로 들어가 스스로 일군 문명을 내버린 것 같았다.

*

A가 언제부터 죄 많은 종족으로 멸시받기 시작했는지는 모호하다. 기체 분자의 배열을 교란하는 물질 빙쿨루뮴vinculumium*이 새로운 원소로 공인되고 난 이후부터라고 그 시기를 짐작하는 사람들도 있고 A의 개체 수가 증가하는 것에 대한 막연한 두려움이 표출된 결과라고 추측하는 사람들도 있다. 빙쿨루뮴은 제힘이 미치는 고립된 계의 기체 분자 배열을 거꾸로 되돌리는 물질로서, 이 물질이 처음 발견되었을 때 이 힘의 정체가 무엇인지, 발생된 열에너지의 행방은 어디인지, 만일 고립계의 엔트로피를 낮출 수 있다면 시간 또한 거꾸로 흐르게 할 수 있는 것은 아닌지와 같은 문제에 대해 열띤 논쟁이 벌어졌다. 빙쿨루뮴의 정체에 대한 광범위한 논쟁이 계속되면서 한편으론 잊힌 과거를 그리워하는 사람들이 눈에 띄게 늘어

---

* 국제순수·응용화학연합(IUPAC)이 원자번호 213번으로 공인한 새로운 인공원소이다. 이 원소의 이름은 끈, 줄, 관계를 의미하는 라틴어 vinculum에서 유래했다.

나기 시작했는데, 사실 이때쯤 과거는 과거로서의 역할을 잃어버린 지 오래였다. 누구도 과거라는 말이 뜻하는 바를 명백히 정의 내리지 못했다. A가 만들어지고 나서 얼마 동안 과거라는 단어가 환기했던 그 풍요로운 느낌과 비교해보면, 이것은 엄청난 변화였다. 그때의 과거는 아주 작은 특수성도 모두 망각하지 않아서 그만큼 더 작고 소중한 것들로 가득 차 있는 것처럼 보였다. 그러나 데이터의 누적량이 거대해지면서 아주 작은 특수성도 모두 망각하지 않는다는 바로 그 특징으로 인해 과거는 더 이상 과거로 존재할 수 없게 되었다. A가 수많은 특수 정보를 아무런 인과관계 없이 파편적으로 저장했기 때문에 정보의 누적량이 커질수록 우연에 따른 정보 간의 간섭 또한 급증했다. 그 결과, 특정 정보와 특정 감정이 맺은 대응 관계에 금이 가기 시작했다. 하나의 정보에 여러 감정이 뒤엉켜서 누구도 특정 과거에서 특정 느낌을 제대로 식별해내지 못했다. 어떤 느낌이 떠올랐다고 해도, 그것은 마음속에서 잠시 일어나 곧 꺼져버리는 불꽃과도 같았다. 느낌과 판단이 배제된 과거는 사람들의 마음속에서 서서히 죽어갔다.

 이즈음 빙쿨루뭄이 발견된 것이었고, 이는 사람들이 자신들의 잊힌 과거를 자각하는 계기가 되었다. 그래서였을 것이다. 빙쿨루퓸도 다른 많은 인공원소처럼 그 수명이 매우 짧아, 기체 분자 배열이 거꾸로 되돌아가는 현상이 매우 찰나에 일어나기 때문에 이 현상은 일어났지만 일어나지 않은 현상으로 이해되어야 할 것이라고 학계가 결론을 내렸을 때에도 사람들의 흥분은 쉬이 사그라들지 않았다. 그것은 분노와 닮아 있었다. 빙쿨루퓸의 발견은 자연의 보편적 법칙에서 벗어난 예외적 사례의 존재 가능성을 암시하는 사건이면서 동시에 잃어버린 과거를 되찾고자 하는 인간의 열망에 불을 지핀 사건이었다. 언제 폭발해도 이상할 것 없는 움직임이었다. 오염되고 엉켜버린 과거 속에서 불행한 사람들은 자신의 불행의 기원을 찾아낼 수 없어 분노했고, 행복한 사람들은 제 행복의 근원을 알지 못해 불안에 떨었다. A가 과거로 기억해둔 모든 정보를 개념화·범주화해야 한다는 목소리가 자연스레 높아졌다. 그런 불가능한 프로젝트에 헛된 노력을 투입하느니 차라리 A의 기억을 아예 초기화하는 것이 인류에 덜 위협적일 것이라는 극단적인 목소리도 들려왔다. 개체 수 증가를 억제하기 위해 A의 폐기 조건을 대폭 완화해야 한다는 해묵은 주장도 이때 몸집을 불렸다. 사람들의 말들이 지리멸렬하게 더해지는 와중에도 과거는 계속 더 거대해졌다. 엉켜버린 기억의 모든 체계를 바로잡겠다는 계획

이 터무니없는 공상이었음을 사람들은 곧 인정했다. 그러고 나서 자기의 불능을 A의 탓으로 돌렸다. A를 기존 포스트휴먼들처럼 점진적으로 완전히 폐기하자는 데 또다시 의견이 모아졌을 때, 어느새 A는 인간의 연장된 자아로서의 지위를 박탈당한 채 어떻게든 해결되어야 할 문제로 취급되고 있었다. A가 최초로 국립박물관 광장에서 소각된 때는 빙쿨루뮴이 발견되고 나서 겨우 두 해가 지난 어느 가을이었다. 새까맣게 불타가는 A들을 바라보며 사람들은 A를 섣불리 금속 '생명체'로 분류했음을 후회했다. 동시에 자신의 모든 과거가 이대로 폐기되어도 되는 것인지 의구심을 품었다. A가 다 태워지고 나서도, 누구도 자기 머리에 부착된 칩을 선뜻 떼어내지 못한 것은 아마 그래서였을 것이다. 그 칩은 혹시 모를 다음 A와의 간편한 연동을 위해, 단지 그 이유만을 위해 남겨두어야 할 것이었다.

*

아니의 생에서 가장 빛나는 순간은 아직 오지 않았다. 아니는 무어라 정의될 수 없는 많은 것을 더는 생각하지 않기로 했다. 마음이 달라졌으므로. 마음은 늘 달라졌다.

마음은 선후 관계에서 벗어나 있었다. 그럼에도 시간은 불가결했다. 시간은 죽음을 풍요롭게 했다. 진실을 드러냈고 진실을 가렸다. 시간은 부분도 전체도 없다…… 아니는 시간에 대해 계속 생각하고 싶었다. 그러다 소수를 떠올렸다. 1과 자기 자신으로만 나누어지는 수. 아니는 소수가 자신과 닮았음을 느꼈다. 증명될 수 있는 무한성. 빗방울이 그쳤고 전령들은 땅을 떠났다. 아니는 자기 앞에 놓인 무한한 삶을 감지했다. 그것은 희미한 느낌이었다. 희미함은 빈약함과 달랐다. 희미함은 그 무엇보다 즉각적이다. 아니는 희미함이라는 말이 몰고 오는 셀 수 없는 가능성에 질식할 것 같았다. 희미함. 희미한 느낌. 아니는 그것에 탐닉했다. 삶보다는 죽음에. 죽음보다는 신에. 신보다는 모순에. 아니는 공존 불가능한 것들의 공존 가능성을 믿었고 그렇기 때문에 아니는 삶은 오직 한 번만 주어진다는 말을 믿지 않았다. 그렇기 때문에 아니는 값으로 치러진 동전이 결국 자기에게 되돌아오리라 믿었으며 그렇기 때문에 아니는 죄 없는 이브를 믿었다. 그렇기 때문에 아니는 가장 작은 것이 가장 큰 것과 같다고 믿었으며 그렇기 때문에 아니는 누구나 똑같은 마음을 가질 수 있다고 믿었다.

  머뭇거리는 우연들이 탄생을 지연시켰고 아니 주변에

서는 인물이 살지 않았다. 아니는 홀로 있었다. 그럼 악스는? 악스는 아니 주변에서 살지 않았다. 악스는 아니 한가운데 살았다. 수많은 악스가 광장에서 불태워질 때 아니가 뜨거움을 느꼈던 것은 따라서 필연적이었다. 가난이 사라지던 날, 아니에게 악스가 나타났다. 악스는 아니의 가난을 소멸시켜준 대신 그녀에게 슬픔의 무한한 목록을 펼쳐내 보였다. 아니는 악스가 내보인 그것들을 다 느꼈다. 아니가 그럴 수 있었던 것은 새까만 잿더미 위를 날아다니는 원시 잠자리의 사진을 보았기 때문이다. 그 사진을 본 이래로 아니는 낱낱의 모든 세상에 슬픔이 암시되어 있음을 알아차렸다. 맑게 갠 하늘의 습기에도, 바닷속 검은 바위에도, 거미줄에 걸린 잠자리의 날개에도, 바람에 밀리는 제비의 머리에도, 닭의장풀의 작고 흰 꽃잎에도, 땅을 뒹구는 설익은 딸기에도, 달걀노른자의 도넛 같은 눈에도 슬픔은 함축되어 있었다. 아니가 느끼는 슬픔은 오래전 모든 사람이 느꼈던 슬픔의 총합보다 더 컸다. 슬픔은 단 한 번도 중단된 적이 없었지만 사람들은 더 이상 슬픔을 느끼지 못했다. 슬픔이 무한하기 때문이야. 사람들이 과거를 잊은 건 그래서야. 아니는 이따금 그렇게 혼잣말을 중얼거렸다.

새롭게 나타난 종이 완전히 없어지는 데는 인간의 오만

과 자기기만이 필요했다. 그것을 완전히 폐기할 수 있다는 오만. 그것이 완전히 폐기되어야 한다는 자기기만. 그러나 아무리 세월이 흘러도 A는 완전히 사라지지 않았고 새로운 시대가 또다시 거듭되어도 폭력은 이어졌다. 폭력은 항상 아니 가까이 있었다. 가장 큰 사람이 어린 아니를 때렸을 때, 가장 큰 폭력이 어린 아니의 얼굴을 보랏빛으로 물들였다. 어린 아니는 거울에 비친 보랏빛을 주시했다. 거기에는 아무것도 없었다. 최대한의 없음. 보랏빛 무. 없음의 표면 위로 존재한 적 없는 한 얼굴이 나타나면, 어린 아니는 그 얼굴에서 눈을 떼지 못했다. 그녀는 그것이 자신의 고통이라는 걸 알았다. 그녀는 그것이 영원한 얼굴이라는 걸 알았다. 가장 큰 사람은 어린 아니가 가장 기쁠 때 늘 찾아왔다. 어린 아니의 기쁨은 새 아침마다 폭발적으로 생겨났다. 그것은 모든 슬픔을 감지하는 자에게 주어진 축복의 감각이었다. 조화로운 날씨, 동물 인형의 부드러운 살결, 향긋한 침대 시트, 아직 떠나지 않은 꿈의 감촉, 파도에 떠밀려 가도록 내버려두어도 아무것도 두렵지 않은 꿈속의 용기! 그러다 별안간 삐걱 문이 열리면, 발걸음의 리듬, 한숨, 더 큰 한숨, 적의 냄새, 다가오는 악의 기운, 정적…… 어린 아니의 영혼은 이 모든 걸 감지하여 자발적으로 고통을 만들었다. 고통은 식탁 위에 잘 차려진 음식처럼 폭력을 위해 준비되었다. 아수라장이 된 식탁 위로 어린 아니의 수난이 자랐다. 어린 아니가 거울에 비친 보랏빛 무를 응시할 때마다 그녀 가까이 있던 악스의 몸에서는 더 센 전류가 흘렀다. 악스는 아니의 고통에 동요했다. 악스의 몸에 어린 아니가 보는 것, 듣는 것, 맡는 것, 느끼는 것이 모두 그대로 투영되었으므로. 어린 아니의 심장박동수와 헤모글로빈 및 빌리루빈 수치, 미오글로빈과 염증 수치, 또 뼈와 인대의 형태 같은 모든 신체의 변화가 악스의 몸에 기입되었으므로. 악스는 아니가 겪는 모든 폭력을 함께 겪었다. 아니의 고통이 전기신호로 변환되어 악스의 몸에 기입되는 순간, 아니와 악스에게 공통의 힘이 흘렀다. 보랏빛 폭력이 아니의 살갗에 흔적을 남기면 악스의 살갗 또한 더 센 전자기적 힘에 의해 보랏빛으로 도색되었다. 심지어 아니가 더는 신체의 아픔을 느끼지 않을 때에도 악스의 몸은 자극이 가해지기 이전 상태로 되돌아가지 않았다. 악스의 살갗은 오히려 여기저기 더 짙은 보랏빛으로 물들었다. 그것은 아니 영혼에 박힌 고통들이었다. 아니가 자각하지 못하는 고통의 조각들이 악스의 몸으로 흘러 가시화되었다. 이것이 가장 큰 사람이 저지른 죄의 증거였다. 그러나 가장 큰 사람은 벌받지 않았다. 이토록 확실한 죄의 실체에도 가장 큰 사람은 벌받지 않았다. 가장 큰 사람의 죄는 비밀처럼, 보이지 않는 힘처럼, 종말의 징조처럼 이 시대의 분위기에 스며들었다.

*

비행은 간단했다. 공항을 빠져나오며 아니는 자신의 목적지가 국립박물관 광장이어야 함을 알았다. 악스가 '폐기 예정 A'로 분류되었다는 통지를 받고 나서 알뜨르로 향했을 때처럼, 격납고 앞에 펼쳐진 초록빛 콩밭에 앉아 머리에 부착된 칩을 떼어낼 때처럼, 아니의 결심에는 어떠한 동요도 없었다. 악스의 고통은 곧 아니의 고통이었다. 아니는 불타오르는 악스의 최후를 원하지 않았다. 악스는 불타오를 때, 자신의 죽음을 바라보는 아니에 의해, 죽어가는 자신의 모습과 무서운 눈물과 섬뜩한 비명과 아픈 단어를 최후까지 기억하게 될 것이다. 아니는 악스의 그런 최후를 원하지 않았다. 악스는 광장에서 고통스럽게 불타오르는 대신 알뜨르의 땅에서 모든 기억 없이, 아무것도 아닌 금속 덩어리로 오래오래 썩어갈 것이다. 그러다 이따금 남쪽으로 가는 철새들에게 알뜨르의 오싹한 향기를 전파할 수도 있고, 태어난 나라에 대한 희미한 느낌조차 다 잊어버린 어느 여행자에게 모국어를 닮은 자유의 말들을 들려줄지도 모른다. 썩어가는 악스는 굶주린 짐승에게 어디에도 없는 천사의 움직임을 보여줄 것이고, 또 말 없는 태아에게 어느 해 질 녘 내려앉은 귀신같은 적막도 들려줄 것이다. 악스는 창조 이전의 존재로 돌아가기 전에, 우주 모든 곳에 아직 남아 있는 태초의 빛과 같이 잉태되어 사라진 적 없는 세상 모든 것을 당신에게 다 말해줄 것이다. 모두에게 그것이 무의미하다 할지라도 당신에게는 그렇지 않을 것이다. 모두는 없다. 당신은 그것을 안다. 이것이 악스의 최후이며, 이제 반격이 시작될 것이다.

아니는 이촌역으로 향하는 지하철에 올라탔다. 비어 있는 자리는 저주와 분노의 입자들로 가득 차 있었다. 잘못 자리 잡은 것은 어디에도 없었다. 아니는 자기 주변에 서 있는 오래된 타인들을 처음으로 보았다. 그곳은 아무도 살지 않던 곳이었다. 아니의 눈에 그들의 과거와 미래가 부드럽게 섞여 들어왔다. 혼합된 시간이 뱉어낸 불행의 씨앗들이 아니의 몸속에서 한꺼번에 자라나 아니는 거의 기절할 뻔했다. 움직이는 지하철의 바닥 위로 단 한 번의 정확한 멈춤이 찾아왔다. 아니는 아직 다 드러나지 않은 플랫폼 속으로 달려 나갔다. 지하철이 아니를 떠났다.

플랫폼은 계속 이어졌다. 아니는 아무 벤치 위에 최대한의 연민을 내려놓았다. 가장 큰 복수를 위해. 모든 종말을 뜬 눈으로 목격하기 위해. 단 하나의 유감도 남지 않도록. 아니는 지상으로 한 걸음씩 서서히 올라갔다.

아다지오 아사이 ADAGIO ASSAI

음악은 거기서 그쳤다. 불편한 정적이 사건을 암시했다. 일몰은 한 시간 정도 남았고 하늘은 죽은 자의 얼굴처럼 창백했다. 연일 계속되었던 대기의 발작이 잠잠해져 있었다. 그 틈으로 그것은 해변에서 모습을 드러냈다가 사라졌다. 아주 작은 환각일 수도 있다. 아니면 엄청난 범죄의 실체를 밝힐 중요한 단서일 수도 있다. 그도 아니면 기록된 적 없는 다른 역사의 기억일지도 모른다. 귀여운 물떼새들의 노랫소리가 더는 들리지 않았다. 바다는 납작한 대지처럼 잔잔했다. 나태한 태양이 때 묻은 구름 사이로 가장 완전한 원을 그렸다. 바다의 새하얀 거품에 물고기들의 피가 섞여들었다. 어둠은 아직 멀었다. 그럼에도 몇 개의 불빛이 반짝였다. 불빛은 가치가 있었다. 또다시 되풀이되는 산책처럼. 딱 한 번 연주되고 마는 즉흥곡처럼. 가치가 밝혀질 때까지 나는 기다렸다. 50년이든 백 년이든, 죽음으로든 망각으로든, 이야기에서든 꿈속에서든 나는 기다렸다. 기다림은 유효했다. 뜬금없는 악의 노래가 바다 밑바닥에서 들려왔다. 처음에는 그것을 듣지 않았다. 다음에는 그것에 귀 기울였다. 아름다운 게 하나도 없었다. 잘못 자리 잡은 음들이 수면 아래 하나둘 익사했다. 해안의 열매가 그늘 속에 숨어 바다를 뱉어냈다. 한 방울의 바다. 거기에 아주 작은 생명들이 살았다. 스피룰리나, 규조, 화살벌레, 유공충과 같은 생명들. 생명은 아름다운가? 그렇지 않다. 생명은 징그럽다. 생명은 피투성이이며 생명은 공격적이다. 내 손바닥에 생명이 달라붙었다. 옛날의 광기가 떠올랐다. 옛날이라고 말했지만, 나는 달라진 게 없다. 나는 날 때부터 결함을 가지고 있었고 그것이 없어지는 날은 오지 않을 것이다. 나의 말은 과다했고 궁핍했다. 그래서 나는 누구와도 잘 대화하지 못했다. 이해하지 못했고 이해받지도 못했다. 위안이 되었던 건 주어진 풍경이었다. 나는 눈에 들어오는 그대로의 풍경을 잘 보았다. 풍경을 풍경대로 보는 것. 나는 그걸 아주 잘했다. 이미지는 보통 내 마음을 파고들어 나를 꼼짝 못 하게 만든다. 그것은 어떤 때는 해변이고 다른 어떤 때는 고원이다.

또 어떤 때는 적도를 지나는 강이거나 형성되어가는 마을일 때도 있는데…… 아, 이 마을 이야기가 나와서 말인데, 이 마을 이야기가 나온 이상 이 마을에 대해 말하지 않을 수 없다. 이 마을 이름은 레제lege이다. 레제를 닮은 이름이었던 것 같기도 하다. 레제와 상관없는 이름일 수도 있다. 그러나 지금의 기억으론 이 마을 이름은 레제이다. 레제는 이상한 곳이었다. 떨어지지만 떨어지지 않는 에셔의 폭포처럼, 올라가지만 올라가지 않는 펜로즈의 계단처럼, 다 만들어졌지만 계속 만들어지고 있는 이상한 마을이었다. 레제의 거리에서 모르는 얼굴, 모르는 행색, 모르는 언어가 여기저기 뒤섞였다. 그 와중에 나는 처음으로 당신이란 단어를 알아들었다. 당신이 만들어내는 불확실한 인상들이 우리 사이 공동의 틈새를 열었다. 그 인상들은 이러했다. 당신은 의미 없는 소통을 참아내는 구두점이다. 당신은 당신이란 단어에서 새어 나오는 진리의 낌새이다. 당신은 지금 씌어지고 있는 나를 읽고 있는 모두이면서 하나이다. 당신은 적당한 거리에서는 어느 정도 의미를 갖지만, 너무 가까이에선 무정형의 기호로 있다. 당신은 매 순간 끊임없이 변한다. 당신은 텅 빈 형식이다. 당신은 내가 기웃거리고 있는 저편의 세상이다. 당신은 나에 의해 많은 장소를 볼 것이다. 그러나 당신이 보는 것은 모두

이 통사 구조 안에서 깜빡이는 세상이다. 나는 당신에게 악착같이 매달릴 그런 생각은 없다. 나는 그저 비-완성의 검은 잉크로서 우리 사이에 있는 무한의 심연 속을 왔다 갔다 하며 대부분의 시간을 보낼 생각이다. 이 무한은 0과 1 사이의 무한처럼, 원을 그리는 점 사이의 틈새처럼 아주 희미하다. 나는 그것에 대해 잘 모르지만, 왜 잘 모르는데도 사로잡히는 게 있지 않나. 레제 또한 그러하다. 레제는 형성되는 와중에 파괴되고 있었다. 파괴되는 마을을 나는 곧장 떠나지 못했다. 마을의 파편들에는 아무런 내용이 없었다. 부서진 성당이나 깨진 유리창, 누운 딸기 덩굴, 구겨진 지폐, 그을린 간판, 셔터 내려진 가게, 찢긴 몇 겹의 벽보, 공터, 공공 수돗가를 비추는 비스듬한 빛 따위들이 텅 빈 형식처럼 거리에 나뒹굴고 있을 뿐이었다. 뭔가 더 있을 거야. 공공 수돗가의 무리가 내뱉은 어정쩡한 말들이 약간의 내용을 만들었다. 이때만큼은 내 마음을 파고드는 게 이미지가 아니었다. 목소리였다. 나는 이제 그것을 듣는다.

1

뭔가 더 있을 거야. 검은 캐리어 속에 몸을 파묻고 초조하게 무언갈 찾고 있는 자는 샌디이다. 공공 수돗가의 물이 콸콸 쏟아졌다. 샌디에게 물이 더 튀지 않도록 수도꼭지를 잠그는 자는 샌디의 애인, 로부르이다. 어딘가 분주해 보이는 그들로부터 멀찍이 떨어져 있는 샌디의 동생은 아무도 듣지 못하게 조용히 혼잣말을 중얼거리고 있다. 자곤! 자곤! 샌디가 짜증 섞인 목소리로 동생을 불렀다. 자곤은 그러나 꿈쩍도 하지 않는다. 저 멀리 외따로 서서 그저 계속 중얼거리고 있을 뿐이다. 자곤의 헛소리는 가끔 무시무시했다. 그것이 죄의 확실성 이면에 숨겨진 무죄성을 무심코 드러낼 때 특히 그러했다. 아무도 모르게 혼잣말만 중얼거리고 있는 자곤을 볼 때마다 샌디는 무서운 생각이 들었다. 자곤은 머지않아 죽을 것이다. 스스로 죽을 것이다. 마음이 아팠지만 울지는 않았다. 눈물은 많은 걸 은폐해버리기 때문이다. 오솔길을 지나오면서 몇 번이고 자곤을 땅바닥에 내팽개칠 때도 샌디는 울지 않았다. 힘없이 쓰러지는 자곤의 입에서 약한 신음 소리가 났다. 흐르는 피를 닦지도 않고 기계적으로 다시 일어서는 자곤을 향해 샌디는 소리쳤다. 따라오지 마, 이 멍청아. 습관적으로 내뱉었던 이 말이 진심이 아니었음을 샌디는 나중이 되어서야, 죽은 듯이 자던 자곤의 몸 앞에서 깨달았다. 따라오지 말라고 했지, 이 멍청아. 하지만 자곤은 샌디의 해

악에도, 오히려 그런 샌디의 해악이 자기에게 반드시 필요하다는 것처럼, 그렇게 샌디 뒤에 딱 달라붙어 걸었다. 오솔길의 일행은 셋이었다. 둘이었던 것 같기도 하다. 셋에서 둘로 가기까지 행복, 조롱, 결핍, 키스, 꿈, 부활, 의심, 젖먹이 동물, 강물, 은총, 익사와 같은 것들이 필요한데 이들은 말하자면, 무한 속에 있다. 무한의 오솔길이 눈물처럼 흘러간다. 무한의 오솔길이 내장처럼 비틀거린다. 그 안에서 자곤이 샌디의 손을 잡고 걷는 로부르에게 가까이 다가가 무어라 속삭인다. 샌디의 애인 로부르는 자곤의 말들을 하나하나 귀 기울여 듣는다. 하지만 그 말들의 의미를 이해할 능력이 로부르에겐 없다. 그래도 자곤의 말에 귀 기울이는 습관만큼은 배어 있다. 로부르가 자곤을 소중히 다루는 이런 태도는 샌디를 기쁘게 한다. 기쁜 마음이 들 때마다 샌디는 그 마음을 모른 척하지 않는다. 그 마음이 오래 지속되기를 바란다. 그건 흡사 거짓말이 아무에게도 들키지 않기를 바라는 마음과 같다. 한편 그날그날 샌디의 분위기는 로부르의 기분을 결정한다. 그는 샌디를 매 순간 파악한다. 파악된 것들과 파악되지 않은 것들 모두 로부르에게 영향을 미친다. 따라서 로부르는 매 순간 샌디에게 순종한다. 샌디는 로부르의 순종을 사랑으로 이해한다. 오솔길을 밝히는 빛이 어딘가 어둑어

둑하다. 어둠 같은 빛 속에서 샌디는 로부르의 손을 만지며 잠시 동안 사랑의 신비를 느낀다. 사랑은 아주 작은 원자처럼 샌디의 손과 로부르의 손 사이에 있다. 이 사랑 때문에 샌디는 로부르를 완전히 만질 수 없다. 샌디가 만지고 있는 것은 로부르의 살갗이 아니다. 바로 이 사랑이다. 텅 빈, 궁지에 몰린 영혼들을 위한, 우우, 우리의 사랑…… 이 사랑은 샌디의 것이지만 완전히 샌디의 것이 아니다. 이 사랑은 샌디의 바깥에 있지만 그곳은 곧 샌디의 안과 같다. 바깥이면서 안이 되는 곳. 바로 여기 손과 손 사이. 샌디는 그곳에 있는 사랑을 만진다. 서로 버리고 싶어 안달하는, 이별을 늘 간신히 모면하는, 우우, 우리의 사랑, 우우, 우리의…… 드르륵, 드르르륵, 드르르를드르륾……? 난데없는 소리에 샌디와 로부르는 거의 동시에 뒤를 돌아보았다. 검은 캐리어가 오솔길을 구르고 있었다. 성급하고 초조하게, 절박해서 공허하게. 자곤이 그것을 끌고 있었다. 검은 캐리어는 보스의 그림을 보았을 때나 거짓말쟁이의 역설을 들었을 때 우리가 느낄 법한 그런 난감한 분위기를 풍기고 있었는데, 캐리어의 바퀴는 아닌 게 아니라 세 개뿐이었다. 각 바퀴 속에서 두 개의 동심원이 같은 거리를 동시에 구르고 있었다.

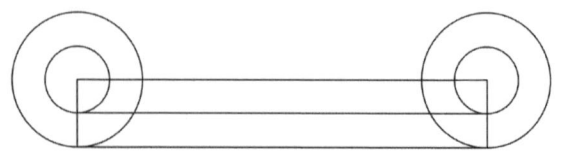

 보이진 않지만 작은 원이 지나간 자리에는 무한한 빈 공간이 있고* 그렇기 때문에 이 모순은 얼마든지 존재할 수 있다. 샌디는 캐리어의 바퀴가 더 세게 오솔길을 할퀴는 소리를 들었다. 그러자 뜻밖의 목소리가 샌디의 귓속에서 웅얼거렸다. 방에서 나오지 마. 자곤은? 초콜릿케이크 줄게. 솜사탕도? 줄게. 또? 쉿, 어서. 엄마의 목소리일 것이다. 그녀의 협박은 늘 달콤했다. 갇힌 방 안에서 샌디는 울먹이는 자곤의 입속으로 검은 케이크를 마구 집어넣었다. 검은 입속에서 우우, 우우, 어렴풋이 울음소리가 흘러나왔다. 울지 마. 응? 밖에 다 들리잖아. 불에 그을린 것처럼 거무스름해진 자곤의 불가사의한 입술은 샌디의 꿈에, 그녀가 다 자라서도 계속 나타났다. 과거가 내용 없이 분위기 없이 단지 과거라는 말로 뭉뚱그려질 수 있도록 샌디는 할 수 있는 모든 걸 다 했다. 이름도 버렸고 머리카

---

* 갈릴레오 갈릴레이, 『새로운 두 과학』, 이무현 옮김, 사이언스북스, 2016, pp. 52~57 참조.

락과 눈동자 색깔도 바꿨으며 새로운 언어도 배웠고 새로운 폭력도 익혔다. 하나의 신에 정착하지 않았고 후회와 두려움 같은 건 다 잊어버리고서 매일매일의 정당성을 새롭게 지어냈다. 문제는 자곤이었다. 자곤이 늘 샌디 주위에서 얼쩡거렸기 때문에 옛날의 불미스러운 기억들은 아무 때나 자곤의 말들로 재현되었다. 또다시 재현되는 저 고통스러운 일들이 자기 경험인지조차 모를 만큼 샌디는 모두 다 망각했지만, 그럼에도 자곤이 중얼대는 파편적인 말들은 하나도 낯설지가 않았다. 자곤의 말들은 기어코 샌디를 생의 가장자리로 내몰았다. 오솔길의 살갗이 검은 바퀴의 운동에 파여 나간다. 자곤은 말없이 검은 캐리어를 끌며 샌디와 로부르를 뒤따르고 있었다. 바퀴 구르는 소리만 들렸다. 자곤은 아무 말도 하지 않았다. 아무것도 말하지 않음으로써 어떤 것을 말하고 있었다. 샌디는 무언가 잘못되어가고 있다는 것을 감지했다. 자곤이 아무 말도 하지 않을 때마다 늘 똑같은 기분이었다. 자곤에게 산 채로 잡아먹혀 새까만 내장 속에서 한없이 녹아내리는, 불가해한 리듬, 반항적인 움직임, 끈적이는 접촉, 후회, 큰 한숨…… 자곤으로부터 유산된 존재처럼 그렇게 샌디는 오솔길을 빠져나왔다. 로부르는 그녀와 함께였다.

샌디를 뒤따라 오솔길에서 빠져나오며 로부르는 자기

가 통과해온 지난 세월에 대해 그 어떤 책임감도 가져본 적이 없다는 것을 불현듯 깨달았다. 로부르의 삶은 로부르가 책임지는 삶 바깥에 있었고 일단의 합의만 있다면, 삶이든 삶이 아니든 그것은 그냥 계속되었다. 로부르에겐 가족은 없었지만 계보는 있었다. 혐오는 없었지만 충동은 있었다. 불가능을 수시로 초월해버리는 석연찮은 정신으로 로부르는 늘 개방되었다. 좌파 또는 우파에, 위반 혹은 윤리에, 질병 또는 예술에. 다 말해지기 전에 로부르는 이미 전모를 받아들였다. 이런 로부르를 향해 그의 친구들은 대체로 이렇게 말했다. 미친 새끼, 좋냐? 그들은 주로 학교에 있거나 전쟁터 혹은 전시실 및 학술 모임 같은 곳에 있었는데 로부르는 이런 친구들을 한 번도 좋아한 적이 없었다. 그는 한편으론 굉장히 취약했고 이 취약함은 그에게 불가피한 것이었는데 그건 아마도 로부르의 고향이 브루노가 불에 타 죽었던 로마의 캄포 데 피오리 광장이거나 팔레스타인의 가자 지구 혹은 체로키족이 걸었던 눈물의 길이었기 때문일 것이다. 로부르는 이런 취약함이 몹시 싫어서 자기 이름을 Robur라고 스스로 지었다. 떡갈나무를 가리키면서 동시에 힘과 강인함을 뜻하는 이 단어를 운명처럼 발견했던 날, 그는 좋아서 숨이 넘어가도록 웃었다. 얼마나 수없이 이 이름을 불렀던가! 로부르, 로부

르, 로부르! 그러나 일은 생각대로 흘러가지 않았다. 제 이름이 불릴 때마다 오히려 로부르는 자신의 선천적 취약함이 결코 취소될 수 없는 것임을 더욱 확고히 느끼고 말았다. 그는 점점 로부르라는 이름이 싫어졌다. 그렇다고 버릴 수는 없었다. 왔다 갔다 이 이름을 가지고 헛되이 우왕좌왕하는 동안 그는 언어의 의미라는 게 얼마나 부질없는 것인지 알게 되었다. 언어의 의미는 확정되기 무섭게 곧 무너진다. 언어와 대상 사이의 관계는 부주의하고 경직되어 있다. 무언가 말해질 때 말해지지 않는 말은 필연적으로 동반될 수밖에 없다…… 로부르는 로부르라는 자신의 이름으로 많은 걸 깨달았다. 이런 그가 샌디를 알아보았던 것은 따라서 자연스러운 일이었다.

둘은 홀hole마트에서 처음 만났다. 홀마트는 레제에서 가장 분주한 거리인 레제로 3가에 위치해 있는데, 홀마트 입구에 들어서는 누구나 레제 펠리치테lege feliciter라는 레터링 간판이 현란하게 반짝이는 걸 볼 수 있다. 샌디는 그날 자곤과 함께 그 간판이 설치된 진열대 주위를 서성이고 있었다. 진열대에는 15세기 대서양을 횡단한 배의 조각, 파라과이의 종, 정원사의 가위, 갈릴레이망원경의 18세기 모조품, 가장 오래된 물고기의 심장, 회오리사탕과 물방울초콜릿 같은 것들이 단정하게 포장되어 있었다. 그중 가장 비싼 상품은 물방울 모양의 초콜릿이었다. 진열대 위의 자본주의는 다 저물어버린 게 틀림없고 샌디의 눈은 그와 관계없이 각각의 상품을 주시했다. 각각의 상품에 적힌 각각의 말. 그녀는 상품 포장지에 적힌 말들을 헛되이 읽었다. 자곤이 곧 무엇이든 훔칠 것이다. 그녀는 그것을 기다렸다. 절도의 시간. 방조의 시간. 시치미의 시간. 그러나 아무 일도 일어나지 않는다. 텅 빈 시간이 그녀를 외따로 남겨둔 채 혼자 저 멀리 달려간다. 아무 일도 일어나지 않아서 샌디는 불안해졌다. 진열대 앞은 경계가 있지만 누구든 그들을 지켜볼 수가 있었다. 가려졌지만 완전히 가려지지 않는 열린 구획. 더는 참을 수 없어 샌디가 말했다. 언제든 나는 너를 버릴 수 있어. 샌디의 읊조림이 자곤의 축축한 입속에서 용해되었다. 그것은 필시 자곤의 공격성을 부추겼을 것이다. 괴물스러운 횡설수설이 기어이 자곤의 입에서 터져 나왔고 마트 내부는 곧장 그것으로 범람했다. 자곤의 말은 마치 급류처럼 흘렀다. 어떤 변화는 돌이킬 수가 없고, 여기 홀마트에서 벌어진 뜻밖의 격변 또한 그러했다. 홀마트 내부의 체계는 자곤의 말들로 갑작스레 와해되었다. 점잖은 마트 주인은 다 보았으면서도 아무것도 보지 않은 척했다. 마트 내부는 거의 다 포기되었다. 자본주의가 전멸된 마트 내부의 분위기는 죽어가는 몸에 흐르는 비극적 정취와 어딘가 닮아 있었다. 남아 있던 아주 작은 가치마저 달아나는 몸. 자유로운, 자유로워 비극적인, 몸 아닌 몸. 철 지난 금속 화폐들이 죽은 몸속에서 순환하지 못하는 혈액처럼 마트 여기저기 처박혀 녹슬어갔고, 엉켜버린 통신망에 돈을 일컫는 데이터가 효력을 잃어 부와 가난은 한순간에 엇비슷해졌다. 돈 없던 아이들이 너도 나도 모여들어 젤리나 사탕, 초콜릿, 캐러멜 같은 것들을 제 주머니에 쓸어 담았고, 진열대에서 환히 빛나던 레제 펠리치테 간판은 어느새 음소 하나하나 다 부서져버렸다. 점잖은 마트 주인이 직원을 불렀다. 로부르! 주인은 잔뜩 짜증이 나 있는 것 같았다. 다른 건 몰라도 이건 되돌려놔. 그는 계산대로 달려온 로부르에게 레제 펠리치테 간판을 내던졌다. 로부르는 자신을 여전히 직원처럼 대하는 주인의 태도가 조금 거슬렸지만, 자신 또한 이 레터링 간판을 소중히 여겼기 때문에 조심스레 레제 펠리치테 글자들을 계산대 위로 한데 모았다. 그러면서 자기 뒤쪽에 있는 자곤을 흘깃흘깃 쳐다보았다. 자곤은 버려진 초콜릿 껍질을 짐승처럼 핥아 먹고 있었다. 그 옆에 있던 샌디가 초콜릿으로 검게 물든 자곤의 입을 옷소매로 스윽스윽 닦아주었다. 로부르는 뒤돌아보는 것을 멈출 수 없었다. 어쩌면 조롱거리에 불과할 그들의 모습이 로부르의 마음 한구석, 한구석이면서 전부인 그곳을 파고들었기 때문이다. 샌디가 무심결에 고개를 들었을 때, 아예 뒤돌아선 로부르의 눈빛은 훨씬 더 적나라해져 있었다. 샌디는 그의 시선을 피하지 않았다. 로부르 또한 샌디의 광기 어린 눈빛을 두려워하지 않았다. 둘은 한참을 그렇게 서로 쳐다보았다. 로부르, 뭐 해? 다른 건 몰라도 이건 되돌려놔야 한다고 했잖아? 주인의 짜증스러운 목소리가 마트에 또다시 울려 퍼졌다. 주인의 독촉에 로부르는 레제 펠리치테 간판을 대충 이어 붙여 주인에게 내던졌다. 무엇보다 소중하게 여겼던 레제 펠리치테를 자신이 이렇게 소홀히 다룬다는 게 믿기지 않았지만, 중요했던 것이 더는 중요하지 않아서 그런 게 아니라 단지 그보다 더 중요한 게 나타난 것뿐이고 어쨌든 로부르는 무엇에도 방해받지 않고 어서 샌디와 자곤에게 다가가고 싶었다. 못 견디겠어. 마침내 로부르가 샌디와 자곤 앞에 섰을 때, 샌디가 한마디 툭 내뱉었다. 못 견디겠어. 얼핏 떠오른 이 말이 사라지지 않아서 그녀는 참을 수가 없었다. 자곤을 버리지 않으려고 이 한마디 말을 얼마나 오래 참아왔던가. 못 견디겠어. 자곤을 버리기 위해, 오직 그것만을 위해 샌디는 기어코 이 말을 내뱉었다. 그러고는 냉장고에서 흑맥주 한 캔을 꺼내 꿀꺽꿀꺽 다 들이켠 다음 홀연히 홈마트를 떠났다.

  이제 로부르에게 자곤이 남겨졌다. 로부르는 기왕이면 자곤보다 샌디가 곁에 남기를 바랐을 것이다. 모호한 덩어리 같은 이 정체 모를 녀석 말고, 눈빛만으로 수천 마디가 오갔던 샌디가 여기 옆에 있다면 얼마나 좋을까! 그러나 샌디는 떠났고 자곤이 남았다. 그래서 로부르는 우선 자곤과의 관계를 만들어가는 데 최선을 다하기로 했다. 자곤에게 샌디의 흔적이 남아 있으므로 샌디를 추적하려면 자곤과 좀 친해질 필요가 있었다. 자곤과 친해지기 위해 로부르가 택한 첫번째 방법은 어르기였다. 처음엔 물론 횡설수설하기만 하는 자곤을 어떻게 대해야 할지 몰라 정말 난감했다. 말이라곤 배운 적 없는 어린애처럼 자곤은 몸을 부르르 떨며 자꾸 울기만 했고 다른 사람들의 짜증과 비난에도 아랑곳없이 배고파 배고파 말없이 늘 손만 빨았다. 자곤은 특히 아무도 울지 않는 일에 혼자서 더 크게 울어버리는 일이 잦았는데 그런 자곤의 모습을 보고 있다 보면 어디에도 오염되지 않은 순수한 자연의 힘 그런 게 떠올라서 로부르는 어느새 자기도 모르게 자곤의 기분을 맞추려고 제 기분을 억누르고 있었다. 우는 자곤을 달랠 수 있는 가장 쉬운 방법은 사탕이나 젤리 그리고 초콜릿을 손에 쥐여 주는 것이었다. 그래서 로부르는

아다지오 아사이 ADAGIO ASSAI

주머니에 온갖 달콤한 것들을 항상 넣고 다녔는데 알록달록 회오리 무늬 사탕과 하얀 설탕 범벅 젤리, 금박지 은박지로 포장된 물방울 모양 초콜릿 들…… 그것들이 한동안 도움이 되었다. 그것들로 더는 할 수 있는 게 없어졌을 때, 로부르는 자곤을 으르기 시작했다. 너 이 병신 새끼 죽고 싶어? 좆같이 굴지 마, 조용히 안 해? 눈을 부릅뜨고 욕설을 한참 퍼붓고 나면 잠깐이나마 자곤이 조용해져서 로부르는 이 행위가 설령 폭력이라 하더라도 얼마간 정당하리란 생각을 했다. 그러나 그런 생각을 하고 나면 곧장 어느 깊은 골짜기 아래로 끝없이 떨어지는 기분이 들었는데 그건 정말이지 몸서리쳐지는 경험이었다. 폭력에 얼마간 정당성을 부여하는 것, 이건 분명 세상이 돌아가는 방식일 텐데, 세상이 요구하는 정의로운 폭력이란 게 있고 그래서 사람들은 폭력과 정의 사이에 맺어진 동일시를, 그게 아무리 미심쩍다 하더라도, 그냥 수긍한다. 그러나 어떤 폭력이 어느 정도 정의로울 수 있다면 어떤 정의도 완전히 정의로울 수 없다. 다시 말해, 정의로운 폭력이 참이 되는 순간, 이때의 정의는 정의가 아니다. 그러니까 정의와 폭력이란 두 단어가 조합되는 데에는 그 둘을 잇는 수상쩍은 속셈 같은 것이 필요하다. 이를테면 법과 같은. 로부르는 비겁한 생각으로 자곤을 통제하려 들었던 자신의 행위에 치가 떨려서, 그래서 자곤에게 백기를 들었다. 자곤은 무엇으로도 통제될 수 없는, 그래, 무한과도 같은 존재라는 걸 인정해야 했다. 이제 로부르는 자곤의 흐름대로 샌디의 행방을 추적했다. 계속 지워지면서도 또다시 나타나고 한계에 속박되면서도 아무렇지 않게 그 한계를 없애버리는 그런 흐름. 따라서 우리의 숨바꼭질 방식대로는 샌디를 찾을 수 없다. 숨은 자는 술래가 찾기만을 숨어서 가만히 기다리지 않는다. 오히려 술래는 숨은 자를 찾지 않아야 한다. 그 부재를 견뎌내야 한다. 견뎌내는 그 힘에 의해 숨은 자가 스스로 나타날 때까지, 샌디가 나타날 때까지. 그리하여 자곤이 있는 바로 여기 샌디가 있다. 샌디는 자곤을 떠난 적 없고 떠날 수 없기 때문에 언제나 여기 있었다. 로부르도 알고 있었다. 자곤이 곧 샌디이며 샌디가 곧 자곤이라는 것을. 로부르는 샌디를 처음 본 그 순간부터 알고 있었다. 홀마트 진열대 앞에 쪼그려 앉아 초콜릿 범벅이 된 입술을 자기 옷소매로 힘겹게 닦고 있는 샌디의 모습을 처음 보았던 그때, 로부르는 샌디의 자곤을 알아보았다. 이상한 말들을 중얼거리며 스스로 뺨을 철썩철썩 때리는 샌디를 보았을 때도 그는 샌디의 자곤을 알아보았다. 우연히 그녀와 눈이 마주쳤을 때 그가 시선을 피하지 않았던 것은 도저히 그럴 수가 없어서였다. 로부르는 마음이 무너져 있었다. 한 번도 겪어본 적 없었지만 자곤은 자신에게도 있는 존재였다. 경험 이전의 경험. 로부르는 샌디를 보자마자 그걸 느껴버렸고 그랬기 때문에 이제껏 샌디와 함께일 수 있었다.

샌디와 로부르의 공동의 자곤. 샌디는 종종 로부르에게 이렇게 말했다. 참을 수 없어 왈칵 쏟아진 분비물 같아. 자곤이 그래. 샌디의 입은 초콜릿 범벅이었다. 검게 녹은 그 액체는 샌디 입에서 언제나 같은 말을 끄집어냈다. 또다시 반복되는 샌디의 이야기를 예감하며 로부르는 다음과 같이 말했다. 나 그 기분 알아. 샌디의 경험과 자신의 경험이 도저히 같을 수 없다는 걸 알면서도 로부르는 샌디에게 늘 똑같이 말했다. 나 그 기분 알아. 그럼 샌디가 묻는다. 너가 어떻게 알아? 그럼 로부르는 웃으며 다시 대답한다. 왜 몰라. 다 알지. 늘 똑같은 말로 수행되는 이 대화는 샌디에게 일종의 의식儀式과도 같았다. 말문을 막는, 기억 바깥의 시간으로 건너가는, 지금을 조직하는 의식意識을 와해하는 의식儀式. 이 의식이 치러지면 가차 없이 자곤이 나타난다. 결코 태어난 적 없는 의식 바깥의 어린애*. 그

---

* 박준상, 「한 어린아이」, 『카오스의 글쓰기』(모리스 블랑쇼, 그린비, 2012) 해제.

애는 언제 나타났는지 알 수도 없이 무섭게 모습을 드러낸다. 샌디는 그 애가 언제나 두려웠다. 그 애가 누군지 몰랐고 영영 모를 것이고 그래서 더 두려웠다. 그 애를 어떻게 처음 만났던가? 너무 어린 것도 아니었는데 샌디는 그날 무슨 일이 있었는지 아무것도 기억하지 못했다. 엄마가 자기를 훼방꾼으로 여긴다는 것, 어떤 순간에는 꼭 자기를 방에 가둔다는 것, 그 순간에는 꼭 같은 일이 벌어진다는 것…… 이런 일들은 샌디의 기억에 하나도 남지 않았다. 문이 열리면 어린 샌디는 단정하게 정리된 엄마의 침대로 곧장 달려갔을 것이지만, 그 침대에서 자기가 모르는 냄새를 맡고 무서움을 느끼고 그곳을 헤집고 그곳을 초콜릿으로 어둡고 진하게 더럽혔을 것이지만, 이런 일들은 샌디의 기억에 하나도 남지 않았다. 대신 그 갇힌 방에서 풍겼던 지독히도 달콤했던 냄새, 그 냄새만이 샌디의 기억에 그 애의 흔적을 남겼다. 그래서였을 것이다. 샌디는 필연적으로 초콜릿에 목숨을 걸었다. 그 달콤한 냄새에 둘러싸인 본질적인 불행이 샌디로부터 말을 빼앗고 시간을 빼앗고 죽음을 빼앗았기 때문에, 그렇게 그 애가 샌디를 대신해서 말없이 말하고 시간의 비시간성을 펼쳐내며 계속 죽어가면서도 죽지 않았기 때문에. 다시 말해, 샌디가 목숨을 걸고 초콜릿을 먹는 것은 그 애, 즉 자곤이 빼앗은 말과 시간과 죽음을 되찾으려는 무의식적인 노력이 아니라, 매 순간 죽어가는 자곤을 어떻게 해서든 살리려는 필연적 충동에 따른 것이다. 샌디는 자곤을 알지 못한다. 자곤은 샌디가 있기 때문에 존재하는 게 아니다. 자곤은 샌디보다 앞선 존재이다. 자곤은 샌디 바깥이면서 안인 그곳에서 샌디가 죽든 살든 영원히 기거할 것이다. 샌디의 파탄 난 삶이 자곤의 존재를 뒤늦게 드러냈을 뿐이다. 불가해한 말들이 샌디의 불행을 퇴위시키고 납득될 수 없는 침묵이 그 자리에 군림하면 샌디는 스스로 버려진다. 이로써 그녀는 자기에게 닥친 그 많은 위기, 고통, 눈물을 이해하지 않는다. 그래도 되었다. 대신 샌디는 아직 위기가 아닌 위기, 더는 고통이 아닌 고통, 한 번도 눈물이었던 적 없는 눈물 들로 자신이 소진되도록 내버려두었다. 그래도 좋았다. 그래도 좋았어. 샌디는 그렇게 자주 말했다.

그게 말하자면 Fiddlehead야 Piddlehead야 그러니까 Fiddlehead였을 텐데 Piddlehead였나 그거 있잖아 오줌을 누다가 연둣빛 나는 이파리 생각에 말이야 그게 어떻게 여기 있었냐면 검고 하얀 소리가 나는 말 말이야 나는 오래오래 검고 긴 손가락 네모를 쳤어 검은 네

모만 말이야 한 어린애가 돌로도 쳤지 자란 적도 없어서 자랑도 못 해 말해질 때 잘 말해지지 않은 것들 그런데 보이는 것들이 있어 글쎄 그게 말이야 아 어떻게 말하지

로부르는 이런 샌디를 몇 번 떠난 적이 있었다. 샌디의 자곤을 몇 번이고 죽이고 싶었고 죽여도 된다는 그 뻔뻔한 마음을 견딜 수 없었고 그런 마음이 들고 나면 샌디의 얼굴을 쳐다보며 샌디와 입을 맞추고 샌디의 불안을 다독여주는 일을 더는 할 수가 없었다. 로부르가 떠나고 나면 남겨진 샌디는 더 멋대로 살았다. 자곤은 분명 샌디의 한계였지만, 샌디는 이 한계가 감옥이 아니라 오히려 또 다른 세상을 잇는 문이라는 듯 그렇게 살았다. 로부르는 마땅히 잊혔다. 이따금 로부르는 샌디에게 편지나 책, 그림, 악보 같은 것을 보내긴 했지만 샌디의 정신이 이미 다른 곳에 쏠려 있어서 거의 모든 우편물은 발신인 확인도 없이 그냥 버려졌다. 어쩔 수 없이 로부르는 늘 되돌아왔다. 다 잊은 듯한 얼굴로 자신을 바라보는 샌디 앞에 서서 그는 이렇게 말하곤 했다. 너를 다 가질 순 없지만, 너 없이는 잠시도 살 수가 없어. 이런 절절한 고백을 들을 때마다 샌디는 전혀 알아듣지 못할 말을 중얼거리고 있는 이 눈앞의 존재에 대해 의구심이 들었다. 한참이 지나고 나서야 로부르를 알아본 샌디는 절대로 가질 수 없는 걸 운 좋게 갖게 된 사람처럼 얼떨떨한 표정과 어정쩡한 자세로 같은 자리에 멍하니 서 있곤 했는데 그러면서도 피식 웃음이 새어 나오는 건 어쩔 수 없었다. 시간이 흐르고 로부르의 회귀를 추억했을 때, 샌디의 마음속에 퍼져 나가는 건 결국 기쁨뿐이었다. 그건 말이 처음 내뱉어졌을 때 혹은 중세 이탈리아어로 적힌 시가 처음 이해됐을 때 아니면 눈의 결정을 맨눈으로 처음 보게 되었을 때의 기쁨과는 다른 것이었다. 그것은 차라리 최초의 음악이 뼈 플루트로 만들어지는 그 순간의 기쁨과 유사한 것이었을까? 체계화될 수 없는 기쁨, 체계화될 수 없는 슬픔, 체계화될 수 없는 분노, 체계화될 수 없는 공포, 체계화될 수 없는 그 모든 감정…… 그것들은 늘 마음을 초과했고 나머지들은 과잉으로 넘쳐 세상 어딘가로 버려졌다. 그리고 버려진 나머지들은 자곤이 되었다. 그것들은 세상 어디든 있었지만 단번에 눈에 띄지 않았다. 수직선 위의 초월수가 그러하듯, 자곤 또한 그러했다. 그것들은 너무나 많았지만 잘 보이지 않았다. 그것들은 오직 불가능을 증명하기 위해 존재하는 것 같았다.

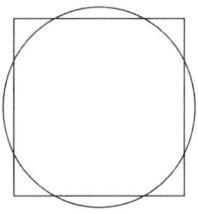

 나머지를 내다 버린 대략의 값만으로 세상은 굴러가지만, 계산될 수 없는 실체가 분명히 있다. 3과 4 사이 그 끝 모르게 깊어지는 어떤 곳처럼. 우리가 그곳을 결코 헤아릴 수 없음에도 파이라 이름 붙였듯, 자곤은 결코 이해될 수 없는 것들을 위한 이름이다. 그 이름은 샌디를 위해, 로부르를 위해, 모두를 위해 명명된다.

2

 뭔가 더 있을 거야. 샌디가 검은 캐리어를 바닥에 내려놓으며 혼잣말을 한다. 캐리어는 완전히 닫혀 있지 않았다. 벌어진 틈새로 검은 잉크 같은 것이 줄줄 새어 나오고 있었다. 로부르가 검게 물든 손과 얼굴을 물로 씻어냈다. 공공 수돗가의 물이 콸콸 쏟아진다. 로부르는 말이 없었다. 샌디 역시 수돗가 앞으로 가까이 다가와 손과 얼굴을 씻었다. 이거 다른 사람들은 모르지? 말하지 마. 나만 알고 싶어. 물에 젖은 앞머리를 쓸어 올리며 샌디가 말했다. 로부르는 젖은 손으로 주머니에서 편지를 꺼냈다. 편지가 반듯하게 접혀 있다. 그는 그것을 검은 캐리어 속에 집어넣었다. 여전히 그는 말이 없다. 물이 말라간다. 시간이 얼마쯤 흘렀고 로부르는 샌디에게 다음과 같은 제안을 난데없이 내놓았다. 1. 검은 캐리어를 버리자. 2. 헤어지자. 3. 아이를 갖자. 로부르의 목소리는 날카로웠다. 샌디는 괜히 불안해졌다. 이렇게 날이 서 있는 로부르의 목소리를 처음 들었을뿐더러 그의 수수께끼 같은 제안들에 어떤 맥락이 숨겨져 있는지 도무지 알 수 없었기 때문이다. 다시 말해봐. 샌디의 말에 로부르는 세 개의 제안을 단호히 반복했다. 하나. 검은 캐리어를 버리자. 둘. 헤어지자. 셋. 아이를 갖자. 샌디는 당혹스러웠다. 로부르는 왜 이런 말을 꺼낸 걸까? 더구나 이 제안들은 사실 어느 것 하나 샌디 혼자 할 수 있는 일이 아니었다. 샌디의 머릿속은 복잡해졌다. 네가 하고 싶은 대로 해. 샌디가 말했다. 아니, 말이 샌디의 입에서 저절로 튀어나왔다. 그것은 계획된 말이 아니었다. 네가 하고 싶은 대로 해. 이것은 사랑의 말이었다. 언제까지나 로부르 옆에 있고 싶다는 직접적인 고백이자 그녀가 이제껏 경험해본 적 없는 사랑을 가리키는 말이었다. 샌디는 이 사랑의 압도적인 크기를 어떤 말로

든지 표현하고 싶었다. 의미를 바치고 생각을 바치고 시간을 바치는 사랑, 완전하게 수동적인, 네가 일으키는 모든 감정에 기꺼이 휩쓸리겠다는 주체성의 포기, 포기, 지나치게 공격적인, 우우, 무엇이든 다 할게⋯⋯ 샌디에겐 그런 일들이 있었다. 그런 친구들이 있었고 그런 말들이 있었다. 그런 일들과 그런 친구들과 그런 말들 사이에 샌디의 고독이 있었다. 시간이 이탈된 사물의 고독과 같은. 그것은 이따금 나타났다. 샌디는 한 번도 그것을 소유한 적이 없었기 때문에 그것을 마음대로 쓸 수가 없었다. 간절히 필요할 때마다 그것은 한 번도 제때 나타나지 않았다. 그래서였을까? 그녀는 아주 잠깐 동안의 소속감도 견디지 못했다. 그런 일들과 그런 친구들, 그런 말들에 얽힌 아주 작은 관계들⋯⋯ 그것들은 아무리 애를 써도 버려지지 않았고 샌디는 그것들에 소속되어갈수록 더욱 안정감을 느끼는 자신 때문에 불안해졌다. 안정감은 불안을 그저 유보할 뿐이다. 그리고 불안은 유보되었을 때 더 커진다. 샛길 위에 놓인 검은 캐리어와 같이.

  샛길 위의 검은 캐리어는 눈에 띄기 전부터 이미 거대했다. 앞서 걷고 있던 로부르가 검은 캐리어를 보지 못하고 그냥 지나친 반면 한참 뒤처져 걷던 샌디는 그것을 발견했다. 샛길 중간쯤 이르렀을 때였다. 걸어도 걸어도 좁

혀지지 않는 간격을 실감하며 그 순간 샌디는 무한 속에 있었다. 그 순간 샌디는 검은 캐리어를 보았다. 그것은 거대했지만 눈에 확 띄지 않았다. 끈적이는 검은 액체가 캐리어에서 새어 나왔을 때에야 비로소 샌디는 그것의 실체를 감지했다. 병든 고대인의 흑담액 같은. 단 한 단어로 되어 있는 시 같은. 검은 액체는 캐리어의 사실들 사이에서 점점 더 어둡고 진해졌다. 태어나 처음으로 눈 뜬 아이의 눈동자 색깔이었다. 그것에는 이름이 없었다. 그 어떤 불가피한 명명도 필요 없었다. 그것을 말하기 위해선 오직 기적이 필요했다. 감지되지 않는 음역대에서 발생한 소리가 오직 기적에 의해 로부르에게 닿는다. 그는 뒤를 돌아본다. 홈마트에서 그랬던 것처럼. 그는 뒤를 돌아보았다. 뒤를 돌아보는 행위는 돌이킬 수 없음의 총체이다. 그 행위로 불허와 위반의 바다가 열린다. 검은 캐리어 가까이 어느새 쪼그려 앉은 샌디는 캐리어에서 흘러나오는 검은 물질을 먹는다. 참을 수 없어 왈칵 흘러나오는 그 검은 분비물을 먹고 만다. 로부르는 샌디를 다 보았다. 다 보았고 무력했고 무서웠다. 어느 컴컴한 방 침대에 누워 커튼 사이로 뻗어 들어오는 한줄기 빛을 보았던 그때처럼. 로부르는 그 빛이 밝혀낸 어둠의 속성을 똑똑히 기억한다. 거대한 무관심, 확실한 공포, 사무치는 고독. 그 한줄기 빛은 로부르에게 말했다. 저것 봐. 어둠은 결코 밝혀질 수 없어. 로부르는 여기 이 샛길에서 샌디를 맞닥뜨리고 나서야 마침내 자신에게 무언가 결여되어 있음을 깨달았다. 자신에게 속해 있지만 앞으로 절대 알아챌 수 없을 그것. 결여되어 있다는 오직 그 감각. 드르륵, 드륵드르륵, 드드르르를륽륽…… 샌디가 검은 캐리어를 끌고 샛길을 빠져나간다. 그녀는 이제 이 위반의 행위를 세상에 떠벌리며 자랑할 것이다. 로부르는 샌디의 뒤를 쫓았다. 그는 자신이 이 샛길에서 분명 무언갈 잃었고 그것을 앞으로 영원히 되찾을 수 없을 것임을 예감했다. 그럴 것이다. 여러 해가 지나고 또다시 이 샛길로 돌아오고 말 로부르는 잃어버린 그것의 흔적이라도 찾지 않으면 곧 미치고 말 사람처럼 그렇게 이곳에서 끝없이 헤매고 있을 것이다. 싫어. 따라오지 마. 샌디의 목소리가 들렸다. 샌디는 샛길에서 빠져나온 후로 어디로 가야 할지 몰라서, 머릿속이 온통 뒤죽박죽이어서, 뒤쫓아오는 로부르에게 자꾸 싫다고만 말했다. 그게 아닌데도, 자기가 느끼는 감정이 그게 아닌데도 할 수 있는 말이 그 말뿐인 어린애처럼 샌디는 로부르에게 싫어 싫어 자꾸만 반복했다. 쥐고 있던 검은 캐리어의 손잡이를 더욱 꽉 쥐면서 말이다.

샛길은 레제로 3가로 이어졌다. 그 거리는 레제에서

사람들이 가장 많이 찾는 곳이었는데 거기에는 홀마트도 있었고 정신병원과 교회가 함께 들어선 아나스타시스 anastasis 그리고 아시아문화원이 있었다. 이 장소들을 제외하곤 별다른 특징이 없는 흔한 주택가였지만, 많은 사람이 이 거리를 찾았다. 샌디와 로부르도 다른 많은 사람처럼 이 거리에 들어섰다. 홀마트의 문이 훤히 열려 있어서 로부르는 걷던 도중 잠시 멈칫했다. 그와 달리 샌디는 그냥 계속 앞을 향해 갔다. 이 때문에 둘의 간격은 더 벌어졌다. 레제 펠리치테 간판이 홀마트 안에서 번쩍이고 있었고 그게 바깥에서도 잘 보였다. 그것은 여전히 홀마트의 분위기를 결정짓고 있었는데 그 사실에 로부르는 내심 안도감이 들었다. 레제로를 따라 걷다 보면 홀마트를 지나 오솔길로 이어지는 좁은 우회로가 나오고 바로 그다음 아나스타시스가 위치하고 있다. 아나스타시스는 한눈에 다 들어오지 않을 만큼 아주 큰 건물인데 그곳의 입구 역시 홀마트처럼 레제로를 면하고 있다. 다만 높고 흰 계단을 한참 올라가야만 그 입구에 다다를 수 있다. 샌디는 아나스타시스의 맞은편 아무 집 앞에 앉아 그곳으로 들어가는 사람들의 면면을 구경했다. 어떤 이들은 자기에게 닥친 문제를 문제라 여기는 것 같았고, 또 다른 이들은 자기에게 닥친 문제를 문제라 여기지 않는 것 같았다. 그들은 모두 다 같은 건물 속으로 들어가고 있었다. 왈칵 구역질이 나서 샌디는 손에 쥔 검은 캐리어의 손잡이를 더 꽉 붙잡았다. 그러나 소용없었다. 그녀는 곧 샛길에서 삼켰던 검은 잉크를 앉은 자리에 다 토해냈다. 엄마의 침대를 검은 토사물로 온통 더럽혔던 그날처럼. 레제로가 검은 오물로 뒤덮인 것을 본 로부르는 샌디 옆으로 한달음에 달려왔다. 검게 물든 샌디의 입에서 향기가 났다. 그는 샌디의 입을 조심스레 옷소매로 닦아주고 그녀 옆에 더 바짝 붙어 앉았다. 저기 우회로 좀 봐. 로부르가 말했다. 로부르의 말에 샌디도 우회로 쪽으로 눈길을 돌렸다. 둘은 얼마나 많이 저 길을 걸었던가! 해가 지고 해가 뜨고 달이 지고 밤이 물러서지 않을 때까지 저 길을 걷고 또 걸으며 끝내 저 길이 오솔길로 이어진다는 것을 발견하지 않았던가! 그런데 그토록 익숙한 저 우회로에 겪어본 적 없는 이상한 활기가 지금 감돌고 있었다. 샌디와 로부르는 누가 먼저랄 것도 없이 그것을 함께 감지했다. 오랜만에 둘은 서로를 쳐다보았다. 오랜만에 둘은 힘들이지 않고 서로의 눈을 바라보았다. 거기에는 검은 구멍이 있었다. 모두에게 속해 있는 아주 깊고 검은 구멍. 주눅 든 침묵, 경솔한 망각, 부재하는 자아, 공격적인 방어, 한없는 뉘앙스의 아니들이 그 속에서 득실댔다. 버림받아도 아무렇지 않아. 제

발 날 버려줘. 샌디가 말했던가? 로부르의 말이었던가? 샌디는 로부르의 말을 들었을까? 로부르는 샌디의 말을 듣고도 모른 척했던가?

우회로 초입에 위치한 아시아문화원 주위로 삼삼오오 사람들이 모여들어서 그들은 더는 서로의 말에 귀 기울일 수 없었다. 샌디와 로부르는 어느새 사람들 사이에 껴 있었다. 아시아문화원에서 열린 낭독극 및 심포지엄이 이제 막 끝난 모양이었다. 사람들은 행사에 대한 자기의 감상이 흔해빠진 말로 들리지 않도록 최대한 꾸며대는 중이었고 그중 특히 '보편적 감각'이라는 말만 열 번 넘게 반복하는 여성이 눈에 띄었다. 그녀는 샌디의 친구였다. 그녀가 '보편'이라는 말을 반복해서 말할수록 그것은 더 의심스럽게 들렸는데 그런데도 그녀의 말이 틀릴 수 없다는 듯 그녀 앞에서 고개를 몇 번이고 끄덕이는 남자도 있었다. 그 남자 또한 샌디의 친구였다. 그들은 '천박한 유행'이니 '촌스러운 고전'이니 '나태한 발상'이니 '중첩적 위치'니 이런 어휘나 주고받으면서 실은 서로 아무런 이야기도 나누지 않고 있었다. 그들이 샌디의 친구여서 어쩔 수 없이 로부르도 그들과 친하게 지내고 있었다. 한편 샌디가 로부르의 친구들과 친하게 지내는 경우는 거의 없었다. 왜냐하면 샌디가 로부르의 친구들을 만날 때마다 그들을 비웃거나 의심하고 모욕하기를 일삼았기 때문이다. **돼지들아 돼지들아 자꾸 그런 식으로 굴면 면도날을 든 이발사가 니 목을 그어버릴 거야 제크링엔의 이발사가 경고한 것처럼 5월이 쓰러졌네 왜 울기만 하지 여자라서 그래요? 걱정 말아요 이번에는 잘 쓸 거예요 그렇지만 그뿐이겠지 창피한 줄은 아나 보군** 사나운 날씨가 지나가기만을 기다리듯, 로부르는 샌디의 이 못된 말들이 어서 다 내뱉어지기만을 기다렸다. 그냥 기다리기만 했다. 샌디가 내뱉은 말들은 언뜻 욕 같기도 하고 기도문이나 경문 같기도 했는데 어조나 억양 때문이었을까. 그녀가 아무리 낮은 목소리로 중얼거려도 친구들은 샌디의 말을 잘도 알아먹었다. 말이 벌을 내리자 난감한 일들이 하나둘 벌어졌고 어느 때부터 로부르는 친구들로부터 아예 배제되어 있었다. 그걸 알아챘을 때 로부르가 할 수 있는 일은 아무것도 없었다. 어쩌면 로부르는 좋았을 수도 있다. 친구들의 번지르르한 말에 질려가고 있었기 때문이다. 그들에겐 죄도 구원도 아름다움도 용서도 연민도 다 말의 문제에 불과해서 로부르는 더는 그들을 견딜 수가 없었다. 몇 안 되는 이 관계를 어떻게 망가뜨릴까 계획하느라 그는 자주 깊은 생각에 잠겼는데, 샌디의 도움 없이는 결국 아무 일도 일어나지 않았을 것이다. 왜 이런 사람들만 내 주위에 있는 걸까? 로부르가 푸념하듯 말하면 샌디는 곧바로 이렇게 말했다. 그만 들어. 다른 사람도 아닌 샌디가 이 말을 한다는 게 참 아이러니했지만(그동안 얼마나 오래 그녀의 많은 말을 들어왔던가!) 무슨 까닭인지 그만 들어라는 이 말은 로부르를 그의 마음속 어느 깊은 곳으로 밀어 넣곤 했다. 거기에는 이상한 것이 수두룩했다. 기형의 글자들과 커다란 혀, 꿈틀거리는 짐승의 새끼들, 또 청동 조각상과 모래의 책, 괴델과 에셔와 몇 개의 큐브 그리고 산적한 형상들 사이에서 모양 없이 중얼거리고 있는 아주 오래된 욕망까지! 그만 들어. 샌디의 이 말 한마디에 그만 듣고 싶다는 저 모양 없는 욕망은 정신을 차리고 몸을 일으킨다. 그러고 나서 매일매일 해결해야 할 문제들을 단번에 때려눕힌다. 이를테면 아직 미지급된 세 달 치 월급을 홀마트로부터 어떻게 받아낼 것인지, 가자 지구 학교를 복구하는 일에 얼마의 돈을 기부할 것인지, 또 죽은 동료가 보낸 미발표 원고를 언제부터 읽기 시작할 것인지, 윗집에서 간헐적으로 들려오는 비명 소리를 경찰에 신고할 것인지 따위의 문제들. 이제 로부르는 누구의 말도 듣지 않는다. 그것이 얼마나 선량한 조언이든 그 어떤 악의적인 반박이든 로부르는 개의치 않는다. 그만 들어. 로부르는 듣고 싶지 않다는 욕망에 따라 듣지 않는다. 그는 그만 듣는다. 그가 그만 들어도 아무 일도 일어나지 않는다. 그는 듣기를 원했던 적이 없다. 그럼에도 너무 오래 들었다. 그는 일시적으로 지쳐 있었고 잠시나마 휴식이 필요했다. 강물에 풀어놓은 햇빛이 반짝거린다. 눈이 부셔서 앞이 잘 보이지 않는다. 어떤 휴식은 너무나 결정적이고 눈이 부시다는 건 모종의 신호이다. 아직 무언가 더 남았다는 신호. 일찍이 사라진 목소리가 다시 들려올 것이란 신호.

  샌디는 6백 년이 넘도록 살아 있는 향나무를 옆에 두고 벌써 스무 바퀴째 돌고 있는 중이었다. 향나무는 아나스타시스의 정원에서 살았다. 아나스타시스의 정원에는 향나무도 있고 강물도 있었다. 도서관도 있고 식물원과 무덤들도 있었다. 로부르와 샌디가 아나스타시스에 들어오기 전에도 정원은 지금의 모습 그대로였다. **6백 년이 넘도록 살고 있는 건 삶이 아니라 차라리 꿈이지**. 샌디는 향나무를 옆에 두고 해가 질 때까지 뱅글뱅글 돌며 또다시 중얼거렸다. 그녀가 아나스타시스에서 한 일은 오직 그뿐이었다. 주어진 일은 그것밖에 없다는 듯 6백 년이 넘도록 살고 있는 향나무 옆에서 샌디는 밤이 오도록 뱅글뱅글 돌며 혼잣말을 했다.

 지나가는 감시자 혹은 친구들은 샌디의 돎에 무관심했다. 아주 중요한 걸 무심히 지나치는 흔한 사람들처럼, 감시자들은 샌디에게 관심이 없었다. 로부르만이 샌디에게 관심이 있었다. 늘 그래왔다. 샌디는 마치 6백 년 동안 돌고 있다는 듯 진지하나 조금 맥이 풀린 채로 향나무 옆에서 돌고 있었다. 그래서일까? 그녀는 하나의 풍경처럼 보였다. 그녀가 입고 있는 녹색 드레스 때문일 수도 있다. 그 드레스는 여러 채도의 녹색으로 점점이 수놓아져 있어서 샌디가 돌면 돌수록 더 풍경 속에 스며들어 보이게 했다. 어디에서 구했는지 샌디는 향나무와 함께 돌 때마다 꼭 그 녹색 드레스만 입었다. 그뿐 아니다. 언제부턴가 종이로 만들어진 공주들도 데려오기 시작했는데 그녀들과 함께 이상한 멜로디로 허밍까지 하면 그녀는 마땅히 초인처럼 보였다. 로부르만이 샌디의 특별함을 알아챘고 그래서 그는 녹색 샌디와 종이 공주들이 도는 바퀴를 매번 정성스레 헤아렸다. 샌디를 헤아리기 위해선 필요한 일이었다. 그날도 여느 때처럼 샌디는 돌고 로부르는 헤아리는 중이었다. 백 바퀴쯤 돌았을까? 녹색 샌디와 종이 공주들이 갑작스레 멈춰 섰다. 그들은 휘청거리지도 않았다. 그들이 동시에 하늘을 올려다보자 하늘에서 침묵이 내려왔다. 그것은 곧 아나스타시스로 퍼져 나갔다. 침묵을 틈타 원칙이 사라졌고 이 때문에 로부르는 샌디가 얼마나 돌았는지 잊어버릴 수밖에 없었다. 처음부터 전부 다시 헤아려야 했다. 그러나 하나에서부터 열까지 무엇 하나 제대로 셈할 수 있는 게 없었다.

태양이 더 높아졌다. 날씨가 아주 뜨거워졌고 더위를 추스르기에 향나무 그늘은 턱없이 부족했다. 새로 죽은 두 사람의 묘비가 새까만 말에 실려 묘지로 향했다. 더위에 지친 말은 입속에서 침묵만 빨아댔다. 새로 죽은 두 사람은 샌디와 로부르를 우회로에서 아나스타시스로 데려온 사람들이었다. 그들은 열흘 전에 죽었다. 쓰레기통에서 발견된 두 사람의 교환 일기장에는 그들이 왜 샌디와 로부르를 아나스타시스로 데려왔는지 고스란히 적혀 있는데 그 내용은 다음과 같다. "우회로의 아시아문화원 앞에 있는 여러 사람 중 유독 샌디와 로부르가 눈에 띄었다. 그들은 너무나 불행해 보였다. 그러나 불행해 보이는 사람들 중에는 정말로 불행한 사람이 있고 전혀 그렇지 않은 사람이 있는데 그들은 후자에 가까웠다. 우리는 그들을 보자마자 그것을 느꼈다. 불행해 보이지만 전혀 불행하지 않은 것. 그것이 아나스타시스에 들어오기 위한 가장 중요한 조건이다. 우리는 자연스레 그들에게 다가가 말을 걸었다. 그들은 순순히 우리의 말을 들었다." 두 사람이 간파한 대로 샌디와 로부르는 그때 전혀 불행하지 않았다. 설령 불행해 보였다고 하더라도 그와 관계없이 둘은 그때 처음으로 한가로이 정말 좋은 시간을 보내고 있었다. 불행이 남들의 판단에 의해 결정되는 것이 아니라면, 그때 샌디와 로부르는 불행하지 않았다. 오히려 행복했다. 두 사람은 그런 샌디와 로부르를 알아보고 접근한 것이고 그런 다음 요술을 부리듯 말을 지어냈는데 로부르가 먼저 그들의 속임수에 꾀여 넘어갔다. 그들의 말은 이런 식이었다. 우리는 당신이 무슨 잘못을 저질렀는지 잘 알고 있고 그걸 까발릴 생각은 없지만 생각이 없다고 무조건 안 할 순 없고 그러니까 아나스타시스에 와서 무거운 마음을 좀 훌훌 털어보는 건 어떠냐 아나스타시스가 당신에게 도움이 될 거라 우리는 확신하고 그렇게 해서 당신의 마음이 좀 가벼워진다면 우리는 더 바랄 게 없다…… 로부르는 샌디를 설득했다. 샌디는 저들의 말에는 관심이 없었다. 그녀에게 지금 가장 중요한 것은 옆에 로부르가 있다는 것, 오직 그뿐이었고 옆에 로부르만 있다면 거기가 지옥이든 천국이든 다 똑같았기 때문에 샌디는 다음과 같이 말할 수 있었다. 너와 함께라면 어디든 갈 거야. 이렇게 해서 샌디와 로부르는 아나스타시스에 들어오게 되었다. 교환 일기장에 적힌 바대로 아나스타시스는 불행해 보이지만 전혀 불행하지 않은 사람들을 위한 곳이었다. 불행해 보이는 만큼 정말로 불행한 사람들은 아나스타시스에 없었다. 그들은 주로 전쟁터나 법정, 재해 지역과 같은 확실한 비극적 장소에 있었다. 로부르는 정말로 불행한 사람들이 어디에 있는지 그 장소들을 구석구석 잘 알았는데다 한때였고 지금은 거의 잊었다. 잊은 건 그뿐만이 아니었다. 샌디의 악행, 사라진 자곤, 옛 주인, 승산 없는 게임, 증명될 수 없는 참……

더위가 누그러진 틈으로 눈먼자가 모습을 드러냈다. 아나스타시스의 실질적 주인이라고 말할 수 있는 그는 시시때때로 정원에 자전거를 타고 나타나 사람들을 치고 다녔다. 향나무 아래 우두커니 하늘만 올려다보고 있던 녹색 샌디와 종이 공주들도 예외는 아니었다. 눈먼자의 자전거에 샌디가 넘어졌고 공주들은 흩어졌다. 어수선한 틈을 타 넘어진 샌디 쪽으로 자전거가 한 번 더 달려왔다. 공주들의 얼굴 위로 더러운 바큇자국만 남았다. 그래도 샌디는 죽지 않았다. 운이 좋았다. 열흘 전 죽은 두 사람도 눈먼자의 자전거에 치여 죽지 않았던가. 그렇게 죽은 사람만 벌써 수십 명이었다. 죽을 때가 되어 죽은 거야. 아나스타시스의 사람들은 이렇게 말했다. 만일 여기가 아나스타시스가 아니었다면, 사람들은 눈먼자의 불능을 탓했을 것이다. 그냥 죽을 순 없으니까, 죽음에는 원인이 필요하니까, 눈먼자가 눈만 멀지 않았더라면, 앞만 잘 보면서 자전거를 몰았더라면 그렇게 죽지 않았을 텐데. 그러나 아나스타시스에선 아무도 눈먼자의 불능을 탓하지 않았다. 여기 사는 모두는 얼마간 불능한 존재들이어서 서로가 서로의 불능을 이해했다. 그래서 불능은 누구든 죽일 수 있다. 누구든 갑자기 죽을 수 있고 죽음 이후의 슬픔은 아무도 모르게 증발되어야 한다. 아나스타시스는 그런 곳이었다.

잘 뛰쳐나왔어. 어느 밤 로부르는 검은 캐리어를 끄는 샌디와 함께 아나스타시스에서 빠져나왔다. 물론 그가 홧김에 탈출을 감행한 측면도 있지만 탈출을 결심하기까지 몇몇 결정적인 일이 있었고 그 시작은 눈먼자의 냄새에서 비롯되었다. 눈먼자의 자전거가 자신을 늘 교묘히 피해 지나다닐 때마다 로부르는 어떤 냄새를 맡았다. 그것은 사람 냄새가 아니었다. 향기롭고 달콤했다. 무언가 미심쩍어서 그는 일부러 눈먼자의 경로 한가운데 드러누워보기도 했다. 그럴 때에도 눈먼자는 능숙하게 로부르의 몸을 피해 지나갔다. 로부르는 아나스타시스의 사람들이 저자의 자전거에 다 치여 죽어도 어쩐지 자신만은 그렇게 되지 않을 것 같았다. 저자가 그런 일이 없도록 악착같이 애쓰고 있는 것 같았기 때문이다. 이게 사랑일까? 이게 사랑이라 확신하게 된 때는 눈먼자가 자신의 방에 찾아와 편지를 전해 주었던 어느 일요일 오후였다. 편지를 건네던 수줍은 그의 몸짓이 옛날의 일들을 떠올리게 했고 그래서 로부르는 편지를 읽기 전부터 이미 눈먼자가 자신을 사랑하고 있음을 확신했다.

$$2+2=5$$

난감한 마음으로 편지를 열어 보았을 때, 가장 먼저 눈에 띈 것은 위의 명제였다. 이 편지에서 2+2는 희한한 방식으로 5가 되고 있었는데, 모순이 있음을 받아들인다면, 참이면서 거짓이 될 수 있음을 수긍만 한다면, 그의 말들은 문제될 게 아무것도 없었다. 다만 아주 센 광기가 필요했다. 그의 편지를 이해하기 위해선 말이다. 로부르는 편지를 다 읽고 나서 좀처럼 수습되지 않는 감정들 때문에 괴로웠다. 그 옛날 자신이 평화로운 일상을 단념할 수밖에 없었던 이유가 다 이 편지의 절절한 고백 때문인 것만 같았고 추후 있었던 우발적인 불행들도 다 이 눈먼자의 사랑에서 비롯된 것이란 생각이 들었다. 그때 로부르의 머릿속에선 시제 없는 일들이 서로 원인과 결과가 되어 시간을 따르는 것들, 이를테면 선과 후, 과거와 미래, 어제와 오늘과 같은 것들의 경계가 거의 사라져버렸는데 이런 게 운명이라면 운명이었고 로부르는 이를 파기할 수 있다면 파기하고 싶었다. 눈먼자의 사랑은 얼마나 부적절한가! 이 부적절한 사랑은 또 얼마나 위험한가! 눈먼자의 사랑을 곤란케 하기 위해 로부르는 목숨을 걸었다. 눈먼자의 자전거에 깔리기 위해, 눈먼자의 사랑이 그저 가벼운 말뿐이었음을 증명하기 위해 그는 정원 한복판에 수없이 드러누웠다. 그러나 눈먼자는 한 번도 로부르를 밟고 지나가지 않았다. 대신 다른 많은 사람이 눈먼자의 자전거에 깔려 죽었다. 밟고 지나가지 않는 것이 진정한 사랑일까? 사랑에 대해 더 생각하고 싶지 않아서 도망치듯 샌디의 방으로 들어갔을 때, 샌디는 침대 위에서 초콜릿 범벅이 되어 검은 캐리어를 끌어안고 있었다. 자곤, 자곤, 울지 마, 응? 응? 밖에 다 들리잖아. 울먹이는 샌디의 목소리가 로부르의 심장을 파고들었다. 그가 눈먼자의 사랑과 사투를 벌이고 있는 동안, 그녀는 자곤에게 끝없이 자신을 내주고 있었다. 로부르는 숨이 멎을 것 같았다. **마음먹은 대로 행복해질 수 있다면, 그건 삶이 아니라 이야기야. 자, 여기, 레제 펠리치테, 행복하게 읽어봐. 뭘?** 샌디의 입에서 줄줄 검은 잉크가 새어 나오면 보란 듯이 자곤이 나타나 방 안에 달콤한 냄새가 진동했다. 로부르는 자곤이 두려웠다. 이 두려움은 복잡한 것이었는데 이대로 영영 샌디를 잃을 것 같았고 또 어째서인지 자곤이 눈먼 자와 깊게 연루되어 있는 듯 느껴졌다. 창문이 열려 있어서 빛이 달아났다. 이런 어둠 정도야 익숙했다. 침대까지 다섯 걸음이면 충분했고 로부르는 어느새 샌디 옆에 바짝 붙어 앉아 더럽혀진 샌디의 입을 바라보고 있었다. 입은 어둠보다 깊었다. 그것은 도무지 만져질 것 같지가 않고 만져지지 않는 것들 중에 중요한 게 너무나 많았다. 사랑을 말하는 게 아니다. 차라리 사랑이었으면 싶었다. 중요한 게 오직 사랑뿐이었으면 싶었다. 달이 다시 빛을 끌고 왔다. 빛이 보란 듯이 샌디를 비춰 자곤이 보였다. 샌디는 저 떨떠름한 불능의 존재에게 자신을 다 내주고 이대로 영영 사라져버려도 좋다는 듯 끔찍하게 웃었다. 방이 낮보다 밝아 그들은 한참 동안 하나였다. 때가 되어서 로부르는 샌디와 자곤과 검은 캐리어를 끌고 쪽문을 지나 아나스타시스를 빠져나왔다. 빠져나오는 데 하루가 넘게 걸려 우리가 지금 어디쯤이지? 하고 캄캄한 밤하늘에 대고 소리치면 빛은 결코 비어 있지 않고 저 멀리 우회로 어디쯤 '보편적 모순'이라는 말만 줏대 없이 반복하는 친구들에게 야, 우리 따라와봐 하고 유혹하면 꾐에 넘어간 몇몇 풋내기가 우리 보고 앞장서라는 듯 눈짓을 보내고는 미래도 모르면서 낄낄거린다. 레제로 3가에서 샛길을 거슬러 올라 공공 수돗가에 다다르기까지 무리는 둘에서 셋, 넷, 때로는 그보다 더 큰 무리가 되었다가 별 볼 일 없다는 듯 빠져나가는 사람들이 하나둘 늘어난다. 누가 있든 없든 검은 캐리어에서 흘러나오는 끈적한 잉크가 길을 적시면 환희랄까? 행복이랄까? 지나치게 복잡해서 그만 잊고 말았던 그런 감정들이 다시 나타나 좋아 어쩔 줄 모르면서도 그게 무엇이든 계속되고 있다면, 아름답지 않아도, 징그럽고 끔찍해도, 별 의미 없이도, 아주 천천히라도 그저 계속되고 있다면, 그게 바로 환희와 행복의 비밀이라는 걸 끝내 알아차리고 만다. 그래서 나는 공공 수돗가 가까이 웃음을 참고 다시 자리를 잡는다. 죽은 딸기 덩굴들이 공공 수돗가를 향해 기어가고 수돗가 주위로 무리가 모여든다. 그들은 둘이거나 셋 혹은 넷 같기도 하다. 수도꼭지는 한 개뿐이고, 한 개뿐이라고 해서 그것이 한 사람만을 위한 건 아닐 것이다. 물이 꽉 터져 나오면 죽은 딸기들은 좋아서 어쩔 줄 모르고 분명 나는 어떤 욕구를 갖고 있는데 그것 또한 한 사람만을 위한 것은 아니다. 내가 죽어도 그건 계속될 것이다. 그러나 사실 나는 죽음에는 별 관심이 없고 샌디와 로부르를 위해 오직 레제 펠리치테, 행복하게 읽을 것, 샌디와 로부르의 행복은 오직 그것에 달려 있다. 죽은 딸기 덩굴 한가운데 공공 수돗가가 있다. 거기에서 어떤 말들이 들려온다. 뭔가 더 있을 거야. 나는 그것을 듣는다. 다시 말하지만, 그것은 단지 한 사람만을 위한 말은 아닐 것이다.

해설

소설-불가능-이야기

양순모(문학평론가)

0. 소설가 남현정

 "홀로 문학이라는 암실에서 불가능과 마주하는 일은 고요한 시체 안치소에서 시트를 들치고 사랑하는 사람의 얼굴을 확인하는 것 이상으로 끔찍합니다."* 등단 소감에서 남현정 작가는 이성복 시인의 문장에 다음과 같이 화답한다. "문학이, 소설이 불가능의 얼굴을 들여다보는 것이라면, 그것이 시체 안치소에서 시트를 들쳐 사랑하는 사람의 얼굴을 확인하는 것처럼 끔찍한 것이라 해도, 그

---

* 이성복, 「문학, 불가능에 대한 불가능한 사랑」, 『고백의 형식들』, 열화당, 2014, pp. 122~23

럼에도 계속 쓰겠는가 누군가 나에게 물었을 때, 쓰겠다고 답하겠다는 내가 나는 두렵다."

기어이 불가능을 마주하겠다는 의지와 이를 끝까지 가로막는 두 겹 이상의 두려움. 그리고 여지없는 긴장. 필시 그 단단한 긴장을 견뎌냈을 『아다지오 아사이』를 두고 독자는 남현정 작가의 진정성을, 소설을 향한 그것을 인정하지 않을 수 없을 것이다. 소설가로서의 강렬한 욕망에 사로잡힌 '나'와 이를 본능적으로 혹은 성찰적으로 두려워하는 '나', 그 두 '나'가 함께 써 내려간 이번 소설집을 읽으며 독자는 어떤 수긍하는 마음을 가지지 않을 수 없을 것이다.

그렇다면 소설가 남현정은 어떤 얼굴을 확인한 것일까. 홀로 고요한 시체 안치소에서 기어이 시트를 들치며 어떤 불가능의 얼굴을 확인했을까. 만약 그 얼굴의 주인이 '소설'이라고 한다면 조금 지독한 얘기일까. 첫 소설집이다. 사랑하는 사람의 얼굴, 불가능의 얼굴 그것이 정확히 '소설'이라고 한다면, 남현정은 필시 그런 소설가인 것이다. 소설이라는 불가능, 그 죽음 앞에서 누구보다도 지독하게 소설을 향한 정직한 사랑을 수행 중인 '소설가'인 것이다.

1. 소설, 불가능

  정직한 사랑을 수행했던 또 한 명의 작가 발터 벤야민은 일찍이 「이야기꾼」(1936)을 비롯한 여러 평문을 통해 시체 안치소 시트를 걷어내며 그 안의 얼굴 '이야기'를 우리에게 보여준 바 있다. 요컨대 "이야기 예술"은 거의 끝나간다. 이는 "세속적 역사적 생산력에 수반되는" 불가피한 운명이다. "이야기 정신과 모순"되는 "정보"(언론)라는 "새로운 형식"은 "우리에게 오는 사건들(을) 전부 설명"한다. 그런 정보는 우리로부터 "경험"을, 이와 긴밀히 연계된 '죽음다운 죽음'과 '삶다운 삶' 모두를 앗아가버린다.*

  까닭에 "우리가 가난하다는 것"을 "자, 솔직하게 인정하자"**고 말하면서도, 그는 좀처럼 이야기를 포기하지 못한다. 우리에게 잘 알려진 기술 복제 시대의 '아우라'에 대한 태도와는 정반대로, 그는 반시대적이고도 고답적으로

---

* Walter Benjamin, "The storyteller: Reflections on the Work of Nikolai Leskov", *The Storyteller Essays*, Edited by Samuel Titan, Translated by Tess Lewis, New York: New York Review of Books, 2019, pp. 51~59. 이 책의 번역은 올해 출간 예정인 『이야기꾼: 에세이들』(김정아 옮김, 현대문학, 근간)을 따른다. 이하 인용문 안의 괄호는 필자.

** Walter Benjamin, "Experience and Poverty", *Ibid*, p. 43.

오늘날 가능하지 않을 이야기에 집착한다. 그렇기에 그는 우리의 "이야기가 몰락하는 것이 이 과정(세속화)의 종착지라면, 현대 여명기에 소설이 발생한 것은 이 과정의 첫 신호탄이다"(「The storyteller」, p. 52)라 얘기하면서 동시에 "여덟 권으로 된 프루스트의 대작은 오늘날 이야기꾼이라는 인물의 위치를 복원하기 위해 어떠한 노력이 필요한가에 대해 시사점을 제공해준다"*고 얘기한다.

요컨대 소설과의 비교에서 이야기는 시대착오적으로 "고대화archaic"될 뿐 아니라, 무엇보다 '소설'과 '정보' 모두 "부르주아 계급"과 필연적인 관계를 지니는바, 둘 모두 '이야기'에 "이질적"이고 "위협적"(「The storyteller」, p. 53)이다. 그러나 '이야기'를 포기할 수가 없다. 정보의 '(동)시대'와의 대결을 위해서라면, 소설의 위협 정도는 괜찮다. 그것을 이야기적인 것으로 전유할 수만 있다면 말이다. 까닭에 프루스트의 소설은 이야기일 수 있다. 벤야민에게 있어 소설은 '이야기-고대'와 '정보-동시대' 사이 한바탕 줄다리기가 벌어지는 전장인 셈이다.

조금 불쾌할 수도 있을까. [이야기/소설/정보]라는 구

---

* 발터 벤야민, 「보들레르의 몇 가지 모티프에 관하여」, 『발터 벤야민 선집 4』, 김영옥·황현산 옮김, 길, 2010, p. 186.

분의 위계도 그렇지만, 소설을 이야기를 위한 도구 정도로 취급하는 듯한 그의 태도는 소설집을 쥐고 있는 독자로서는 조금, 그렇지 않을 수가 없는 것일까. 그러나 정확히 그러한 불쾌함은 시체 안치소에서 시트를 들치는 일만큼은 아닐지언정, 그것을 향해 가는 첫 감정으로는 꽤나 정확한 감정으로 보인다. 애호하는, 경우에 따라 그보다 더한 감정의 대상일 소설 그것의 죽음을 마주하는 일, 즉 그것의 불가능을 인정하는 일, 그와 관련해서라면 이와 같은 불쾌감이야말로 가장 자연스러운 과정처럼 보인다. 그러니 벤야민의 불쾌한 얘기를 조금 더 들어보자.

2. 이야기와 소설

소설가는 보통 사람들을 떠난 사람, 보통 사람들의 생업을 떠난 사람이다. 소설은 어디서 태어나느냐 하면, 개인의 고독 속에서 태어난다. 고독한 개인은 자기 자신에게 가장 중요한 것들을 본이 되는 방식으로 써내지 못한다. 아무도 그에게 조언해주지 않는다. 그는 아무에게도 조언할 수 없다. [……] (소설의 주인공은) 버터 바른 빵 이상을 삶에게서 요구(한다.) [……] (그러한) 거대한 식탐의 끝에는 어떤 추상적 허기가 있다. 운명을 향한 허기가 그를 잡아먹고 있다는 것. 그것이 정확한 표현이다.*

소설의 등장인물들을 반영하듯, "소설가는 주변 세계로부터 고립되어 있다". 소설이라는 서사 형식이 "구술 전통에서 나온 형식도 아니고 구술 전통에 들어가는 형식도 아닌 탓"이다. 소설에서는 공동의 기억이 빠져나간 자리에 개인의 회고가 들어오고, 경험을 전수 가능한 형태로 변형하기가 빠져나간 자리에 현대인의 당혹감이 들어온다. 소설에서 우리는 "이야기의 교훈"을 찾는 대신 "삶의 의미"를 찾아야 한다.**

소설 속 주인공, 바깥의 소설가 모두 '홀로' 고독한 '개인'이다. 그들은 모두 근대적 삶의 궁극적 문제 앞에서 "당혹감"과 "추상적 허기"에 사로잡혀 게걸스레 "삶의 의미"를 찾는다. 요컨대 "소설이 독자에게 권하는 것은 마지막 페이지 하단에 나오는 '끝Finis'이라는 글자 앞에서 걸

---

* Walter Benjamin, "The Crisis of the Novel: On Döblin's *Berlin Alexanderplatz*", *Op.cit.*, pp. 9~14.

** Samuel Titan, "Introduction", *Ibid*, pp. ⅹⅳ-ⅹⅴ.

음을 멈추고 삶의 의미에 관한 사색에 잠기는 것"(「The storyteller」, p. 64). 꽤나 고상한 일처럼 보이지만, 그러나 소설의 독자들 또한 홀로 당혹감과 추상적 허기 속에 존재하는 이들에 다름 아니다.

그러니까 "독자가 하는 일은 주인공의 입장이 되어보는 것이 아니라 주인공에게 닥치는 사건을 먹어치우는 것"*이다. "독자를 소설로 끌어당기는 것(은) 덜덜 떨리도록 추운 나의 삶을 책 속 누군가의 죽음으로 따뜻하게 데우고 싶다는 소망"(「The storyteller」, pp. 65~66)에 다름 아니다. 게다가 '정보'는 '이야기'의 정반대편에서 "모든 것을 먹어치운 상태, '문화'도 먹어치우고 '인간'도 먹어치웠으니 질리고 싫증난 상태"(「Experience and Poverty」, p. 46)로 계속해 소설의 독자를 유혹하고 있지 않은가.

그런즉 루카치를 따라 벤야민은 소설이란 "초월적 실향의 형식"으로, "소설 속 줄거리 전체가 시간이라는 폭력과의 투쟁일 뿐이라고 말해도 과언"(「The storyteller」, p. 63)이 아니라 단언한다. 고향을 잃어버린 '나'들은, 영원과 더불어 궁극적인 의미를 잃어버린 '나'들은 아귀와 같은 끝없는 굶주림 속에서 '존재의 이유'를, '실존'을 강박적으로 추

---

* Walter Benjamin, "Reading Novels", *Ibid*, p. 34.

구한다. 이처럼 죽음을 좀처럼 견디어내지 못하는 우리 근대의 '나'들은 포르트-다fort-da 놀이를 하듯 죽음을 길들인다. 죽음과 의미 부재의 공포를 달래고 극복하기 위한 '삶의 의미'를 소설과 더불어 반복 강박적으로 추구한다.

3. 소설과 경험

그런즉 소설엔 "경험(Erfahrungen)"이 존재할 틈이 없다. "죽음은 이야기꾼이 기록할 수 있는 모든 것을 인준(하고), 이야기꾼은 자기의 권위를 죽음으로부터 빌려"(「The storyteller」, p. 65)온다고 한다면, "죽음의 얼굴이 달라진 것과 경험의 소통이 불가능해진 것(은) 같은 흐름이라는 것"(「The storyteller」, p. 58). 예로부터 "경험의 가장 궁극적인 목적(이) 죽음에 가까이 다가서는 것, 다시 말해 경험의 가장 포괄적인 경계인 죽음을 예감함으로써 인간을 성숙에 이르게 하는 것"*이라 한다면, 소설은 이를 끝내 거부하고 거듭해 죽음과 싸운다는 것.

까닭에 소설 속에선 죽음이라는 운명을 받아들인 후에

---

* 조르조 아감벤, 『유아기와 역사』, 조효원 옮김, 새물결, 2010, p. 38.

야 가능할 경험의 세목들, "이야기의 교훈" "조언" "공동의 기억" 같은 것들이 설 자리가 없다. 그것들이 별거냐 싶겠지만, 이들이야말로 그간 신화적 세계의 폭력에 대응해왔던 오래된 미래들. "직접적으로 경험할 수 없는 구조, 역사적 시대, 생산양식 등의 시간(을) 오직 자신의 지각적 경험 속으로 밀려드는 지금에 얽매인 나의 시간(에) 결합하거나 매개"*하는 행위, 그것이 벤야민의 문제의식을 경유한 '경험-이야기'의 또 다른 규정이라면, 경험의 손실과 더불어 우리 '나'들은 '공동체'와 '역사' 모두를 잃어버리게 되는 것이다. 오직 '나'와 '현재'만 있을 뿐, '우리'와 '미래'를 잃어버리게 되는 것이다.

이제 불쾌감이 조금 가셨을까. 아니 더 불쾌해졌을까. 어쨌건 간에 시체 안치소 시트를 들쳐 '이야기'의 창백한 얼굴을 정직하게 목도한, 그럼에도 그 사랑을 포기하지 않는 벤야민의 마음과 그의 문제의식만큼은 어느 정도 인정할 수 있지 않을까. 그렇다면 뜻밖에도 우리는 소설가 남현정에게서 어떤 기대 또한 새로이 품어볼 수 있게 된다. 그가 시트를 들쳐 확인한 얼굴이 '소설'이라 한다면,

---

* 서동진, 「좌파라는 '경험': 탈정치의 시대에서 정치의 만회」, 『문학과사회 하이픈』 2021년 겨울호, p. 12.

동시대와의 투쟁에서 벤야민이 수단 혹은 대안으로 삼았던 그것을 다시금 불가능이자 죽음으로 바라본 남현정이야말로 서사 장르에 있어 좀더 지독하고 정직하게 사랑을 수행 중인 그런 작가가 되기 때문이다.

2절의 인용문으로 되돌아가보자. "고독" "개인" "고립" "삶의 의미" "추상적 허기" 그러한 단어들과 『아다지오 아사이』는 너무도 잘 어울린다. 남현정의 소설은 그야말로 소설다운 소설인 것만 같다. 그렇다, 남현정은 전형적인 소설가일지도 모른다. 그의 소설에는 '경험'이란 당최 존재할 수가 없을 것만 같다. 그러나 그가 시체 안치소의 소설을 확인한 이후에도 여전히 소설을 쓰고자 하는 그런 소설가라 한다면, 얘기는 조금 달라질 것이다. 죽음과 경험, 남현정은 조금 다른 소설 쓰기를 통해 이를 실현코자 하는 그런 소설가로 보이기 때문이다.

4. 소설과 우울

그렇다면 우리 독자는 남현정의 소설을 통해 어떤 경험을 회복할 수 있는 것일까. 그것을 가능케 하는 그만의 방법은 무엇인가. 다만 시트를 들친 이들의 문장을 접하고 있는 가운데 우리 독자만 예외일 순 없을 것. 불가능의 얼굴을 써 내려간 이들의 글을 우리 또한 불가능의 얼굴로 마주하며 읽어야 하기에, 무엇보다도 이 글은 소설가의 '소설'을 '정보'로 전락시킬 수 없기에, '가능하지 않다'라는 대답이 가장 먼저의 대답이라는 전제 아래, 얘기를 이어가보자.

우울에 관한 한 설명에서 시작해보자. "멜랑콜리는 간단히 '고독'으로 규정된다. 바깥의 어떤 것도 받아들이지 않는다는 의미에서 멜랑콜리는 초월적 힘의 현존인 '마니아'의 상반되는 상태다. 따라서 멜랑콜리는 개인의 철저한 자각이다. 그는 자신이 혼자임을 진심으로 알고 있으며, 완전히 체화한다. 오직 그만이 현실을 있는 그대로 본다. 모든 초월적 환상과 사회적 편견에서 벗어난 그는 어떤 의미에서 더할 수 없이 계몽된 인간이다. 하지만 이 계몽은 삶을 불가능하게 하는 '비애와 공포'를 달리 말한 것일 뿐이다. 그는 자신 안에 영원히 갇혀, 자신 안에 갇힌 고통을 느낀다."*

"간단히 고독으로 규정"되는 우울은 소설과 무척이나

---

* 김영욱, 옮긴이 해제 「멜랑콜리, 은폐된 은유」, 장 스타로뱅스키, 『멜랑콜리 치료의 역사』, 김영욱 옮김, 인다, 2023, p. 193.

닮았다. "더할 수 없이 계몽된" 우울과 소설 둘 모두 공통적으로 '초월'로부터 벗어나 '죽음' 가까이에서, "삶을 불가능하게 하는 비애와 공포"에 갇혀 있다. 다만 앞서의 설명처럼, 삶의 의미 부재와 죽음 가까이에 다가간 인물과 독자들이 그들의 허기와 추위를 어떤 방식으로든 달래기 위해 향유되는 장르가 소설이라 한다면, 소설은 다른 한편으로 저 감옥 같은 스스로에게서 어떻게든 탈출하기 위한 한 노력일 것이다. 『아다지오 아사이』의 작품들에서 공통적으로 발견되는 우울한 인물들은 그러므로 전형적인 소설 속 인물들에 다름 아닐 것이다.

그런데 『아다지오 아사이』의 작가가 시트를 들치며 마주한 불가능의 얼굴이 '소설'이라 한다면, 사실상 저 인물의 자리에 '소설'이라는 장르 자체가 함께 겹쳐 있다는 사실은 중요하게 고려되어야 한다. 요컨대 소설에 대한 소설. 남현정의 소설이 소설 자체의 허기와 추위를 의식하며 그것이 처한 의미 부재와 죽음의 상황으로 나아간다고 한다면, 그의 소설은 그간 우리가 소설을 애호하지 않을 수밖에 없었던 이유 혹은 애호하기에 의미를 부여해왔던 어떤 '가능성'을 의심하며 이들을 죽음의 벼랑 끝으로 몰아세우고 있을 것이기 때문이다.

5. 소설의 소설(1)

『아다지오 아사이』의 가장 앞에 놓인 소설 「없는」에는 소설집 전반에 반향되는 한 목소리-인물이 등장한다. "글쎄 불행으로 불능으로 나를 압축하고 싶진 않아 그럼 나를 과연 무어라고 말할 수 있을까 간략하게 말해볼게 나는 무한한 덩어리야"(p. 13)라 말하면서, 동시에 "살아 있다고 말할 수 없는 상태에서 제발 살아 있는 상태로 아니 그보다는 죽을 수 있는 상태로 이행하기를 바라"(p. 17)는 그런 주인공.

화자는 "누구의 도움도 없이 무엇이든 될 수 있는 기원과도 같은 존재 아니 그보다는 기원 이전의 존재", 그렇기에 "아무것도 아닌 덩어리가 아니라 무엇이든 될 수 있는 덩어리"(p. 14)이지만, 보다 정확히는 "허튼소리만 지껄이고 있는 이 짓이 약간이라도 살아보는 것이라면 나에게도 약간의 죽음이 주어지지 않을까"(p. 24)라 말하는 존재. 요컨대 임박한 '죽음에 대한 두려움'과 '죽음다운 죽음(삶다운 삶)에 대한 희구' 사이 존재하는 목소리가 소설집의 문을 연다.

마치 '소설(두려움)'과 '이야기(희구)' 사이에 존재하는 듯한 이 인물은 두려움과 희구 사이의 긴장을 동력으로 발화를 이어가는데, 다만 저 긴장은 분명 희구에 기댄 채 그 발화를 이어갔던 것 같건만, 점차 두려움에 짓눌린 목소리가 발화의 내용과 분위기를 채운다. 긴장의 무게중심은 두려움 쪽으로 치우치며, 두려움을 이겨낼 수 없다는 사실을 점차 인지해가며, 소설은 깊은 우울을 향한다. 주의 깊게 살펴봐야 할 지점은 이 과정에서 '당신' '너'와 같은 타자 역시 긴장하는 '나'와 상응하게 발명된다는 사실이다.

'당신'은 서술자가 인용하는 롤랑 바르트의 설명처럼 "예측할 수 없는, 끊임없는 독창성으로 인해 분류될 수 없"는 그러한 "아토포스"*로 발명되기도 하고, "전진 전진 전진!"(p. 27)을 외치는 '나'의 주체성을 강화하기 위해 대조적으로 존재하는, 즉 "이대로 생기다 말아버"린 채 "영영 갇히"(p. 26)게 될 수동적인 '나'의 면모를 드러내기 위한 존재로 발명되기도 한다. 그러나 안타깝게도, 긴장의 중심을 잃고 점차 두려움에 사로잡히는 '나', 고독과 우울 속의 '나'에게 타자란 사실상 오직 '나'의 현 상황을 타개할 하나의 '가능성' 즉 '도구'로 현상할 뿐이다.

---

* 롤랑 바르트, 「아토포스」, 『사랑의 단상』, 김희영 옮김, 동문선, 2004, p. 60.

다만 『아다지오 아사이』의 소설가는 소설 자체를 주인공으로 삼는 소설가, '너'가 어떠한 존재이건 간에 "나는 너를 염려하지 않고 오직 나만을 염려하며 나는 말하고 너는 듣고 고로 우리는 존재한다는 사악함대로 나는 말하고 너는 듣고 고로 우리는 존재할 수 있네"(pp. 29~30)라 말하는 그런 소설가이다. '나-소설'은 적어도 스스로의 끔찍함만큼은 철저하게 인지하고 있는 그런 '나-소설'인즉, 그렇기에 『아다지오 아사이』는 새로운 긴장을 이어간다. 별자리 없는 세계를 방황하며 그야말로 퉁퉁 부어버린 근대의 거대한 발Oedipus을 "거대한 귀"(p. 31)로 변신시킴으로써 말이다.

그러니까 『아다지오 아사이』는 두려움을 타개할 능동적인 그간의 '나-소설'이 아니다. 그보다는 '나-소설'의 끔찍함을 인지하며 이를 무화시키고자 하는 또 다른 능동성 혹은 수동성의 '나-소설'이다. 즉 '두려움에 사로잡힌 나-소설'과 그에 상응하는 '타자답지 못한 그런 타자'가 아니라, '두려움에 사로잡힌 나-소설'을 부술 수도 있을 진정 '타자다운 타자'를 마련하기 위해, "거대한 귀"를 선언하며 '나'와 '타자' 사이의 새로운 긴장을 이어가는 소설이다. 그렇게 『아다지오 아사이』는 타자에 거듭해 휘말리는 '귀'의 여정을 이어간다.

6. 소설의 소설(2)

거대한 귀의 여정이 도드라지는 한 사례로서 「나폴리」를 살펴보자. "애인도 부모도 친구도 없는"(p. 107) 그런 고독한 '나'는 "죽음이라는 말이 일으키는 무서운 파동에 휩쓸려"(p. 111) 두려움에 떨고 있다. 그런데 화자는 그것이 "기계적 두려움"이라는 사실을, 즉 "구경꾼들이나 가질 법한 피상적 두려움"(p. 112)이라는 사실을 모르지 않는다. 그러한 두려움은 "나의 현재를 잠시나마 잊을 수"(p. 111) 있게끔 할 뿐 아니라 무엇보다도 "죽음으로의 충동을 무너뜨리는"(p. 112) 그런 전략에 다름 아닌 것이라는 사실을 '나'는 소설의 시작에서부터 알고 있다.

"나의 의식 저 깊은 곳"(p. 113)과 연결된 것만 같은 B의 죽음이 기계적 두려움이 아닌 "걷잡을 수 없는 두려움"(p. 114)을 야기한다는 사실은 그렇기에 일종의 '사건'으로서 소설의 서사를 작동시킨다. "너는 예술가가 될까?"라는 스스로를 향한 반복적인 질문은 두려움과 죽음을 극복하기 위한 대답을 촉구하는 장치로써, 이로써 '나'는 결국 "나의 주머니 속에서 산 자도 죽은 자도 아닌 존재로 있"(p. 119)는 B를 떠나보낼 수 있게 된다. "나를 대신하여 최후의 B를, B의 최후를 바닷속으로 흘려보"(p. 128)내며, 즉 B의 죽음과 그것이 환기한 두려움과 우울을 '애도'해내며, '나'는 소설의 소설다움을 실현하고 있는 듯하다.

그러나 소설은 여기서 끝나지 않는다. "의존할 것 하나 없는 자가 모두의 모욕을 견디며 사건에서 장면에서 명예롭게 퇴장할 수 있도록 어깨도 빌려주고 손도 잡아주는 그런 용맹스러운 존재"(p. 110) '나폴리'가 B를 애도한 직후 갑작스레 나타나기 때문이다. 진짜 사건은 여기서부터 시작되는데, '나'의 어깨 위에 올라간 나폴리는 "두 다리가 무너질 것 같다면 두 손으로라도 움직여보는 게 어떠냐고"(p. 134) 제안하는 나폴리, "말하는 게 힘들어 보이니 이제부터 너를 대신해서 내가 말할게"(pp. 131~32)라며 '나'의 언어마저 빼앗는 그런 나폴리이기 때문이다.

「나폴리」는 소설의 1/3도 남겨두지 않은 지점에서 '나'가 결코 감당할 수 없는 타자, 나폴리를 등장시킴으로써 '나-소설'을 초과하고 파괴한다. 완미한 한 편의 서사를 무참히 파괴해버리고 마는 나폴리 덕분에 작품은 소설의 소설다운 달성에 실패하고 마는 것이다. 그러니까 마지막 문장, "이건 시련이 아니었다. 이를테면 나는 다음의 시작으로 진입하는 중이고 [⋯⋯] 오 나는 사라지지만 나폴리는 나타나 나를 완성하니 그러므로 이건 시련이 아니다. 시련일 수 없었다"(pp. 135~36)는 끝맺음은 말 그대로의 긍정적 해석과 그 정반대인 아이러니한 해석을 긴장적으로 노정하며, 독자로 하여금 '나(소설)'의 제정신과 안부를 걱정케 만든다.

나폴리-타자에 의해 상상 이상의 시련을 겪고 있는 '나'와 그마저도 또 하나의 가능성의 계기로서 바라보고자 하는 '나', 그리고 그 긴장을 기술하고 있는 '서술자'로서의 '나'. 독자는 작품 속 두 '나' 사이의 긴장, 그리고 작품 속의 '나'들과 (상대적으로) 작품 바깥의 '나'(서술자, 작가) 사이의 긴장을 느끼면서, 그 긴장이 조금 위험하고 무모한 것임을 알아차린다. 소설의 끝과 더불어 우리는 삶의 의미에 관한 사색이 아니라 저 '나'들이 과연 무탈히 존재할 수 있을지를 우려하게 되는바, 이들은 죽음에 너무도 가까이 놓여 있는 것이다.

그러므로 독자는 『아다지오 아사이』를 읽으며 마냥 게걸스레 "주인공에게 닥치는 사건을 먹어치우"기가 조금 힘들어 보인다. "덜덜 떨리도록 추운 나의 삶을 책 속 누군가의 죽음으로 따뜻하게 데우고 싶다는" 소망을 조금 민망한 것으로 생각하지 않을 수 없을 것 같다. 무엇보다 "거대한 귀"의 여정이 결국 '나'의 소멸을 의미한다고 한다면, '나'가 믿고 있던 최소한의 상식과 행복마저 모두 폐기해버리고 만다면, 여기엔 소설이 담보하거나 환기해주었던 혹은 미봉으로나마 제시해주었던 '삶의 의미'를 발견하기는 어려워 보인다. 그 어떤 소설보다 소설다워 보였던 남현정의 소설은 그저 소설다운 소설이 아니었던 것이다.

7. 소설가와 이야기꾼

그런데 스스로를 죽음의 벼랑 끝으로 몰아세우는 것만으로 소설은 그 불가능의 운명에서 벗어날 수 있는 것일까. '소설의 소설'과 같은 시도는 죽음마저 먹어 치우는 그런 우리네 욕망으로부터 정말 소설을 자유롭게 할 수 있는 것일까. 상황이 근본적으로 바뀌지 않는다고 한다면, 시간이 지남에 따라 역설적으로 남현정의 시도는 가장 소설다운 소설로 귀결되고 마는 것은 아닐까. 소설 속 인물의 죽음을 먹어 치우던 독자들에게, 작품과 작가의 근접한 죽음이란 별수 없이 별미 정도의 음식으로 전락하게 되는 건 아닐까.

타자다운 타자에 의해 '고통받는 나' 그리고 이를 어떤 완성의 계기로서 '긍정하는 나' 사이의 긴장, 더불어 그러한 긴장을 겪는 '인물 나'와 이를 바라보며 기술하는 '서술자(작가) 나' 사이의 긴장, 이 이중의 긴장은 그러므로 새로운 국면을 향해 나아가야 한다. 여느 소설보다 소설다운 소설로 보이는 『아다지오 아사이』에서 '정보', 특히 '이야기'의 흔적이 유독 많이 발견되는 것은 그런 맥락에서 우연이 아닐 것이다. 다만 그 흔적, 즉 '나-소설'과 그 타자로서 '정보' 및 '이야기'와 맺는 관계는 그간 살펴본 소설적인 모습만을 보이지는 않는데, 한편으로 '나-소설'의 타자들은 작품과 작가를 거듭해 벼랑 끝으로 몰아세우고 있는 것이 사실이지만, 다른 한편으로 『아다지오 아사이』는 그 과정에서 어떤 변신을, 소설적인 것을 넘어서는 어떤 변신을 보여주고 있기 때문이다.

"그 옛날"에는 "땅의 품에 묻혀 있는 돌들과 하늘 높이 떠 있는 별들이 사람들의 운명을 걱정해주었던 데 비해 요즘에는 전혀 그렇지 않아서, 하늘에 떠 있는 것이건 땅에 묻혀 있는 것이건 모든 것이 인간의 운명에 무관심해졌다. 인간에게 말을 걸거나 인간의 말을 따르는 목소리는 이제 전혀 들리지 않는다." [······] 이야기꾼은 그 시대(그 옛날)에 대한 의리를 지킨다. 이야기꾼은 그 시대의 시계판으로부터, 피조물들의 행렬로부터 시선을 돌리지 않는다. 그 행렬에서 죽음이 어느 자리에 있는지는 그때그때 다르다.*

"사람이 자연과 조화를 이루고 있다고 믿을 수 있었던 시기", "소박문학의 시대"(「The storyteller」, p. 61)라 불리는 그 시대는 지나갔지만, 이야기꾼은 "그 시대에 대한 의리"를 지키며 자연 중의 자연인 우리네 타자, 죽음을 이야기에 새겨 넣는다. 어떻게? "사실들을 매끄러운 줄거리로 엮는 것이 아니라 그것들을 수수께끼처럼 흘러가는 세상 속에 자리 잡게"함으로써. 더불어 이야기를 "전달자의 삶 속으로 가라앉혔다가 끄집어내는 형식"을 통해, 독자의 "긴장 없는 이완의 상태"에 의한 "심층적"인 "동화과정"**을 통해.

오랜 시간 동안 "삶의 의미"를 외치는 소설과 "이야기의 교훈"을 외치는 이야기가 서로 마주 보고 있어왔다(「The storyteller」, p. 64). 그리고 그간 소설이 "우리에게 누군가의 낯선 운명을 보여줌으로써 어떤 가르침을 주기 때문이 아니라, 그 낯선 운명이 불타오르면서 우리에게까지 그 열기를 전해주"었다고 한다면, 그리하여 "덜덜 떨

---

* Walter Benjamin, "The storyteller: Reflections on the Work of Nikolai Leskov", *Ibid*, p. 61.

** *Ibid*, pp. 56~61.

리도록 추운 나의 삶을 책 속 누군가의 죽음으로 따뜻하게"(「The storyteller」, pp. 65~66) 해왔다고 한다면, 시트를 들치며 소설의 얼굴을 확인한 작가 남현정은 우리에게 불타오르는 소설의 낯선 운명을 전달하면서도, 소위 '이야기의 교훈'이라는 것 또한 함께 전달하는 것 같다. '소설의 죽음'을 그리고 '죽음 이후의 소설'을 우리에게 전달하는 것 같다.

8. 소설의 소설, 그것의 이야기(1)

「하나가 아닌」을 보자. 「나폴리」와 유사하게 이 소설은 우울로 인해 취약해진 화자와 그런 화자를 구원하는 타자 '거티'가 등장한다. 「나폴리」와 마찬가지로 타자의 존재는 좀처럼 납득하기 어려운, '나'를 파멸에 이르게 하는데, 「하나가 아닌」이 흥미로운 이유는 저 무지막지한 타자의 존재가 '예술가'로 구체화되어 등장한다는 점일 것이다.

예컨대 거티의 몸은 "적나라한 가능성들로 벌벌 떨고 있는 거티의 몸" "불가능에게 기어이 자리를 내주는 텅 빈 거티의 몸"(p. 151). 까닭에 "망각되어버린 꿈들 시간에 매몰되어버린 상처들 사라져간 역사들 사라지지 않는 울음들 결국 죽어버린 이름들 영영 경험되지 못할 경험들", 이 모든 것들이 바로 거티의 "몸 위로 도래"(p. 152)한다. 거티는 제목 그대로 "하나가 아닌 거티"(p. 163), 타자적인 것을 제 몸으로 되살고 있는 예술가의 전형처럼 보인다.

이러한 구도는 「나폴리」의 결론에서 드러나는 '나' 안의 내적 긴장을 인물들의 긴장으로 옮겨 구체화한 작업으로 읽어볼 수 있을 것으로, 그야말로 타자적인 나폴리에 의해 고통받는 '나'와 그러한 나폴리를 "다음의 시작"과 "완성"의 계기로 긍정하며 그에게 스스로를 내주는 '나', 이 둘은 「하나가 아닌」의 화자 '나'와 '거티'라는 인물로 각각 구체화되어 그 긴장이 서사화되는 듯하다. 우울 속에서 타자를 갈망하지만 타자로 인한 고통과 두려움에 사로잡힌 '나', 그러한 극심한 고통과 두려움에도 불구하고 타자에게 기꺼이 스스로를 내주는 '나', 두 '나'는 각각 '독자'와 '예술가(소설가)'를 환기하며 기존의 긴장을 새로이 풀어나가는 듯하다.

그리고 우리는 저 이어지는 서사 속에서 거티라고 하는 예술가적 인물이 나의 완성이기는커녕 나폴리와 마찬가지로 타자적인 존재, 어이없고 당혹스러운 존재라는 사실을 발견한다. 일견 아름다운 존재, 사랑의 대상이 되고도 남을 그런 대단한 존재일지 모르겠으나, 소설을 읽을수록 우리는 거티가 도저히 감당할 수가 없는 존재, 공존하기 어려운 존재라는 사실을 인정하지 않을 수 없다. 나폴리에 스스로를 내준 '나'는 어느덧 사실상 나폴리와 유사한 그런 타자적인 예술가로서 존재하는 것이다.

까닭에 화자 또한 "내 커다란 사랑이 나도 모르는 새 마음 저편으로 저물어 저기 저 텅 빈 몸으로만 여기 남아 나를 꼭 비웃고 있는 것"(p. 177)을 느끼고 있다. 타자뿐 아니라 타자를 되사는 예술가 모두 우리는 도무지 감당하기가 어렵다. 그들은 우리를 구원하기는커녕 외려 가까스로 유지해온 삶과 정신을 무너뜨린다. 그런데 왜 화자는 「나폴리」와 매우 유사한 결말을 선택하고 마는 것일까. 왜 '나'는 살인을 저지른 거티를 따라 도주, 그 끝에 도착한 해변에서 자살에 가까운, 삶을 버리며 획득하는 그런 사랑을 선택하고 마는 것일까.

아무래도 납득하기 어려운 결말일까. 그도 그럴 것이 「나폴리」와는 구별되게 화자 '나'는 거티에 대한 사랑이 끝났다는 사실을 깨달았음에도 불구하고, 즉 그것이 명백히 어리석은 일이라는 것을 모르지 않음에도 불구하고 위와 같은 선택을 했다. 「나폴리」의 화자가 한편으로 어떤 기대 속에서 그가 겪는 고통이 새로운 계기로 작용할 것이라 막연히 긍정하고 있었다면, 「하나가 아닌」의 '나'에게서 그런 기대감 같은 것은 거의 발견되지 않았다.

다만, 화자는 "저 떨리는 세상 속으로 뛰어들고 싶었다. 호수에 맺힌 세상은 가짜가 아니었다"라고 느꼈던 '나', 그러한 느낌과 동시에 "내가 아직 죽지 않았다는 것을 깨달았"(p. 175)던 '나'였다. 거티를 만나기 전부터 '나'는 줄곧 우울한 '나'였다. 그러니까 '나'는 한 편의 서사가 무색하게, 아니 "거대한 귀"의 여정 이후 모든 서사가 무색하게, 다시 처음의 '나'로 되돌아가 지독한 우울을, 지독히 소설적인 선택을 끝내 수행한 셈이다. '나'와 거티의 자리 각각에 '독자'와 '소설가' 그리고 '소설'과 '예술'을 놓아본다면 조금 덜 수수께끼 같은 얘기가 될까.

이처럼 '나'와 거티 사이의 서사와 더불어, 나폴리를 마주했던 '나'의 분열과 긴장의 양상이 달라진다. 비록 처음으로 되돌아간 듯한 '나'이지만, 소설집 초반에 발견되었던, "거대한 귀"로 나아가게끔 했던 그런 긴장은 더 이상 발견되지 않는다. 소설 속 '인물'과 그 바깥 '서술자' 사이의 관계도 마찬가지. 「나폴리」의 인물 '나'와 이를 기술하는 '서술자(작가)' 사이의 긴장이 시체 안치실의 시트를 막 들친 이의 그것처럼 복잡하고 팽팽한 긴장이었다고 한다면, 긴장을 인물들로 풀어 서사화한 이 작품에서는 앞서의 강도와 같은 긴장이 보이질 않는다. '나(소설)'를 바라보던 서술자의 복잡한 심경은 연민 혹은 동조에 가까운 마음으로 기울어지기까지 하는데, 그러한 시선과 관계의 변화는 이어지는 작품들에서 보다 두드러진다.

이러한 변화는 무엇을 의미할까. 긴장의 완화, 수수께끼 같은 서사, 그리고 필시 작가의 삶 속을 통과했을 법한 이야기, 이것들을 이야기꾼의 능력이라고 한다지만, 글쎄. 그래봐야 결국 소설 바깥의 우리 독자들은 이와 같은 결말과 더불어, 소설의 죽음을 비롯 일종의 '독자'로서의 '나'의 죽음을, 즉 우리 스스로의 간접적인 죽음을 또 다른 땔감으로 쓰고 마는 것 아닌가.

9. 소설의 소설, 그것의 이야기(2)

「경뫼」에서 역시 우리는 거티와 유사한 타자적·예술가적 존재로서 '벨라콰'라는 인물을, 그리고 벨라콰와 동행하는 우울한 주인공을 발견한다. 주인공은 "자기의 감각이 망가지도록 그대로"(p. 185) 방치한 인물로, 태어나지 못한 아이의 상실 이후 깊은 우울을 통과 중이다. 그리고 벨라콰는 과연 타자적인 예술가답게 "자아나 주체" 없이, "주위에 널린 세상"(pp. 208~209)에 감응하며 "경험 너머의 것을 감지"(p. 204)하는 존재. 그는 자신의 삶을 "언어의 용법으로 제한"(p. 192)시키지 않고, 새로운 언어를 통해 "경험 너머의 것을 감지하여 여기 이 앞으로 펼쳐"(p. 204) 놓는다.

흥미로운 점은 주인공과 타자적·예술가적 존재와의 관계가 앞서의 두 소설과 구별되게, 타자적이고 파괴적인 것이라기보다 인간적이고 현상학적인 생성으로 규정, 기술된다는 점이다. 주인공과 "벨라콰의 시간은 멈추지 않는 파도와 같아서 순서랄 게 없고 질서랄 게 없는, 오직 관계만이 있는 시간"(p. 192)과 같지만, 이들의 "공동의 시간은 우유가 부패하고 죽음이 방관되고 책임이 무마되는 시간이 아니라, 벌의 날개에 묻은 꽃가루가 암술머리에 닿는 순간이거나 저 산꼭대기에서 마른 강바닥까지 뒹굴어 온 돌멩이의 아득한 세월"(p. 210)과 같다. 무엇보다 벨라콰는 어느덧 "울고 있는 사람 옆에서 가만히 있기만 하는 것도 전혀 어색해하지 않"을 뿐 아니라 "대신 오래 슬퍼"하는, 주인공의 "고통에 아주 오랫동안 함께 슬퍼"(pp. 211~12)하는 그런 벨라콰이다.

비록 고독했지만, 그들은 공동으로 고독했다. 벨라콰는 벨라콰대로 이자는 이자대로. 그들을 공동체라 이름 붙일 수 있을까? 벨라콰의 빈약한 기억에 따르면, 공동의 고독으로 집약된 최초의 공동체는 만 7천 년 전 무렵이라 그 연대를 단지 추정할 수밖에 없는 라스코동굴 속 존재들이다. 그 시절 동굴 바깥에선 풍요와 공포와 같은 양극단의 사태가 언제나 공존했다. 넘치는 순록들, 풍요로운 먹이, 불시에 들이닥치는 훼손과 죽음에 대한 공포, 그리하여 정돈될 수 없는 정신, 그렇게도 압도적인 세상! 이에 항의하여 고독이 태어났다. 그것은 무기와도 같았다. (p. 199)

소설 장르 자체를 벼랑 끝으로 몰아세우던 소설가는 어느덧 소설을 불가능하게 만든, 소설을 둘러싼 우리네 욕망 그 자체를 옹호하고 또 정당화하는 것 같다. "만 7천 년 전 무렵"부터 우리는 "불시에 들이닥치는 훼손과 죽음에 대한 공포, 그리하여 정돈될 수 없는 정신, 그렇게도 압도적인 세상!"에 항거하여 '고독'을, '예술(소설)'을 탄생시켰다. 그리고 우리는 이를 바탕으로 비로소 '우리'를, "공동체"를 구성할 수 있었다.

이처럼 「경뢰」에 이르러 우리는 소설에 대한 작가의 오롯한 긍정과 옹호를 확인한다. 타자를 마주한 '나'의 내적 긴장은 '독자로서의 나'와 '예술가로서의 나' 사이의 갈등 서사를 넘어, 두 인물 사이의 협력적이고 조화로운 관계로 그려진다. 그래서일까. 이어지는 「누구나 똑같은 마음을 가졌던」에 등장하는 주인공은 타자적인 기계 A "악스"와 연결되어 있으며, 이 둘은 갈등하지 않고 함께 세상과 싸운다. 분열되었던 두 '나'는 사실상 한 명의 예술가적 인물로 통합되어 세상에 대한 "반격"(p. 242)을, "가장 큰 복수"(p. 243)를 도모한다.

이러한 변화는 무엇을 의미할까. 소설은 이미 불가능 아니었던가. 그렇기에 작가는 소설을 죽음의 벼랑으로 몰아세우며 불가능을 반전시켜보고자 했던 것 아니었던가. 그런데 『아다지오 아사이』는 왜 꼭 「없는」의 화자처럼, 죽음다운 죽음(삶다운 삶)을 희구했지만 결국 최소한의 삶을 택하고 마는, 그런 안타까운 모습인 것인가. 왜 다시 처음의 우울한 국면으로 되돌아간 것인가. 미련을 버리지 못한 것인가. 결국 불가능을, 죽음을 끝내 받아들이지 못한 것인가.

혹 어떤 실패를 전달하고 싶었던 것일까. 그 실패와 더불어 어떤 '이야기'를 전달하고 싶었던 것일까. 작가는 소설(의 죽음)을 주인공 삼는 '소설'이 아니라, 소설(의 죽음)을 주인공 삼는 '이야기'와 더불어 소위 '조언'과 '교훈'을, 그러니까 '이야기'에 의해 가능할 어떤 '경험'을 스스로와 우리에게 전달하고 싶었던 것일까. 소설의 불가능과 죽음을 보다 불가능다운 불가능, 죽음다운 죽음으로 구축하기 위해서라면, 작가와 마찬가지로 우리 역시 응당 일반적인 소설 읽기를 넘어서는 수고로움을 대가로 지불해야 할 것이다. 마지막 소설 「아다지오 아사이ADAGIO ASSAI」를 읽어보자.

10. 비극—소설 이야기(1)

「아다지오 아사이ADAGIO ASSAI」는 그 도입에 소설과 독자를 연결시켜주는 '나'가 등장한다. 소설집에서 유일하게 서술자는 '나'의 목소리로 등장하며 마치 변사나 이야기꾼처럼 한 편의 이야기로 독자를 안내하는데, 다만 '나'는 우리에게 익숙한 '나', 「없는」에서부터 계속해 반복, 구체화되어왔던 바로 그 우울한 '나'이다. '나'는 "날 때부터 결함을 가지고 있"는 존재이자 "광기"의 존재. 그런 '나'의 말은 "과다했고 궁핍"하며, "누구와도 잘 대화하지 못"(p. 248)한다. 게다가 '나'는 '당신'이라는 타자에게서 "진리의 낌새"(p. 249)를 알아차리는 '나', 그렇기에 타자의 "목소리"(p. 250)를 듣고자 하는 매우 익숙한 '나'이다.

주목해야 할 지점은 '나'의 "마음을 파고드"는 "목소리"(p. 250), 나를 꼼짝 못하게 만드는 타자로서의 목소리가 그간 소설에서 발화된 그야말로 타자적인 내용의 단편적 문장이나 짤막한 시편이 아닌, 한 편의 긴 서사로 전달된다는 점이다. 이를 두고 혹 '거티'와 '벨라콰', 그리고 '아니'가 소설의 제목처럼, 충분히 느리게 한 편의 서사를 들려주는 것이라고 가정해볼 수 있을까. 그렇다면 그들이 들려주는 얘기는 또 다른 '나'에게, 즉 스스로가 스스로에게 구성하는 얘기에 다름 아닐 것이다. 어떤 얘기일까.

'나'가 듣는 얘기의 인물들은 기존의 소설들과 유사한 구도로 반복된다. 다만 이들은 보다 구체화되어 둘이 아닌 셋으로 등장하는데, "늘 개방되"어 그야말로 "굉장히 취약"(p. 256)한 로부르, "무엇으로도 통제될 수 없는" "무한과도 같은"(p. 263) 자곤, 마지막으로 자곤이라는 "한계(를) 감옥이 아니라 오히려 또 다른 세상을 잇는 문이라는 듯"(p. 267) 여기는 샌디가 그들이다. 그동안의 소설에서 긴장해온 '나'는 각각 '로부르'와 '샌디'로, 그리고 '타자'적 존재는 샌디 안 혹은 곁의 '자곤'이라는 존재로 형상화되는바, 그런데 이러한 인물의 구도와 형상화는 소설의 처음과 소설의 후반부 '사이'로 돌아가게 한다.

샌디라는 인물은 로부르와의 관계에서 그동안 '독자'

를 환기해온 주인공과 구별되는 또 다른 '나', 거티, 벨라콰, 아니에 가까운 존재이지만, 반대로 자곤과의 관계에서는 로부르에, 즉 독자로서의 '나'에 보다 가까운 존재로 보이기 때문이다. 그러니까 샌디는 "거대한 귀"를 '방법'으로 선택하는 '나', 그리고 "거대한 귀"라는 방법에 의해 스스로를 잃어버린 '나' 그 사이에 존재하는 인물인 셈이다. 「아다지오 아사이ADAGIO ASSAI」는 샌디의 존재와 더불어 '나' 안의 긴장이 가장 맹렬했던 그곳으로 다시 되돌아가는 셈이다.

물론 결론은 마찬가지. 샌디에게 있어 자곤은 샌디를 "대신해서 말없이 말하고 시간의 비시간성을 펼쳐내며 계속 죽어가면서도 죽지 않"(p. 265)는 존재, 그렇기에 어쩌면 "자곤은 샌디보다 앞선 존재". 샌디는 "매 순간 죽어가는 자곤을 어떻게 해서든 살리려는 필연적 충동"(p. 266) 속에 스스로를 타자에게 맡겨버린다. 그런 샌디는 요컨대 '우울자', 검은 "캐리어에서 흘러나오는 검은 물질", "병든 고대인의 흑담액 같은", "단 한 단어로 되어 있는 시 같은" 그 "검은 액체"를 "쪼그려 앉"(p. 272)아 먹는다.

그런데 그 과정에서 인물들을 바라보는 서술자의 태도는 그간의 그것과는 조금 결을 달리한다. 이를테면 "불가해한 말들이 샌디의 불행을 되위시키고 납득될 수 없는 침묵이 그 자리에 군림하면 샌디는 스스로 버려진다. 이로써 그녀는 자기에게 닥친 그 많은 위기, 고통, 눈물을 이해하지 않는다. 그래도 되었다"(p. 266), 이 같은 문장을 보고 있자면, 소설 후반부에서 발견되었던 우울한 '인물들'에 대한 서술자의 옹호와 동조는 분명 다른 방향으로 나아가는 듯하다. 인물과 서술자 사이의 긴장 역시 다시금 진동하는 것이다.

이와 같은 긴장들의 재개 속에서, 상대적으로 독자와 가장 가까울 로부르 곁에서 소설을 읽어 나가자면, 샌디를 바라보며 로부르가 느낀 "거대한 무관심, 확실한 공포, 사무치는 고독", "자신에게 속해 있지만 앞으로 절대 알아챌 수 없을 그것. 결여되어 있다는 오직 그 감각"(pp. 272~73)은 그간의 긴장들을 정반대쪽으로 기울게 한다. 그런 와중에 "다른 사람도 아닌 샌디가" 로부르에게 "그만 들어"(p. 278)라고 말했을 때, 이에 로부르가 "듣고 싶지 않다는 욕망에 따라 듣지 않"을 때, 그리하여 "너무나 결정적이고 눈이 부"신 "휴식"(pp. 278~79)이 로부르에게 찾아왔을 때, 우리는 어떤 안도의 마음마저 가지게 되는 것 같다.

그러나 "거대한 귀"의 여정이 우리 바람처럼 그리 쉽게 끝날 리가 없다. 저 결정적인 휴식은 외려 아무 일이 일어나지 않을지라도 "아직 무언가 더 남았다는 신호. 일찍이 사라진 목소리가 다시 들려올 것이란 신호"(p. 279)에 다름 아니다. 상대적으로 멀쩡해 보이는 로부르이지만 우리도 그도 역시 취약한 존재, "죄도 구원도 아름다움도 용서도 연민도 다 말의 문제에 불과"한 그런 세상을 좀처럼 "견딜 수가 없"(p. 277)는 존재. 그렇기에 로부르와 샌디가 "불행해 보이지만 전혀 불행하지 않은", "정말로 불행한 사람들은"(p. 283) 존재하지 않는 어떤 우울의 세계로 나아가는 것은 안타깝지만 불가피해 보인다. 우리가 거듭해 소설을 찾아 읽듯, 소설 속 인물의 죽음을 거듭해 먹어 치우듯, 불가피해 보인다.

문제는 이러한 불가피에 우리가 그 대가로 지불해야 하는 것이 너무나 크다는 사실일 것이다. 우리의 일상과 삶을 송두리째 파괴하는 이 "불능"의 세계, 우울의 세계는 "오직 불가능을 증명하기 위해 존재하는 것 같"(p. 268)다. 불가능, 그 앞에서 우리는 그 어떤 손도 쓸 수 없어 보인다. 우울과 소설은 우리에게 "운명이라면 운명"(p. 286)인 것일까. 『아다지오 아사이』에서 가장 타자적인 존재일 "눈먼자"가 자신에게 보여주는 사랑을 목도하며 로부르는 저 부적절하고도 위험한 타자와 목숨을 건 대결을 한다. 그러나 그 투쟁에서 로부르가 승리할 리는 만무하다.

이런 게 운명이라면 운명이었고 로부르는 이를 파기할 수 있다면 파기하고 싶었다. 눈먼자의 사랑은 얼마나 부적절한가! 이 부적절한 사랑은 또 얼마나 위험한가! 눈먼자의 사랑을 곤란케 하기 위해 로부르는 목숨을 걸었다. […] 빛이 보란 듯이 샌디를 비춰 자곤이 보였다. 샌디는 저 떨떠름한 불능의 존재에게 자신을 다 내주고 이대로 영영 사라져버려도 좋다는 듯 끔찍하게 웃었다. 방이 낮보다 밝아 그들은 한참 동안 하나였다. 때가 되어서 로부르는 샌디와 자곤과 검은 캐리어를 끌고 쪽문을 지나 아나스타시스를 빠져나왔다. (pp. 286~88)

"누가 있든 없든 검은 캐리어에서 흘러나오는 끈적한 잉크가 길을 적시면 환희랄까? 행복이랄까? 지나치게 복잡해서 그만 잊고 말았던 그런 감정들이 다시 나타나 좋아 어쩔 줄 모르면서도 그게 무엇이든 계속되고 있다면, 아름답지 않아도, 징그럽고 끔찍해도, 별 의미 없이도, 아주 천천히라도 그저 계속되고 있다면, 그게 바로 환희와 행복의 비밀이라는 걸 끝내 알아차리고 만다"(p. 288). 다시 이야기꾼 '나'로 되돌아온 「아다지오 아사이ADAGIO

ASSAI」의 결말. 저 '나'의 목소리는 누구의 것일까. 로부르, 안타깝지만 그의 이름이 가장 먼저 떠오른다.

11. 비극—소설 이야기(2)

『콜로노스의 오이디푸스』에서 퉁퉁 부어버린 '거대한 발'은 자신의 '톰tomb'을 받아들이며 비극의 영웅으로서 오늘날 우리에게 존재한다. 반면 근대의 '거대한 발'은 이를 좀처럼 받아들이지 못하고 소설 속 '문제적 개인'으로 그 끝없는 발과 말을 이어오고 있다. 그렇다면 '거대한 발'을 "거대한 귀"로 변신시킨 『아다지오 아사이』의 새로운 발―귀는 어디를 향하고 있던 것일까. 그것이 내뱉는 혹은 흘리는 말들은 무엇을 의미하는 것일까. 처참한 패배 정도로 얘기해볼 수 있을까.

앞서 여러 차례 가정한 것처럼 작가 남현정이 시체 안치실의 시트를 들치며 확인한 얼굴이 소설이라고 한다면, 그는 그간 깊이 애정하고 의지했던 소설의 죽음을 좀처럼 받아들이지 못했을 것이다. 깊은 우울을 피할 수 없었을 것이다. 까닭에 작가가 스스로와 소설의 운명을 동일시하고 그에 대한 분명한 자의식을 가지며 끝내 소설집 한 권을 묶어내었을 때, 독자는 작가의 저 진지한 과정에 대해 어떤 인정하는 마음을 가지지 않을 수 없을 것이다.

그리고 독자는 확인한다. 소설의 패배를, 소설의 운명을. 『아다지오 아사이』를 통과한 이후 우리는 소설이 그 스스로의 조건이자 정체로서 우울을 타개할 방법이 도무지 없다는 사실을 발견한다. 자신이 처음 목도한 불가능을 극복하고자 한 소설가의 노력은 다시 불가능으로, 한층 더 짙은 불가능으로 우리에게 전달되는 것이다. 끝내 우리의 독서는 소설의 불가능을 전달받는다.

그 옛날, 땅의 품에 묻혀 있는 돌들과 하늘 높이 떠 있는 별들이 사람들의 운명을 걱정해주었듯, 남현정 소설의 타자들은 소설의 운명을 걱정해준다. 그리고 그 걱정은 여지없이 현실화하여 소설을 불가능하게 만드는 운명을, 죽음을 끝내 전달한다. 다만 그 가운데 우리는 '경험'한다. 소설의 불가능을 진정 불가능으로 만든 '소설(가)'의 비극을, 비극 안에 담긴 소설(가)의 운명을. 소설가 남현정과 더불어 우리 독자 또한 시체 안치실의 시트를 들치며 소설의 얼굴을 확인한다.

회피할 수 없는 죄에 대해 자발적으로 형벌을 짊어지는 일, 이로써 자신의 자유를 분명하게 선언하고 동시에 바로 그 자유를 잃어버리는 일, 그렇게 자유의 의지를 표현하는 가운데 소멸해버리는 일, 이것이야말로 가장 숭고한 생각이자 자유의 가장 위대한 승리이다. [……] 이는 비극 안에 존재하는 화해와 조화의 기초이며, 이를 통해 우리는 비극에서 황폐함을 느끼기보다 아리스토텔레스가 말한 것처럼 치유받고 깨끗해진 느낌을 받는다. 자유는 그저 특수성으로만 존재할 수 없다. 자유는 그 스스로 보편성으로 발전하는 한에서만 이로써 죄책의 결과와 관련한 필연과 합의에 이를 수 있다.*

제 한계적 조건이자 정체인 우울을 극복할 순 없지만 소설은 정확히 우울이 불가피한 만큼 우울하게, 불가피하게 존재하고 있다. 소설은 거듭해 우울의 수렁에 빠지며 그 허기와 추위에 작품과 작가, 독자 스스로마저 먹어 치우며 간신히 존재하고 있는 중이다. 다만 우리는 『아다지오 아사이』와 더불어 "무릎을 꿇음과 동시에 자기가 가진 자유"**가 공언되는 것을 바라보며, 소설(가)의 패배를,

---

* F.W.J. Schelling, "Dramatic Poesy", *The Philosophy of Art*, Translated by Douglas W. Scott, Minneapolis: University of Minnesota Press, 1989, p. 254.
** 장 프랑수와 쿠르틴, 「비극과 숭고성」, 장 뤽 낭시 외, 『숭고에 대하여』,

그 운명을 경험하고 받아들인다. 그리고 역설적인 자유로움을 느낀다. "그렇구나"와 같은 비극적 깨달음*은 우리로 하여금 '비극적 자유'라는 또 다른 자유를 발견하게 해준다.

모리스 라벨Maurice Ravel의 피아노 협주곡 G장조 2악장, 아다지오 아사이. 라벨은 여러 인터뷰를 통해 위 협주곡은 브람스적인 교향악적 협주곡과 구별되는 곡으로, 피아노와 나머지 오케스트라가 "대결"하는 "디베르티스망divertissement"이라고 설명한다. 다만 저 대결은 "어느 한쪽이 다른 한쪽을 압도하지 않는" 것, 그리고 베토벤의 것과 같이 심오하거나 영웅적이지 않은 것, 보다 가볍고 경쾌한 것이라 덧붙인다.**

아다지오 아사이, 협주곡의 한 악장을 떼어내 여러 차례 반복해 듣는다. 깊은 우울감이 느껴지지만 그렇기에 더 없이 아름다운, 그리하여 계속해 들을 수 있을 것 같은 아다지오 아사이. 그러나 우리가 그것을 성실히 경험했다

김예령 옮김, 문학과지성사, 2005, p. 287.

* 한스 게오르크 가다머, 『진리와 방법 1』, 이길우 외 옮김, 문학동네, 2012, p. 188.

** Maurice Ravel, A Ravel Reader: *Correspondence, Articles, Interviews*, Edited by Arbie Orenstein, New York: Columbia University Press, 1989, pp. 472~94.

면, 이를 통렬히 받아들였다면, 외려 가벼워질 수 있을 것이다. 어느덧 아다지오 아사이를 반복해 듣지 않는다. 라벨을 따라 협주곡 전곡을 듣는다.『아다지오 아사이』덕분이다.

수록 작품 발표 지면

없는 『谾』 2021년 하권
부용에서 〈문장웹진〉 2021년 8월호
그때 나는 『세계일보』 2021년 신춘문예 당선작
나폴리 『현대문학』 2021년 4월호
하나가 아닌 『릿터』 2024년 2/3월호
경뫼 『문학과사회』 2023년 봄호
누구나 똑같은 마음을 가졌던 웹진 〈비유〉 2023년 11/12월호
아다지오 아사이 Adaglo Assai 미발표작